ダイヤモンドの海

リンダ・ハワード

落合どみ　訳

MIRA

MIRA文庫

Diamond Bay

by Linda Howard

Published by Harlequin K.K., Tokyo, 2003

ダイヤモンドの海

■主要登場人物

レイチェル・ジョーンズ…………小説家。土産物店経営。
ハニー・メイフィールド…………レイチェルの友人。獣医。
ジョン・ラファティー……………レイチェルの隣人。牧場経営者。
アンディ・フェルプス……………保安官代理。
ケル・サビン………………………政府機関の諜報員。
グラント・サリバン………………ケルの元同僚。
ジェーン・サリバン………………グラントの妻。
シャルル・デュブワ………………国際的テロ組織の指導者。
ノエル、エリス、ローウェル……シャルル・デュブワの部下。

1

日没が間近だというのに、太陽は彼の裸の胸から長い脚にいたるまで、全身をじりじりと焦がしていた。斜めから差す夕日で、波頭がきらきら輝き躍っている。それを眺めて彼は陶然とした。だが、きらめく波に魅せられたのではない。波を眺める以外に、とりたてですることが何もないという事実に陶然としたのだ。

平和の静けさも、心地よさもすっかり忘れていた。一人きりで過ごすひと月の休暇中は、心身を休め、ただ一人の人間として過ごすことができるだろう。釣りがしたくなったらすればいい。もっとのんびりしたいなら、眠けを誘われながらメキシコ湾でクルージングをしてもいい。

海はかぎりなく彼を魅了した。すぐそこは濃紺色、その向こうは鮮やかな青緑色、さらにその先は淡い緑色に揺らめく海だ。燃料と食料を買うだけの金はある。彼の居場所と連絡方法を知っている人間は、この世でたった二人しかいない。この長期休暇が終われば、また自ら選んだ灰色の世界へ戻り、陰に身を潜めることになる。しかし今は、寝そべって日光浴をしていられる。それだけで、あとはもう何も望まない。ケル・サビンは疲れ果てていた。仕事における終わりなき闘い、秘密工作、危険と偽装といったものに。極めて重要な仕事だが、この一カ月はほかの人間に任せておこう。このひと月は自由でいたい。自分の知るなかで最高の諜報《ちょうほう》員であり旧友のグラント・サリバンが、なぜテネシー州の静かな山奥に惹《ひ》かれたのか、わかる気がした。ケル自身も最高クラスの諜報員で、黄金の三角地帯、さらに中東や南米といった世界の紛争地帯で暗躍した伝説的な人物になっていた。今はある部門のチーフを務め、エリート諜報員集団を操る黒幕的存在になっている。彼は謎《なぞ》に包まれた男だった。一匹狼《おおかみ》で、皮肉と容認を心の友に、人生の厳しい現実に立ち向かう闇《やみ》の男だ。自ら選んだ仕事の短所も危険も承知していた。汚れた反道徳的行為に手を染めることがあるのも承知していた。彼は現実主義者だから、仕事を引き受けるときは、そのすべてを受け入れた。

　だが、ときとしてそれが身にこたえることもあった。仕事を離れて、しばらく平凡な一市民の暮らしをせずにはいられなくなる。そんなとき彼を私生活へ避難させてくれるのが、特注のボートだった。海で昼夜を過ごすことで、人間性を失わずにすんだ。それが、今のところのんびりと考えごとができる唯一の時間だ。裸で日光浴をしながら、あるいは星空を眺めながら、人間性を回復する時間……。

一羽のかもめが悲しげな声で鳴きながら、頭の上を飛んでいた。彼はぼんやりとそれを眺めた。雲ひとつない蒼穹《そうきゅう》を背に飛ぶかもめの姿は、自由で優雅だった。潮風が素肌を軽やかに撫《な》でる。珍しく黒い瞳に微笑が浮かんだ。彼は粗野で野蛮な面を秘めていたが、こうして太陽と風と海だけを相手に戯れていると、そんな自分の一面を解放することができた。衣服の拘束もここでは冒涜《ぼうとく》にさえ思えた。燃料補給で寄港したり、海上ですれ違う人々が雑談をしにボートを近づけてきたりするたびに、彼は服を着けなければならないことに憤りを覚えた。

太陽が金色の縁を水平線に沈めようとするころ、モーターの音が聞こえてきた。振り返ると、こちらよりひとまわり大きなキャビンクルーザーが、ゆったりと波をかきわけながら近づいてくる。ここではすべてがゆったりしている。気温の変化とともに、時間の経過はますますゆったりとなる。ケルはそのクルーザーを見つめ、船体の優雅な曲線と、力強いモーター音に感心した。彼は船も海も大好きだった。今乗っているボートは宝物で、極秘に厳重な警備をつけている。だが、これの持ち主は誰も知らない。所有者として登録されているのは、ケル・サビンをまったく知らないニューオーリンズの保険外交員だ。船につけた〈ワンダ〉という名前にも意味はなかった。しかしワンダ号は、その秘密も脅威もすべて引っくるめて彼のものだった。ケルの真の姿を知る者は、それをいかにも彼らしいと思うだろう。仮面の男の正体を知る人間は、この世にただ一人、グラント・サリバンだけだ。

モーター音が変わった。速度を落として、こちらへ向かってくる。ケルは悪態をつき、こうした事態に備えてデッキに置いてある色あせたデニム地のカットオフを探した。声が海上を漂い、耳元まで届いた。彼はクルーザーに視線を戻した。船首の手すり際に立っている女が、慌てるふうもなく頭上で大きく手を振っている。話し相手が欲しいだけで、助けを求めているわけではないようだ。赤い髪が夕日を受けて、燃えるように輝いている。その異様に赤い輝きがケルの心に引っかかった。

眉間《みけん》にしわを寄せながら、ケルはすばやくカットオフをはいた。まだ遠くて女の顔ははっきりとは見えないが、その赤い髪が忘れかけていた記憶の断片をたぐり寄せようとしていた。彼は近づいてくるクルーザーの女を見つめた。そのとたん、黒い瞳が鋭く光った。あの髪には見覚えがある……。

突然、体じゅうの本能がこぞって警報を鳴らした。ケルはデッキに身を伏せた。背筋がぞくっとする不安にも襲われた。その感覚には幾度となく命を救われていたので、ためらわずに熱いデッキに這《は》いつくばった。ばかげた行動かもしれないが、賢い死者になるよりは愚かな生者になりたかった。クルーザーはさらにモーターの音を落とした。そこでケルは腹這いのまま、ワニスのにおいをかぎ、体をデッキにこすりながら、収納庫をめざして進んだ。

ケルはどこへ行くにも自衛の道具を持ち歩いていた。収納庫から出したライフルは威力があり、狙《ねら》いも正確だ。だが、せいぜい一時しのぎにしかならないだろう。もし直感が当たっていたら、相手はこれよりはるかに強力な武器を用意している。そのために準備してきたのだろうから。

小声で悪態をつきながら、ケルはライフルがオートで撃てるか確認して、また手すりまで這って戻った。冷静に遮蔽物《しゃへいぶつ》を選んでライフルの銃身だけをのぞかせ、近づいてくるクルーザーが見えるぎりぎりの高さまで頭を出す。クルーザーはさらに接近してきて、その距離は百メートルを切った。

「接近しすぎだぞ！」ケルは怒鳴った。その声がモーター音にかき消されずに届くか確信はなかったが、叫んでいることが相手にわかれば十分だった。

クルーザーは速度を落とし、七十メートルもない位置でほぼ停止した。ふいに、大勢の人間がその船に乗り組んでいるのが見えた。全員武装している。赤い髪の女も含めて。ケルは彼らにすばやく視線を走らせ、人並みはずれた視力で武器の形状と大きさを確認した。ケルは瞬時に武器を識別できる。

続いて順に人間を観察していき、一人の男に視線を戻した。これだけ距離があり、集団の少し後方に立っているにもかかわらず、先ほどの女と同様に、その男にも見覚えがあった。

もう疑いの余地はない。戦闘時は常にそうであるように、氷のような冷徹さがケルの全身にみなぎった。敵の人数がどれほどか心配しても、時間の無駄というものだ。彼はすぐに選択肢をはかりにかけ、瞬時に答えをはじき出した。

鈍い発砲音が、たそがれを切り裂いた！　ライフルの音が海上で炸裂《さくれつ》した。ケルは頭上をかすめた弾丸のかすかな震動を感じた。弾は背後のキャビンを破壊した。なめらかな動きで、彼は敵に狙いをつけて発砲し、すぐに頭を下げた。すべてが一連の流れるような動作だった。弾丸が命中したかどうかは、鋭い断末魔の叫びが大気を貫くのを聞くまでもなかった。万一はずしていたら、ケルは驚き、憤っていただろう。

「サビン！」張り上げた声が海面に反響した。「観念しろ！　無駄な抵抗はよせ」

アクセントは正確だったが、アメリカ人ではない。相手の言葉は予想していたとおりのせりふだった。こちらに勝ち目があるとしたら、ボートを走らせ、彼らを振りきることだ。ワンダ号の速度ならそれも可能だ。しかし、それには上の操縦室に上がらなければならない。梯子《はしご》を登るあいだ、彼らの攻撃に身をさらすことになる。

操縦室に上がれる可能性が五分五分なら――あるいはそれ以下かもしれないが、賭《か》けてみようとケルは思った。この行動がどれだけ敵の意表をつくかが成功の鍵《かぎ》だ。このままここに座って、ライフル一挺《いっちょう》で彼らとわたり合っても、勝てる見込みはない。動くのは危険だが、やるしかなかった。成功の確率の低さを心配して時間を無駄にはしていられない。ケルは大きく息を吸って止め、ゆっくりと吐き出した。最初のジャンプで、梯子のできるだけ高い位置に飛びつく必要がある。ライフルをしっかりと握りしめ、もう一度大きく息を吸って飛び上がった。梯子を登りながら銃の引き金を引いた。手の中でライフルが跳ね上がり、敵方に反撃を許した。右手が梯子の最上段に届くと、裸足《はだし》の足が触れるか触れないうちに、すばやく体を持ち上げた。上のデッキに飛び移ったときも、集中射撃の白い閃《せん》光《こう》を、目の隅でとらえていた。二発の弾丸が体に突き刺さり、焼けつくような痛みに襲われた。ケルは勢いと意志の力だけでデッキに立ち、落下しないようにふんばった。目の前に黒い靄《もや》がかかり、自分の息づかいが耳に大きく響いた。

ライフルが手から落ちていた。しまった。ライフルを落とすとは！　彼は怒りにかられた。大きく息を吸って黒い靄を払いのけ、足元のライフルを左手でつかんだ。しかし感覚がない。体の左半身が血まみれで、夕闇に黒ずんで見えた。速い呼吸で胸を上下させながら、ケルは右手でライフルを持った。その感触に少しほっとした。汗が噴き出し、血と混ざり合って川のように流れ落ちた。何かしないと、彼らが襲いかかってくる。

左腕も左脚も言うことをきかないので、右腕と右脚だけで脇《わき》へ体を引きずっていった。右肩でライフルを支えて、ケルはふたたび敵のクルーザーに発砲した。まだ生きていて危険な存在だと示すことで、こちらへ襲撃をかけさせないためだった。

彼は怪我《けが》の状態を確かめた。一発の銃弾が左腿の筋肉に、そしてもう一発が左肩に突き刺さっていた。重傷だ。最初の焼けつくような衝撃のあと、肩と腕は麻痺《まひ》して使いものにならなくなった。また、左脚では体重を支えきれなくなった。しかし経験からいうと、麻痺はやがて消え、痛みとともに傷ついた筋肉が多少使えるようになる。それまで待っていられればだが……。

ケルはふたたび危険を承知で頭を上げ、敵が背後に移動しているのを見た。後ろ側のデッキには、弾をさえぎるものがない。

「サビン！　おまえが負傷したのはわかっている！　おまえを殺したくはない！」

どうやら生けどりにして〝尋問〟したいらしいが、そんなことをさせるつもりはない。だが、彼らは逃がすくらいなら、殺そうとするだろう。

ケルは歯ぎしりしながら、操縦室まで体を引きずっていき、イグニションキーをまわした。強力なエンジンが息を吹き返した。どこへ向かうつもりか自分でもわからなかったが、そんなことはかまわなかった。敵のクルーザーに突っ込んでもかまわなかった。あえぎながらケルはまたデッキに崩れ落ちた。全身の力を振り絞って、なんとかスロットルを握らなければ。残された時間はあと数分だ。焼けつくような痛みは左半身全体に広がっていたが、腕と脚の感覚は戻りはじめた。彼は痛みを無視して右腕で体を起こし、血まみれになった左手でスロットルを握り、ギアを前進に入れた。ボートは徐々にスピードを上げながら、海面を滑りはじめた。敵のクルーザーから叫び声がした。

「いいぞ、その調子だ」ケルはあえぎながら、ボートを励ました。「その調子でどんどん進め！」

彼はまた腕を伸ばしてスロットルを全開にした。その動作のせいで全身の筋肉が震えた。ボートは低く唸《うな》りながら、強力なパワーに応《こた》えて飛ぶように疾走した。

フルスピードで走りながら、どこへ向かっているのか確かめなければならなかった。また新たな可能性が生まれてきた。それは敵のクルーザーとの距離を離せば離すほど大きくなる。両足で立ち上がったとたん、喉から苦痛のうめき声がもれ、汗が目に流れ込んだ。体重の大半を右脚で支えなければならなかったが、幸い左脚はなんとか持ちこたえていた。

ケルは背後にいるクルーザーを肩越しに見た。彼らとの距離は急速に広がりつつあった。敵のクルーザーの上段のデッキに人影が見えた。肩に巨大な筒状のものを担いでいる。

それが何か考えるまでもなかった。あまりにも見慣れたロケット弾発射筒だ。閃光のわずか一秒前、ロケット弾がボートを爆破する二秒前、ケルはデッキの右側へ移動し、青緑色の海をめがけて身を躍らせた。

できるだけ深く潜った。おもちゃの太鼓のような音が水中でも耳に鳴り響いた。痛みで負傷した筋肉が麻痺し、ふたたび目の前が真っ暗になった。わずか一、二秒だったが、ケルを混乱させるには十分だった。彼は息を詰まらせ、海面の方向を見失った。水の色はもう青緑色ではなく、黒々として重くのしかかってくる。

だが、長年の訓練が命を救った。ケルはこれまで、一度もパニックに陥ったことがなかった。今もそんなふうになるわけにはいかない。彼は水中でもがくのをやめ、体の力を抜いた。すると浮力で体が浮きはじめた。海面の方向をつかむと、左腕と左脚は使えなかったが、それでも巧みに泳ぎはじめた。肺が限界に達すると、ようやく海面に顔を出し、潮の香りのする空気を胸いっぱいに吸い込んだ。

ワンダ号は、太陽のわずかな名残に彩られた真珠色の空に、黒煙を立ち上らせながら燃えていた。陸地にも海にもすでに暗闇が広がっていた。その闇が唯一身を守ってくれるケルの味方だった。敵のクルーザーは炎上するワンダ号の周囲をまわり、残骸《ざんがい》と周辺の海面をスポットライトで照らしていた。エンジンの出力で海面が震動している。彼らはケルの死体——あるいは残っていると予想される死体の一部を見つけるまで、捜索を続けることだろう。ケルが最優先にすべきことは、彼らとの距離をできるだけ広げることだった。

ぎこちなくあおむけになると、半身で背泳ぎを始めた。生き残れる可能性は低い。岸までは少なくとも三、四キロ、もしかしたら五キロ近くあるかもしれない。大量出血で体が衰弱し、左腕と左脚はほとんど動かなかった。陸地に近づくより先に、海に生息する捕食者たちが血のにおいをかぎつけて襲ってくるかもしれない。ケルは皮肉混じりの笑みを浮かべ、顔にかかる波で息を詰まらせた。

今、彼は人間の鮫《さめ》と海の鮫のあいだにはさまれていた。どちらにつかまっても結果は同じだが、そうやすやすとつかまるつもりはない。

深呼吸をして、海面に浮かびながらカットオフを脱ぎはじめた。体をひねると沈み、浮かび上がるのに苦闘を強いられた。最良の手段を考えるあいだ、彼は脱いだズボンをくわえた。薄いデニムのカットオフは着古して擦りきれているから、手で引き裂くことができるかもしれない。問題は浮かびながらやらなければならないこと、そして左腕と左脚も使わなければならないことだ。

ほかに方法はなかった。痛いだろうが、必要なのだからやるしかない。ケルは水をかきはじめ、また意識を失うかもしれないと思った。しかし少し待っても痛みは軽くならなかった。彼は布地を引き裂こうとカットオフの裾《すそ》にかぶりつき、切れ目を入れた。布を裂くときは痛みを頭から追い払い、いっきにウエストまで引き裂いた。ウエスト部分に四枚の布地がぶらさがるようになるまで、彼は同じことを繰り返した。それからウエストにそって噛《か》みちぎりはじめた。一枚目が取れるとそれを握りしめ、二枚目にかかった。

あおむけになって水面に浮かび、負傷した脚の力を抜きながらケルはうめいた。そして手際よく二枚の布地を結び合わせ、脚に巻ける長さにした。その即席の止血帯を傷口を覆うように腿に巻き、血液の循環を止めないように、しかし出血が止まる程度にしっかりと縛った。

肩の止血はもっと厄介そうだった。ケルは残りの二枚の布をウエスト部分から噛みちぎり、結び合わせた。この止血帯をどうやって巻けばいいだろう。弾が貫通しているのか、残っているのかもわからなかった。そろそろと右手で背中に触れてみたが、ふやけた指先はなめらかな肌にしか触れなかった。つまり銃弾はまだ残っているということだ。肩の傷は首に近いほうにあるから、二枚の布地を結び合わせても長さが足りないかもしれない。案の定、短かった。そこで彼はまた布を噛みちぎり、もう二枚作って、それを先ほどの二枚と結び合わせた。どうにか背中に引っかけて腋《わき》の下にまわし、肩の上でしっかりと縛る。それから残った布地を折りたたんでパッド状にし、傷口に当たるように差し込んだ。応急処置が終わったとたんめまいがして、四肢は麻痺しかけていた。ケルは必死に耐え、自分の位置を確かめようと星をじっと観察した。諦《あきら》めるつもりはなかった。まだ浮かんでいられるし、短時間ならなんとか泳げるはずだ。しばらく泳げば、鮫に襲われないかぎり、きっと岸にたどりつく。彼はあおむけになり、しばらく休んでから、苦痛と闘いながらゆっくりと岸へ向けて泳ぎはじめた。

フロリダ州中部では七月中旬ともなると、夜になっても暑さはさほど和らがなかったが、レイチェル・ジョーンズは無意識に習慣を気温に合わせ、雑用は早朝か夕方にすることにしていた。日の出とともに起き、小さな菜園の雑草を取り、がちょうに餌《えさ》をやり、車を洗った。気温が三十二度を超えると、家に入って山のような洗濯物を洗濯機に入れた。そして秋期からゲインズビルで教えるジャーナリズム論の夜間クラスの準備に数時間をかけた。

天井では静かにファンがまわっている。レイチェルは髪を頭の上に結い上げ、タンクトップと着古したショートパンツという格好で、暑くても快適に過ごしていた。傍らにアイスティーのグラスを置いて、それを飲みながら本を読んでいた。

年寄りでつむじ曲がりの王様――あひるのエバニーザーのもとに集まったがちょうたちが、草地から草地へよたよた歩き、のどかな鳴き声をあげた。一度、そのエバニーザーと犬のジョーが、夾竹桃《きょうちくとう》の下の涼しい場所の権利をめぐって喧嘩《けんか》をした。レイチェルはスクリーンドアのところへ行き、静かにしなさい、と言って騒々しいペットたちをたしなめた。それが一日でいちばん刺激的なできごとだった。夏は毎日がこんなふうに過ぎていく。いわゆる活動が始まるのは秋の観光シーズンになってからで、トレジャーアイランドとタールポンスプリングスにある彼女の土産物店も、そのころになると活気づく。今年はジャーナリズム論のクラスを持つので例年より忙しくなるだろうが、毎年夏はのんびりと過ごしていた。折を見ては三冊目の本を執筆していたが、締め切りがクリスマスということもあり、あせる必要はなかった。レイチェルは見かけ以上にエネルギッシュだ。はたからは急いでいるように見えないのに、せっせと大量の仕事をやり遂げてしまう。

レイチェルはこの地にしっかり根を下ろしていた。住んでいるのは祖父のものだった家で、一族が百五十年も所有する土地に建っている。建物自体は五〇年代に改築された。レイチェルが引っ越してきたとき、内装はさらに新しくなっていたが、それでも彼女はこの家に不変性を感じていた。鏡に映る自分の顔と同じくらい、あるいはそれ以上に、彼女はこの家と周辺の土地を熟知している。家の正面にある高い松林も、裏手の草原のなだらかな起伏や藪《やぶ》も、すべて知りつくしていた。松林の中の曲がりくねった小道を行くと、外海の波が打ち寄せる浜辺に出る。この一帯はまだ開発業者の手が入っていない。海岸線が非常に入り組んでいるからだ。それに代々海岸沿いの土地を受け継いできた地主たちが、目の前にコンドミニアムやモーテルが林立するのを見たがらないためでもあった。この辺りは主として畜牛の牧場地帯になっている。レイチェルの所有地も、ジョン・ラファティーの広大な牧場に囲まれていた。開発のために土地を売ることに関しては、彼もレイチェルと同じくらい頑固に拒絶している。

レイチェルにとって浜辺は別天地だった。絶えることなく打ち寄せる波を眺めながら、散歩をしたり、考えごとをしたり、安らぎを得たりするための場所だった。小さな湾の岩場で波が砕けると、光がその波に当たってきらきらと輝くことから、ここは〝ダイヤモンド湾《ベイ》〟と呼ばれていた。海岸で砕ける波は幾千ものダイヤモンドのように輝いた。祖父はこのダイヤモンド・ベイで泳ぎを教えてくれた。レイチェルは、自分の人生がこのターコイズブルーの海から始まったように思えることがある。

ここは、確かに子供時代の黄金の日々の中心にあった。十二歳で母を亡くしたレイチェルにとって、この湾は永遠の故郷になった。海は悲しみを和らげ、受け入れることを教えてくれた。そして、いつもそばに祖父がいた。今でも思い出すたび顔がほころぶ。祖父は、少女の好奇心いっぱいのきわどい質問にも、忙しさを口実に逃げたり、恥ずかしがったりしないできちんと答えてくれた。そして礼儀や常識をしっかり教え込みながらも、翼を伸ばす自由を与えてくれた。祖父が亡くなったのはレイチェルが大学を卒業した年だったが、死すらも祖父の望みどおりに訪れた。体力が衰え、病気になり、祖父は徐々に死ぬ覚悟をしていった。彼女が祖父の死を悲しんだのは言うまでもないが、それが祖父の望みだったことを知っていたので、悲しみは和らげられた。

その後、レイチェルがマイアミで取材記者をしているあいだ、古い家は空き家になっていた。彼女はB・B・ジョーンズと出会い、結婚して、幸せな日々を送っていた。B・Bは夫であり、友人でもあった。二人は危険と隣り合わせの中で、ともに生きているという自覚を持っていた。が、やがてB・Bの非業の死によって夢は破れ、レイチェルは二十五歳で未亡人となった。そして仕事を辞め、この海辺の家に戻ってきた。はてしなく打ち寄せる海に、また慰めを見つけた。心は傷ついていたが、時間と平穏な生活がそれを癒《いや》してくれた。もう以前のようなテンポの速い生活に戻りたいとは思わない。我が家はここだ。今の暮らしに満足している。二つの土産物店で最低限の生活費は稼げたし、ときおり記事や冒険小説を書いて収入を補っていた。

今年は例年より暑い点を除けば、いつものダイヤモンド・ベイの夏とさほど変わりはなかった。暑くて窒息しそうな日には、何もせずにハンモックに寝そべっていた。日が暮れるといくらかほっとする。

今夜は、浜からの風が熱くなった肌を冷やしてくれたが、それでもなかなか寝る気になれない。もうシャワーは浴びて、暗がりの中、玄関ポーチにあるぶらんこに座っていた。ときおり揺らすと、こおろぎや蛙《かえる》の鳴き声に合わせて、鎖がきいきいと鳴った。ジョーはスクリーンドアの前に寝そべり、犬の夢をむさぼっていた。レイチェルは目を閉じて、顔に当たるそよ風を楽しみながら、明日は何をしようかと考えていた。彼女は昔の波瀾万丈《はらんばんじょう》で刺激的な毎日も楽しんではいたが、今は平穏な暮らしに満足している。

パンティの上に男物の白いシャツだけという格好で、袖《そで》をまくり、胸元のボタンを三つ開けていた。それでも胸の谷間に小さな汗の玉ができているのがわかる。暑さでじっとしていられなくなり、レイチェルはとうとう立ち上がって犬に声をかけた。「散歩に出かけるわよ」

ジョーは耳をぴくりと動かしたけれど、目は開けなかった。ジョーは人なつっこい犬ではなく、それはレイチェルに対しても同じだった。自由気ままで人間嫌いだ。手を差し出すと首筋の毛を逆立て、歯をむき出しにしてあとじさる。数年前に、家の庭先にふらりとやってきたが、きっと、それまで虐待されていたのだろう。レイチェルが食べ物を与えると、ジョーは番犬の役目を果たしはじめた。いまだにレイチェルに撫でられるのを拒むが、見知らぬ人間がやってくると、すぐに彼女の傍らに寄り添い、危険な相手ではないかとじっとにらみつける。レイチェルが庭仕事をしているときも、ジョーはたいていすぐそばにいた。二人は互いに敬意を払いながらパートナーとして認め合い、そんな関係に満足していた。

ジョーは眠れていいわね。レイチェルはひとりごちながら、庭を横切り、高い松林のあいだの曲がりくねった小道を歩いて浜辺へ向かった。家を訪れる者は、郵便配達夫以外ほとんどいないので、番犬としてのジョーの出番はあまりなかった。彼女の家は、ラファティー家の地所を横切る未舗装の道の突き当たりにあり、近くには家がなかった。ジョン・ラファティーが唯一の隣人だが、彼はふらりとおしゃべりしに来るタイプではない。地元で獣医をしているハニー・メイフィールドがラファティーの牧場を訪れた帰りに立ち寄ることはあった。ハニーとはかなり厚い友情で結ばれている。でもそれ以外のとき、レイチェルは一人でいることが多かった。

小道は松林の中をなだらかに下っている。今夜は満天の星空だ。子供のときからこの道を歩いているので、懐中電灯を持たなくても、迷うことはなかった。家から浜辺までは四百メートルほどの距離だ。レイチェルは夜の浜辺を散策するのが大好きだった。海のパワーを耳で聴くには絶好の時間帯で、波頭が真珠色に泡立つほかは、辺りは黒々としていた。干潮時には、砂浜に残された宝物が姿を見せた。レイチェルはその海からの贈り物をたくさん集めていたが、ターコイズブルーの海が与えてくれる驚異には常に感動しどおしだった。

今夜はとても美しい。長年星空を見てきたが、これほど明るい星空は初めてだった。星明かりが波に屈折して、きらきらしている。水際には海草が繁茂していて、干潮時にはぎざぎざの岩が現れ、気をつけて歩かなくてはならない。そうした欠点はあるものの、この湾では光と水が織りなす魔法が演出されていた。海のパワーと美しさに魅せられて、レイチェルはそのきらめく海を何時間でも眺めていられた。

潮風が髪を舞い上げ、レイチェルは磯《いそ》の香りのする澄んだ空気を吸い込んだ。今ここには彼女と海だけが存在していた。

風が向きを変えて髪をもてあそんだ。レイチェルは目元にまつわりつく髪を払いのけようとした手を止め、海を凝視して、かすかに眉根を寄せた。一瞬、何か動くものが見えた。しかし、もう一度目を凝らしても、打ち寄せる波が見えるばかりだった。魚か流木かもしれない。彼女は花を生けるのに形のいい流木を探していたので、髪を後ろに押しやって波打ち際まで歩いていった。

すると、また水面に動くものが見えた。泡立つ波に足を濡《ぬ》らしながら、歩いていった。そのとき奇妙な形の黒い物体が現れた。銀色の星明かりで見ると、それは腕のように見えた。弱々しく前に突き出され、疲れきった人が必死に泳ごうともがいているようだ。その横の黒いものが頭のように見える。

レイチェルの全身に電気が走った。気がつくと海に入り、波をかきわけながら、もがいている人影に近づいていた。けれども波が邪魔をして、彼女を浜に押し戻そうとする。ちょうど潮が満ちはじめたのだ。人影が見えなくなり、レイチェルの喉からしゃがれた悲鳴がもれた。海水はもう胸元まで来ていて、波が顔に当たって砕けた。あの人はどこへ行ったのかしら？　黒い海のどこにも姿がない。必死に両手で辺りを探ったが、触れるものはなかった。

波が浜辺に押し上げるかもしれない。レイチェルは体の向きを変えて浜辺に戻った。するとまた一瞬、人の頭が見え、すぐに海中に沈んだ。レイチェルは夢中で泳いでいき、まもなく人の頭を海中から持ち上げた。男はぐったりとして、目を閉じていた。

「わたしの前で死なないで！」レイチェルは歯を食いしばりながら、彼を抱えて引きずった。満ちてくる潮に足元をすくわれて二度も転びそうになり、溺《おぼ》れるのではないかと思った。ようやく浜辺まで引き上げると、レイチェルは両手と両膝を砂浜について咳《せ》き込み、あえいだ。体じゅうの筋肉が震えていたが、彼女は男の体の上にかがみ込んだ。

2

男は裸だった。しかし、今は気にしていられない。もっと差し迫った問題がある。レイチェルはまだ息を切らしていたが、なんとか呼吸を整え、男の胸に手を置いて、心臓の鼓動か呼吸による上下動を探った。彼は動かなかった。あまりにも静かで、生きている兆候が何ひとつ見えない。肌も冷えきっている……。

冷たくて当然だわ！　レイチェルはすばやく体を起こし、疲労からくる睡魔を振り払った。彼がどのくらい海につかっていたかはわからない。だが、最初に見かけたときは衰弱しながらも泳いでいた。

一刻を争うときに、貴重な時間を無駄にしてはいられないとレイチェルは思った。

男をうつ伏せにするのに、大変な労力を使った。彼は大柄なうえに、明るい星空の下で見ると、とても筋肉質だった。レイチェルはあえぎながら、彼をまたぎ、肺を刺激しようと、規則正しく押しはじめた。これも祖父からみっちり教え込まれたことのひとつだった。

彼女は腕も手も、庭いじりと水泳に鍛えられてたくましい。何度も押しているうちに、彼は咳《せ》き込み、口から海水を吐き出した。

「その調子よ」レイチェルは手を休めずにささやいた。男は咳き込み、彼女の下で体の上下動を始めた。そしてしゃがれ声でうめくと、体を震わせてぐったりとなった。

レイチェルは急いでまた彼をあおむけにして、不安げにかがみ込んだ。今度は呼吸が聞こえた。速く荒い呼吸だったが、間違いなく息をしている。彼は目を閉じていて、体を揺すると顔が横向きになった。だが、まだ彼は意識を失っていた。

濡《ぬ》れたシャツに潮風を感じ、レイチェルは愕然《がくぜん》として身を震わせた。砂地に横たわる男の黒い頭部を眺めているうちに、ふと肩に巻きつけられた布きれに目が行った。そっとはずしてみた。どんな事故にあって海に放《ほう》り出されたかわからないが、これは彼の着ていたシャツの一部だろうか。しかし、手にした布はデニムだった。この季節に着るにしては厚すぎるうえに、結び目まである。もう一度引っぱると、布の一部がはずれた。パッドのように折りたたまれて、結び目の下に差し込んである。肩の首に近い部分に、本来あるべきではない、胸がむかつくような丸い穴があいていた。それは、青白い星明かりの下では黒く見えた。

何による傷かわかってレイチェルはぎょっとした。彼は銃で撃たれている！　今まで数えきれないほどの銃創を見てきたから、すべてを銀色の輝きと黒い影に変えてしまうほのかな星明かりの下でさえ、見間違えるはずはなかった。彼女は海上に視線を投じ、ボートの小さな明かりを探して目を凝らした。だが、何も見えなかった。体じゅうの感覚が警報を発し、神経がぴりぴりした。人は理由もなく銃で撃たれたりしない。最初に彼を撃った者が誰であれ、また撃ってくるかもしれないと考えるのが理屈だろう。

彼には助けが必要だ。でも、肩を貸して家まで運ぶのは無理だ。レイチェルは立ち上がって暗い海にもう一度目をやり、見すごしたものがないか確かめた。だが、目の前に広がる海には何もなかった。一度家に帰って戻ってくるまで、彼にはここで待っていてもらうしかないだろう。

そう決めてしまうと、レイチェルはためらわなかった。身をかがめ、男の腋《わき》の下に手を入れ、踵《かかと》を砂に埋《うず》めながら、彼が満ち潮にのみ込まれないところまで懸命に引きずり上げた。レイチェルが負傷した肩の下に手を入れて引っぱると、男は痛みを感じたのか低いうめき声をあげた。一瞬目頭が熱くなったが、ここでやめるわけにはいかない。もう十分という場所まで来ると、レイチェルは彼の両肩をできるだけ静かに砂地に下ろした。

彼に聞こえないのはわかっていたけれど、息を切らしながらそっと謝った。「ごめんなさい、すぐに戻ってくるから」濡れた顔に軽く触れて言う。

浜辺を上って松林を通り抜ける小道は、普段はたいした距離に思えなかったが、今夜は果てしなく遠く思えた。むき出しの松の根元に裸足《はだし》の爪先《つまさき》をぶつけても、小枝をシャツに引っかけても、かまわずにレイチェルは走りつづけた。少し太めの枝にシャツが引っかかり、前へ進めなくなった。頭に血が上っていたので、立ち止まって枝をはずさず、そのまま無理に進んだ。すると鈍い音がしてシャツが破れた。

枝から解放されたレイチェルは、斜面を猛烈な勢いで登りはじめた。

小さな家の明かりが闇夜《やみよ》に光り、レイチェルを出迎えた。安らぎと親しみのオアシスだったはずの我が家が、もうそうは見えなかった。自分一人でこの隠れ家にこもるわけにはいかない。浜辺の男の命が、わたしの手にかかっているのだ。

レイチェルが戻ってきた足音を聞きつけたジョーが、ポーチの隅に立った。首筋の毛を逆立て、喉から唸《うな》り声を発している。庭を走り抜けるときにジョーの影が見えたが、レイチェルにはなだめてやる時間はなかった。けれども、階段を上がりきってスクリーンドアを猛烈な勢いで開けても、ジョーは振り向きもしなかった。松林と浜辺の方向を向いて、見張りを続けていた。レイチェルと、夜間に彼女を飛んで帰ってこさせた何物かとのあいだに身を置いて、ジョーは全身の筋肉を震わせていた。

レイチェルは受話器をつかみ、筋道を立てて話ができるように呼吸を整えた。両手を震わせながら電話帳をめくり、救急病院か救助隊の番号を探した。保安官事務所でもいい。もう、どこでもいいわ！　彼女は電話帳を落としてしまい、悪態をつきながら身をかがめて拾い上げた。彼に必要なのは医療処置だ。警察で報告書を作成されることではない。

ようやく見つけ、その番号を叩《たた》いた。が、突然手が凍りつき、電話機を見つめた。警察の報告書……今は論理的な説明はできないが、レイチェルは、なぜかこのことは秘密にしておくべきだと直感した。長年取材記者として培った勘が、絶え間なく警告の信号を送ってきていた。これまでそうしてきたように、彼女はその勘を信じた。受話器を戻し、震えながらその場で頭の中を整理しようとした。

警察はだめだ――まだ今は。浜辺の男は無力で、わたしにとっても、ほかの誰にとっても脅威にはならない。もし争いがこじれて銃で撃たれた、というような事件でないとしたら……。彼は麻薬密売人かもしれない。テロリストかもしれない。なんだって考えられる。でも、もしかすると、まったく違うかもしれない。彼の命運はわたしの手にかかっている。

レイチェルは寝室のクローゼットからキルトを取って、家を飛び出した。ジョーもすぐあとを追ってきた。彼女の頭の中に、過去のいくつかの事件が浮かび上がった。真実とはかけ離れたそれらの事件は、まことしやかなうわべだけが受け入れられてファイルされ、真相は永遠に封印されていた。この世には、大半の人が日常生活を営む通常の世界を超えた、別の世界も存在する。危険、虚偽、裏切り……といった行為に、嫌疑をかけられることさえない世界だ。レイチェルはそういう階層の存在を知っていた。その世界がB・Bの命を奪ったのだ。

浜辺の男が犯罪者だとしたら、彼には傷が癒《い》えて当局に引き渡されるまでの時間が残されていることになる。逆に、もし犠牲者だったら、彼にはわたしが与える時間しかないのだ。

彼は先ほどの場所に横たわっていた。満ち潮が足から数センチのところまで迫っている。レイチェルはあえぎながら砂地にひざまずいて、彼の胸に手を当てた。まだ生きている証《あかし》を感じてほっとする。ジョーは男に視線を据え、耳を後ろに倒して喉の奥から唸り声をあげた。

「大丈夫よ、ジョー」レイチェルは犬を軽く叩いて言った。ジョーは珍しく逃げなかった。

レイチェルは砂地にキルトを広げ、男を転がしてキルトの上にのせた。彼は今度はうめき声をあげなかった。彼が苦痛を感じられないのがせめてもの救いだ。

少し休まないと動けなくて、レイチェルはしばらく不安げに海を眺めた。行きかうボートの明かりが見えることは珍しくなかったが、今夜は一隻も見えない。ジョーが足元をかすめて歩いてきて、また唸った。レイチェルは力を振り絞り、男の頭部に近いキルトの両端を持ち、砂に両足の踵を埋めてふんばった。全体重をかけて引きずったのに、わずか数十センチしか進まなかった。

砂浜を抜けて、松葉が敷きつめられた松林に入れば、もっとらくに運べるかもしれない。ある程度は覚悟していたが、体力の限界に挑むほどの重労働になるとは思っていなかった。だが、力にも健康にも自信があるし、彼の命はわたしの手にかかっているのだ。たとえ二、三センチずつしか進まなくても、必ず彼を家まで運んでみせる！

砂浜をなんとか抜けると、松葉で滑りやすくなったキルトはそれまでより動かしやすくなった。だが、逆に道は上り坂になった。勾配《こうばい》はなだらかで、普段はらくらく歩いていたが、体重九十キロくらいの人間を引きずり上げるには、絶壁を登るくらいの労力が必要だった。レイチェルは、進もうとしてはよろけ、何度も膝をついた。ぜいぜいと荒い息をつき、上り坂を半分も行かないうちに体じゅうが悲鳴をあげた。しばらく足を止めて松の木にもたれ、過剰労働に伴う吐きけと闘った。手足が震え、木にもたれなければ立っていられそうになかった。

どこか近くでふくろうが鳴き、こおろぎがのどかに歌っている。ジョーはレイチェルにつきっきりで、彼女が休むたびに、足元に寄り添ってきた。普段のジョーからは考えられない行為だった。レイチェルは深呼吸をして、もうひとがんばりしようと意を決した。ジョーの脇腹《わきばら》を軽く叩いて声をかけた。「よしよし、いい子ね」

彼女がかがんでまたキルトを持つと、ジョーはびっくりするような行動に出た。キルトの端をくわえて唸ったのだ。レイチェルはジョーを見つめた。これ以上キルトを引かせまいとしているのだろうか？

レイチェルは震える足で倒れないように用心しながらふんばり、残っていた力を振り絞ってキルトを引っぱった。するとジョーも唸りながら、両足をふんばって引いたのだ。ジョーの助けを得て、キルトは一メートルほど進んだ。

レイチェルは驚いて足を止め、ジョーを褒めてやった。「いい子ね。ほんとにすごい！」今のはただの偶然だろうか。ジョーは力のある大型犬だ。ハニー・メイフィールドが、ジョーの体重は四十キロ近くあるのではないかと言っていた。もし一緒に引いてくれたら、斜面もすぐに上がれるだろう。

「いいかしら」レイチェルはキルトをさらにしっかりと握ってささやいた。「もう一度やれるか、見せてちょうだい」彼女が引くと、ジョーも喉から低い声をもらしながら引いた。レイチェルの行動に納得はいかないが、彼女がやるなら手を貸そう、と言わんばかりだった。

ジョーの助けがあると格段にらくで、まもなく松林を出た。ここまで来れば、あとは未舗装の道と小さな庭を横切って家に着く。レイチェルは腰を伸ばして家を眺めた。どうやって階段を上がろうか……。でもここまで運べたんだから、なんとかなるだろう。彼女は身をかがめてまた引っぱりはじめた。

浜辺で一度うめき声をあげてからは、男はまったく声を出していなかった。地表に張り出した木の根や未舗装の道の上を引きずったのに。

レイチェルはキルトから手を離し、そばの湿った草地にしゃがみ込んで、また彼の息を確かめた。まだ息はしている。

彼女はもう一度階段を眺めて額にしわを寄せた。この階段の上に彼を持ち上げるには、ベルトコンベヤーが必要だ。早くなんとかしなければ……と、あせりがつのる。彼には手当てが必要だし、できるだけ早く家の中に隠したほうがいい。偶然に客が来ることはないだろうが、彼を探しに来る者は、偶然の客とは言えない。彼が意識を回復するまで――もっと状況がわかるまで、彼をかくまっておかなければならない。

階段の上に運び上げるには、海から助け出したときのように、腋の下に両手を入れて引きずり上げるしかないだろう。ジョーにはもう手伝ってもらえない。頭と両肩と胸は体のなかでいちばん重い部分だが、それを一人で持ち上げなければならない。

レイチェルは息を吸った。こうして芝生に座り込んでいても何も解決しない。だが彼女は疲れきっていた。脚も腕も鉛のようで、思うように動かない。立ち上がろうとして、少しふらついた。男をキルトにくるんで後ろへまわり、両手を腋の下に入れた。使えるてこの力を最大限に利用し、彼をなかば座らせるようにして、すばやく自分の両脚で支えた。彼が倒れそうになると、レイチェルはかけ声とともに胸元をしっかりと抱えて両手を組んだ。彼は首のすわらない新生児のようにうなだれた。ジョーは彼女の隣で心配そうに唸り声をあげた。

「いいのよ」レイチェルはあえぎながら言った。「今度はこうするしかないの」自分が犬に言っているのか、男に言っているのかわからなかったが、どちらにとっても大切な言葉に思えた。

階段は背後にある。レイチェルは男の胸を抱えたまま、後ろに体を倒した。一段目の階段にお尻をしたたかに打ちつけ、さらに上段の縁で背中の皮膚をすりむいたが、なんとか少しでも彼を持ち上げようとした。背中と脚の筋肉に力がかかり、焼けつくような痛みが走った。

レイチェルは歯を食いしばり、鍛えてある腿の筋肉を使って、もう一度立ち上がった。痛みと、ふたたび体を持ち上げて倒し、彼を引き上げた。今度は上段に腰を下ろしていた。痛みと、やり遂げたという思いから目に涙がにじんだ。両足はまだ庭に投げ出されているが、上半身をポーチに持ち上げられたのだから、あとはなんとかなるだろう。もう一度、苦痛を伴う作業をすれば……。

自分がどうやってやり遂げたかも、どこからそんな力が出てきたかもわからなかった。彼女は力を振り絞って彼を引き上げた。突然、足の力が抜け、ポーチにあおむけに倒れてしまった。彼はレイチェルの脚の上に横たわっていた。呆然《ぼうぜん》としながら、彼女はしばらく小さな虫が群がる黄色いポーチの電灯を見上げていた。あばら骨の下で心臓がどきどきしている。筋肉を酷使したせいで体が要求している酸素を肺にたっぷり吸い込もうとすると、荒い息と一緒にすすり泣きがもれた。彼の体重で脚がつぶれそうだ。でもポーチに身を横たえている。彼が脚の上にのっているということは、ついにやり遂げたのだ。彼を階段の上に運び上げたのだ！

レイチェルはうめき声とも悲鳴ともつかない声をあげながら、体を起こして座った。覆いかぶさる彼の下から抜け出すのに、しばらく重さと格闘しなければならなかった。彼女はスクリーンドアまで這《は》っていき、戸を開けてからまた彼のそばに戻った。あともう少しだ。玄関を入り、右に曲がって寝室に入ればいいのだ。距離にして六メートルから九メートル。それだけ運べばおしまいだ。

キルトの端を持って引っぱるという最初の方法がよさそうだった。ジョーは喜んでまた力を貸してくれるつもりらしい。レイチェルはすでに貴重な力を出しつくしていたので、ジョーの力に頼らなければならなかった。苦労しながら、ゆっくりとポーチにいる男を引きずった。ジョーと同時にはドアをくぐり抜けられないので、先にレイチェルが入り、膝をついて、またキルトを握り直した。あとから入ってきたジョーが足をふんばり、渾身《こんしん》の力を込めてキルトを引くと、キルトにくるまれた男はドアを越えた。

そのまま止まらずに、いっきに運んでしまったほうがよさそうだ。レイチェルは寝室に向かい、まもなく彼の体は彼女のベッドの横の床に横たわった。レイチェルがキルトを放したとたん、ジョーも同様にして、彼女のそばから離れた。ジョーは家の中に閉じ込められ、首筋の毛を逆立てた。

レイチェルはジョーを撫《な》でるのは控えた。ジョーはすでにこれまでの限度を大きく超えて、さまざまな貢献をしてくれた。これ以上要求するのは酷だろう。

「こっちよ」レイチェルはなんとか立ち上がると、ジョーを玄関まで案内した。彼はふたたび自由を求め、ポーチの明かりが届かない暗闇に姿を消した。レイチェルはゆっくりとスクリーンドアを閉めた。

玄関と裏口のドアの錠をかけに行き、窓のカーテンを引いてまわったあと、寝室の古風なベネチアンブラインドも下ろした。こうして家をできるだけ安全な状態にしてから、寝室の床に横たわっている裸の男を見下ろした。彼には熟練者による治療が必要だ。でも医者を呼ぶわけにはいかない。医者には銃創を警察に届ける義務があるからだ。

だが一人だけ、力になってくれそうな人物に心当たりがあった。レイチェルはキッチンへ行き、ハニー・メイフィールドに電話した。彼女が家にいてくれることを、指で十字を切って祈りながら。三度目の呼び出し音が鳴ったところで、眠たそうな声がした。「はい、メイフィールドです」

「ハニー、レイチェルよ。家まで来てもらえないかしら?」

「今?」ハニーのあくびが聞こえた。「ジョーの具合が悪いの?」

「うちの動物たちは元気よ。でも……診察鞄《かばん》を持ってきてくれない? 食料品袋か何かに入れて」

ハニーの声から眠けがいっきに吹き飛んだ。「冗談を言ってるの?」

「とんでもない。急いで来て」

「わかった。できるだけ早く行くわ」

二人は同時に電話を切った。レイチェルは寝室に戻り、男の横にしゃがんだ。あれだけ手荒く扱ったのに、彼はまだ意識がない。大量出血でひどいショック症状を起こしているか、瀕死《ひんし》の状態にあるとしか思えない。激しい不安にとらわれ、震える手で彼の顔に触れてみた。そうすれば命の素が伝えられるとでもいうように。さっきより熱が高く、苦しそうに胸を上下させながら呼吸をしている。肩の傷口からじわじわと血がにじみ出し、体じゅうに砂がついている。髪から砂を払い落とそうとした彼女の指先が、べとべとしたものに触れた。レイチェルは顔をしかめながら、手についた赤い液体を見た。頭部にも傷がある。それなのに、わたしはあの上り坂を引きずり、階段からポーチの上に引きずり上げてしまった。彼を殺さずにすんだのが不思議なくらいだ。

レイチェルはキッチンへ走っていき、いちばん大きなプラスチック製のボウルにお湯を入れて、寝室へ引き返した。彼の横に座り、できるだけそっと髪から血と砂を洗い落とした。右側頭部にあるこぶが指先に触れた。髪をどけてみると、ぎざぎざの裂け目が現れた。銃創ではない。頭をどこかにぶつけたか、何かで殴られてできたような傷だ。でも、どうして彼は意識が回復しないのだろう？　最初に見かけたときは、ちょうど満ち潮が始まったときだったが、彼は泳いでいた。ダイヤモンド湾《ベイ》の入江に入るまでは、意識を失っていなかったのだ。

彼女は布をこぶに当てて、傷口から砂を取り除こうとした。彼は湾の入江に並んだ巨大な岩のひとつに頭をぶつけたのだろうか？　引き潮だと、岩は海面のすぐ下にあるので、岩の場所を正確に知らないとよけるのは難しい。レイチェルは脳震盪《のうしんとう》を起こしているらしい彼を、ずっと引きずってきた自分を思い、唇を噛《か》んだ。もし見当はずれの想像をしていたらどうしよう？　わたしが躊躇《ちゅうちょ》したせいで、彼が死んでしまったら？　脳震盪も銃創も深刻な状態だ。ああ、わたしの行いは本当に正しいのだろうか？　彼はたまたま銃で撃たれて、夜間に船から転落したのだろうか？　今この瞬間も彼を血眼になって探している人がいるのだろうか？

レイチェルは彼を見下ろして、謝罪するかのようにその肩に触れた。日焼けした彼の熱い肌を軽く指で撫でた。なんてばかなことをしたんだろう！　すぐに救助隊を呼ぼう。手荒な扱いで、かえって傷を負わせていないことを祈りながら。突飛な想像のことはさっさと忘れて、電話をかけよう。そう思って立ち上がりかけたとき、自分がずっと彼の脚を見つめていたことに気がついた。左脚にデニムの布が巻かれ、結ばれていることにも。彼は撃たれた肩にもデニムを巻いていた。背筋がぞくっとした。レイチェルは足元へ這って移動した。そこで目にするものにすでに怯《おび》えていた。きっちりした結び目は、水を含んで固くなっていた。

彼女は裁縫箱からはさみを取り出して、きれいに布地を切断した。腿の外側の筋肉にできた醜い傷口を見たとき、レイチェルの手からはさみが落ちた。彼は脚も撃たれている。弾の侵入口も出口もあるので、少なくとも弾は体内にはない。肩はそういう幸運に恵まれていなかったが。

偶然に二度も銃で撃たれる人間はいない。何者かが彼を故意に殺そうとしていたのだ。「そんなことはさせない!」その声に自分でも驚いた。床に横たわっているのは見も知らない男だが、無力な我が子を守る雌ライオンのように、彼女は彼の体の上に身をかがめた。状況がわかるまでは、誰にも手出しさせない。

レイチェルはできるだけ優しい手つきで、彼の体を洗いはじめた。男の裸体にまごついたりはしなかった。こんな状況で、彼の素肌にしり込みするのはばかげていると思った。彼は負傷していて無力だった。裸で日光浴をしている男に近づくのは、また別の話だが、今、彼女を必要としている彼を助けるのに遠慮するつもりはなかった。

家の前の道を車が近づいてくる音がした。レイチェルは急いで立ち上がった。ハニーだわ。ジョーは男性に対してほど女性に敵対心は持たないが、今夜は興奮しているので心配だ。レイチェルは玄関のドアの錠をはずして開け、ポーチに出た。ジョーの姿は見えなかったが、夾竹桃《きょうちくとう》の低木の下から低い唸り声がした。ハニーの車が車回しに入ってくると、レイチェルはジョーにそっと声をかけた。

ハニーは車から降りて、後部座席から食料品袋を二つ取った。「起きて待っててくれてありがとう」彼女は明るく言った。「オードリーおばさんが、あなたの店にこういうキルトを置いてもらえないか見てほしいんですって」

「中に入って」レイチェルは招き入れた。ハニーが階段を上がるとまたジョーが唸ったが、夾竹桃の下から出てはこなかった。

ハニーは床に食料品袋を置き、レイチェルが用心深く玄関ドアに錠をかけるのを見守った。

「どうかしたの？　どうして診察鞄を食料品袋に入れさせて、キルトが入った袋みたいに見せかけさせたの？」

「こっちよ」レイチェルはそう言って寝室に案内した。

彼は規則正しく胸を上下させているだけで、まだ動かなかった。

「この人、銃で撃たれてるの」レイチェルは彼の隣に膝をついて言った。

ハニーの顔が蒼白《そうはく》になった。「なんですって？　どういうことなの？　彼は何者？　保安官は呼んだの？　撃ったのは誰なの？」

「今の質問のうち、三つの答えはわからない」レイチェルはハニーの顔を見ずにそっけなく答えた。そして男の顔から視線をそらさなかった。彼が目を開き、自分の口からハニーの質問に答えてくれたらいいのに、と願いながら。「それに保安官を呼ぶつもりもないわ」

「どうして？」ハニーの声は悲鳴に近かった。いつもの冷静さは、床に倒れている裸の男を見て、どこかへ吹き飛んでしまっていた。「あなたが撃ったの？」

「まさか！　彼は浜辺に打ち上げられたのよ！」

「だったら、なおさら保安官に連絡しなくちゃ！」

「だめよ！」レイチェルは顔を上げた。その目は激しく燃えていたが奇妙に落ち着いてもいた。「そんなことをすれば、彼の命が危険にさらされるわ」

「あなた、理性はどうしたのよ？　彼には医師が必要だし、保安官は彼がなぜ撃たれたか調査する必要があるわ。凶悪犯か、麻薬密売人かもしれないのに！」

「ええ、そうね」レイチェルは深いため息をついた。「でも彼の状況を考えると、そんな危険は冒せない。彼は無力よ。もし犯罪者でないなら……病院に入れたら、また襲われるかもしれない」

ハニーは頭に手を当てて、うんざりしたように言った。「なんの話をしてるのよ。どうして誰かがまた彼を襲うかもしれないなんて考えるの？　相手が、やりかけた仕事を最後までやるってこと？」

「ええ」

「そういうことは保安官に任せましょうよ」

「聞いて」レイチェルは引かなかった。「取材記者だったころ……奇妙なことに遭遇したわ。ある夜、死体が発見された現場に居合わせたの。男は後頭部を撃たれていた。郡保安官が報告を行い、身元確認のために死体を運び出したわ。ところが二日後の新聞には、死因は事故死だという短い記事が出ただけだった！　わたしはおかしいと思って、ファイルを調べてみようと思った。ところがファイルは消えていた。頭部を撃たれて死んだ男の記録が、検死官事務所から消えていたのよ。ついには、かぎまわるのはやめろと命じられた。政府のしかるべき筋がその問題の処理を行ったので、詮索《せんさく》はやめるようにと」

「納得のいかない話ね」ハニーはつぶやいた。

「死んだ男はエージェントだったのよ」

「どこの？　麻薬取締局《DEA》？　連邦捜査局《FBI》？」

「いい線いってる。でも、あとひと息」

「スパイなの？　彼はスパイだったって言うの？」

「彼は秘密諜報《ちょうほう》員だったわ。どちら側のスパイかわからなかったけど、すべてもみ消されて存在すらしなかったということになったの。その後、公表の内容とはまるで違う事件があることを発見したの。だからわたし、当局に引き渡せばきっと彼の身は安全だろう、なんて単純には思えないのよ。いろいろ見てきてしまったから」

「彼が諜報員だと言うの？」ハニーは茶色い目を見開いて男を見下ろした。

レイチェルは冷静に答えようと努めた。「その可能性もあると思う。保安官に引き渡したら、彼の命を危険にさらすかもしれないわ。公式記録に残れば、彼の命を狙《ねら》う何者かがそれを手がかりにするかもしれない。彼をかくまえば、あなたの命も危険にさらされるかもしれない」

「彼は麻薬密売人かもしれないわよ」

「そうね」とレイチェルは認めた。「でも、もしわたしが手を差し伸べなければ、彼にはチャンスがないわ。もしDEAが麻薬組織をつぶしたのなら、テレビか新聞で何か報道されるでしょう。彼が脱獄囚の場合も。でも今の彼は人に危害を加えられるような状態じゃないから、わたしは大丈夫よ」

「もし麻薬取り引きの失敗だったら、別の悪党が彼を追いかけてるかも。あなたはそっちの連中に襲われるかもしれないわ」

「その危険は覚悟しておかないとね」レイチェルは静かに言い、グレーの瞳で、ハニーの心配そうな目を見た。「わたし、あらゆる可能性も危険も覚悟のうえで言っているの。突飛な想像かもしれないけど、もしわたしの予想どおりだったら、彼がどんなひどいことになるか……考えてみて」

ハニーは深いため息をつき、さらに説得を試みた。「負傷したスパイが浜辺に打ち寄せられるなんて信じられないわ。ごく普通の人間の身には起こらないことよ。あなたには風変わりな面があるけど、まだ正常の範囲内だと思ってた」

レイチェルは耳を疑った。この州一の論理的なハニーの口からそんな言葉を聞かされるとは。「彼の職業がなんであれ、わたしだって家の前の浜辺に負傷した男が打ち寄せられるなんて考えられなかったわよ！　でも、現実なんだから！　彼は助けを必要としてるわ。わたしにできることはしたけど、彼は治療を必要としてるの。肩にまだ弾が入ってるのよ。ハニー、お願い！」

ハニーはさらに蒼白になった。「獣医のわたしに治療しろと言うの？　彼に必要なのは医者よ！」

「医者は呼べないわ。銃創はすべて警察に報告する義務があるから。ハニー、あなたならできるわ。生命を維持する器官は傷ついてないから。肩と脚を負傷してて、脳震盪を起こしているようなの。お願いよ」

ハニーは裸の男を見下ろして、唇を噛んだ。「彼をどうやってここまで連れてきたの？」

「ジョーとわたしで引きずってきたのよ、このキルトにのせて」

「脳震盪がひどければ、手術が必要になるかもしれない」

「ええ。でもその場合はまた考えるわ」

二人はしばらく無言で、足元に静かに横たわっている男を見下ろしていた。

「いいわ」ハニーはついに低い声で答えた。「全力を尽くしてみる。さあ、彼をベッドに寝かせましょう」

それは彼を浜辺から運ぶのと同じくらい大変だった。ハニーは体格も力もレイチェルより勝っていたので、彼の腋の下を抱えた。レイチェルは彼の腰と腿の下に腕を入れた。彼は大柄で筋肉質のうえ、意識がないから重たい。傷口に気を配る必要もあった。

「ああ、重い」ハニーはあえいだ。「いったいどうやってあの坂を登ってこの家まで運び込んだの？　ジョーが手伝ったにしても」

「やるしかなかったんだもの」

ついに二人は彼をベッドの上に持ち上げた。レイチェルはその夜の重労働に疲れ果てて、床にへたり込んだ。ハニーは男の診察を始めた。そばかすの散った顔は真剣そのものだった。

3

時計は午前三時をまわっていた。ハニーが帰ってから三十分になる。レイチェルは疲れていたがシャワーを浴び、髪についた塩分を洗い流した。昼間の暑さはようやくおさまり、快適な気温になっていた。だが、まもなく夜が明けるから、また上昇しはじめるだろう。寝られるうちに寝ておかなければならないが、髪が濡《ぬ》れている。ため息をつくと鏡台に向かい、ヘアドライヤーのスイッチを入れた。

男はまだ眠っていて、意識がなかった。彼は確かに脳震盪《のうしんとう》を起こしているが、深刻な状態ではなく、また昏睡《こんすい》状態に陥っているわけでもない、というのがハニーの診断だった。意識不明が続いているのは、疲労と大量出血とショック、それに頭部の強打が重なったためだという。ハニーは肩から弾丸を摘出して傷口を縫合し、包帯を巻き、破傷風の予防と抗生物質の注射をした。それからレイチェルと二人で彼の体を洗い、シーツを替え、できるだけ彼が心地よく休めるように努めた。ハニーは協力しようと腹をくくると落ち着きを取り戻し、いつもの有能ぶりを発揮した。レイチェルは自分はすでに肉体的な限界に達していると思っていたが、どこからともなく力がわいてきてハニーの助手を務めていた。

髪が乾くと洗いたてのシャツを着た。鏡に映った顔はとても自分の顔とは思えなかった。肌が青白く、疲れて目の下にくまができている。頭もぼうっとしていた。そろそろ眠らなければ。でも、どこで？

この家に唯一あるベッドは、男が占領していた。お揃《そろ》いのラブソファが二つあるだけで、普通のサイズのカウチはなかった。床に間に合わせのベッドを作ることもできなくはなかったが、疲れていてとてもこれ以上動けそうになかった。バスルームを出て、雪のように白いシーツがかかったベッドを見た。そして、シーツのあいだで物音ひとつたてずに静かに横たわっている男を見た。

どうしても眠らなければならない。そして、彼が目を覚ましたときのために、そばについていなければならない。わたしは三十歳の未亡人だ。びくびくと怯《おび》えたりする純情娘ではない。いちばん賢明なのは、このベッドにもぐり込んで彼の隣で眠ることだ。しばらく彼を見つめてから、レイチェルは意を決し、明かりを消した。それからベッドの向こう側へまわり、シーツのあいだに体を滑り込ませた。疲れきった筋肉をようやく休めることができて、思わずうめいた。彼女は横向きになり、彼が動いたときに目が覚めるように彼の腕に手をのせた。それから眠りに落ちた。

目を覚ますと暑くて汗だくになっていた。目を開けて、隣で寝ている浅黒い男らしい顔を見たとたん、レイチェルの中で警報が鳴った。記憶がよみがえり、肘を立てて彼を見た。この暑いのに、彼は汗をかいていない。呼吸が少し速い気もする。たちまち不安になった。体を起こして顔に手を当ててみると、熱がある。これは予測しないことではなかった。

慌ててベッドを出たレイチェルは、もう正午を過ぎているのに気がついた。どうりで家の中がこんなに暑いわけだ！　窓を開けて天井のファンをまわし、家の中の熱気をいくらか外に出してから冷房を入れることにした。患者の体を冷やさなければならない。

レイチェルはスプーン一杯の水に二錠のアスピリンを溶かし、彼の頭をそっと持ち上げて飲ませようとした。

「口を開けて」まるで赤ん坊をあやすような口調になった。「わたしのためにこれを飲んで。そしたらやすませてあげるから」彼の頭の重みが肩にずっしりとかかった。黒いまつげは頬の上で動かない。指に触れる髪は豊かでつややかだったが、その熱い髪に触れて、彼が高熱を出していることを思い出した。スプーンを押しつけると、彼の下唇がわずかに動いた。「さあ、口を開けて」レイチェルはささやいた。

意識のレベルには、いったい何段階あるのだろう。声は聞こえているのかしら？　言葉の意味はわかる？　それとも低い優しげな調子が伝わっているだけだろうか？　触れると感じるのか？　あたたかい体の感触はわかるのか？

何かが届いたらしく、男は彼女のほうを向こうとして肩に頭を押しつけ、わずかに口を開いた。喉に詰まらせないでと祈りながら、レイチェルは薬をのませた。心臓がどきどき打っている。彼がふたたび意識を失わないうちに、スプーン三杯分の水を飲ませることができた。

レイチェルはタオルを冷水で濡らして彼の額にのせた。それからシーツを腰まで引き下げ、冷水で体を拭《ふ》きはじめた。ゆっくりと、ほとんど機械的に、胸、肩、力強い腕、それから引きしまって固い腹部を。胸毛の幅がだんだんに狭まり、細いつややかな線となり、下へ続いている。レイチェルは深いため息をつき、わずかに体が震えているのに気づいた。彼は美しい体をしている。こんなに美しい体の男性を見たのは初めてだった。

昨夜は考えないようにしていた。傷の手当てのほうが重要だったからだ。しかし、彼の魅力には気づいていた。顔だちは整っていて、鼻筋が口元まで まっすぐに通っている。その口元は断固とした強さが感じられ、くっきりした上唇は強い決断力の持ち主であると同時にやや非情なところがあることをうかがわせる。一方、下唇はどきどきするほど官能的だった。顎は髭《ひげ》が伸びはじめて黒っぽくなっていた。豊かな髪は絹糸のようで、石炭のように黒い。全身が日焼けしていて、肌は深いオリーブ色になっていた。

筋肉質の体だが、むきむきのボディビルダーとは違って、不快な印象は受けなかった。力強さと俊敏さを備えるために訓練された男の筋肉だった。レイチェルは両手で彼の片手をはさんだ。指は長く、力を入れていなくても力強さが感じられた。手のひらと指先にたこができている。

レイチェルは彼の手を自分の頬に当て、ためらいがちに平らな腹部の傷跡に触れた。日焼けした肌に輝く銀色の線は、腹部を横切って右下に延びている。これは外科手術の傷ではない。刃物を手にした凶悪な争いの様子を想像して、レイチェルは寒けを覚えた。きっと身を翻して刃をよけたときの傷だろう。

こんな傷跡や指にたこのある男が、普通の仕事についた平凡な人間であるはずがない。普通の人なら、こんな怪我《けが》をしていて岸まで泳ぎつけるはずがない。信じられないほどの強靭《きょうじん》さと決意がなければできないことだ。彼はいったいどのくらい泳いできたのだろう？　沖を見ても明かりは見えなかった。

レイチェルは引きしまった精悍《せいかん》な顔を見た。そして閉じたまぶたの下に秘められた精神力を想像して、身を震わせた。しかし、いくら強靭でも、今の彼は無力だ。彼の命運はわたしの手にかかっている。

レイチェルはこの男をかくまおうと決意していた。最善を尽くして彼を看病し、守ろう。この決断は間違っていない。だが、その直感を裏づける事実を聞き出さないかぎり、不安は消えないだろう。

アスピリンとタオルで体を拭いたのが効を奏し、熱は下がっていた。レイチェルには眠りと意識不明の違いが区別できなかったが、彼は深い眠りについているように見えた。ハニーは今日も診察に来て、脳震盪の様子を診てくれることになっている。レイチェルには、普段の生活をする以外にできることは何もなかった。

歯磨きをして、髪をとかし、カーキ色のショートパンツと白いコットンの袖《そで》なしシャツに着替えた。いつもどおり寝室で着替えはじめたところで、ベッドで眠っている男をちらりと見た。ばかげていると思いながらもバスルームへ行き、ドアを閉めた。B・Bが死んで五年になるが、まだ男が身近にいるのに慣れていなかった。特に見知らぬ男は。

レイチェルは窓を閉め、冷房をつけて外に出た。あひるのエバニーザーと家来の一行が、よたよたと走り寄ってきた。エバニーザーはいつもなら朝一番にまいてもらえる餌《えさ》を、長らく待たされて、不満の声をあげている。エバニーザーほど怒りっぽいあひるはいないとレイチェルは思っていた。でも、白くて大きくてでぶのエバニーザーには、王様の風格らしいものが漂っている。レイチェルはエバニーザーのさまざまな奇行を見るのが好きだった。

ジョーが家の裏側から出てきた。いつものように少し離れた場所で、レイチェルががちょうたちに餌をやるのを見守っている。ジョーにも餌と水をやってから、その場を離れた。ジョーはレイチェルがいると餌に近づこうとしないのだ。

レイチェルは小さな菜園で熟れたトマトをもぎ、さやいんげんの生育を調べた。そうこうしているとおなかが鳴った。そういえばいつもの朝食の時間を何時間も過ぎている。一日の予定は大幅に狂っていた。けれど、今さら取り戻そうとしても意味がない。

家の中に戻って男の様子を見たが、動いた気配はなかった。レイチェルはタオルを取り替えてから彼の額に戻し、次に自分のおなかのことを考えた。なにしろ暑いので、ハムとチーズともぎたてのトマトでサンドイッチを作ることにした。

片手にアイスティーのグラス、片手にサンドイッチを持ち、ラジオの横に座ってニュースに耳を傾けた。国内と地元の政治情勢、住宅の火事、注目の裁判の展開、そのあと天気予報と続いた。いつもどおりのニュースが今日も続くということだ。寝室にいる男の正体や事情を説明してくれるニュースはなかった。

次にテレビをつけて一時間近く見たが、やはり変わった報道はなかった。猛暑でほとんどの人が家の中に閉じこもっているせいか、事故もなく、脱獄囚の捜索や麻薬の手入れに関するニュースもなかった。

家の前に車が止まる音がしたのでテレビを消し、立ち上がって窓の外を見に行った。ハニーが車から降りてきた。また食料品袋を抱えている。

「彼の具合はどう？」ハニーは、入ってきてすぐに尋ねた。

「まだ動かない。熱があったから、アスピリンを二錠のませたわ。それから体を拭いたの」

ハニーは寝室へ行き、彼の瞳孔《どうこう》を注意深く観察した。そして肩と腿の縫合した傷口を診て、また包帯を巻き直した。

「わざわざ新しい体温計を買ってきたのよ」ハニーは体温計を振り、彼の口に入れた。

「人間用のは持ってなかったから」

レイチェルは心配でうろうろ歩きまわっていた。「彼はどんな具合なの？」

「瞳孔の反応はよくなったし、傷口もきれい。でも、危機を脱したとはまだ言えない。回復するのにあと数日はかかると思うわ。こんなふうに安静にしてられる時間が長ければ長いほど、体のためにはいいのよ。肩や脚にも負担がかからないし」

「熱は？」

ハニーは彼の脈拍を計り、口から体温計を抜いた。「三十八度九分。それほど危険な状態ではないけれど、さっきも言ったように、回復にはまだしばらく時間がかかると思う。四時間ごとにアスピリンをのませて、あとはできるだけ水を与えて。それから、頻繁に冷水で体を拭いてあげてね。明日また来るけど、いい？」

レイチェルはなんとか笑みを浮かべた。「勝手な想像をしてないでしょうね？」

ハニーは肩をすくめた。「ラジオを聞いて新聞を読んだけど、この人に当てはまる報道はなかったわね。あなたの影響かもしれないけど、わたしも考えてみたの。それで、考えられる筋書きは二つしかないと思う。彼は諜報《ちょうほう》員か、組織から身を隠している麻薬密売人のどちらかよ」

乱れた黒髪の男を見下ろして、レイチェルはかぶりを振った。「彼が麻薬密売人だとは思わないわ」

「なぜ？　彼らには目印になる刺青《いれずみ》でもあるの？」

彼の手のたこの話はハニーにしていなかった。「わたし、自分は正しいことをしてるって、そう思い込もうとしてるだけかもしれないけど……」

「どうかしら。でも、あなたのしたことは正しいって気がしてきたわ。昨日の夜はそうは思えなかったけど。わたしもいろいろ考えてみて、今朝は保安官補と話をしてきたの。彼は何も変わったことは言ってなかったわ。もしその人が麻薬にかかわっているなら、危険な本性を見せる前に、それと気づく時間があるでしょう」

もうひとつ別の可能性がある、とレイチェルは思っていた。が、それをハニーに言うつもりはなかった。もし彼が反アメリカ側の諜報員だったら？　かつてレイチェルは、事実をあくまで追及する有能な記者だった。だから、この男をかくまうことがどれだけ危険か、ハニーよりはるかにわかっているつもりだった。しかし、なぜか保安官に引き渡して彼らのやり方に任せることができなかった。衰弱していながらも泳いでいる姿を見た瞬間から、レイチェルは彼に対して責任を持たなければならなくなっていた。これは彼女が負うべき危険だった。

「あとどのくらいしたら目を覚ますかしら？」レイチェルは小声で尋ねた。

ハニーは一瞬ためらってから答えた。「わたしが獣医だってことを忘れないでよね。発熱、大量出血、頭部打撲……原因は何かしら？　本当なら脱水状態にならないように点滴が必要なんでしょうけど。それに脈拍が速くて弱いところをみると、輸血が必要かもしれない。ショック症状を起こしているわ。でも彼は快方に向かっている。もういつ意識が戻ってもおかしくないの。そのときは彼を興奮させないでね。どんなことをしてでも、彼を起き上がらせてはだめよ」

レイチェルは筋肉質の体を見た。自分に、彼の行動を阻止することなどできるだろうか。

ハニーはガーゼと絆創膏《ばんそうこう》を鞄《かばん》から出していた。「明朝、包帯を交換して。わたしが来るのは夜になるから――容態が急変して電話をもらわないかぎりはね。でも、そのときは医者を呼んだほうがいいでしょうね」

レイチェルは引きつった笑みを浮かべた。「ありがとう。無理なことを頼んで本当にごめんなさい」

「夏の刺激剤にはなったわ。もう帰るわね。ラファティーを待たせると、どやされちゃうから」

「ジョンによろしくね」レイチェルはポーチまで見送りながら言った。

「彼のご機嫌がよければ伝えるわ」ハニーはにやりと笑った。口喧嘩《くちげんか》を楽しみにして目が輝いている。ハニーとジョン・ラファティーは、ハニーがここで開業して以来、衝突のしどおしだった。ラファティーは女の力では獣医は務まらないと言ってはばからず、ハニーは彼が間違っていることを証明してきた。二人はいつしか互いに敬意を払うようになり、年が年じゅう口論を楽しむ仲になっていた。ハニーは海外にいるエンジニアと長年婚約していて、彼がアメリカに戻ってくる冬に結婚する予定だ。だからハニーは、伝説的なプレイボーイ、ジョン・ラファティーの餌食《えじき》にならずにすんだ。ラファティーは他人の恋人に手出しはしない男なのだ。

ジョーは家の片隅に立って身を硬くし、ハニーが車に乗って走り去るのを見守っていた。レイチェルはいつもはなだめるようにジョーに話しかけるのだが、今日は自分も緊張していた。

彼女はなんとか穏やかに言った。「いい子ね。家の見張りを頼むわよ」

そのあと、レイチェルは二時間ほど執筆に取り組もうとしたが、寝室の気配に耳を澄ましてばかりいて、少しも集中できなかった。数分ごとに彼の様子を見に行った。が、彼は相変わらず同じ姿勢で横たわっていた。水分をとらせようと何度か体を起こしたけれど、頭をだらりと彼女の肩にもたせかけ、反応はなかった。夕方に、また熱が上がりはじめたので、レイチェルは執筆を断念した。アスピリンをのませるには、彼を目覚めさせなければならない。

今度はかなり高熱のようだった。肌が燃えるように熱く、真っ赤な顔をしている。レイチェルは彼の頭を持ち上げて優しく話しかけ、胸や腕を撫《な》でて起こそうとした。すると、だしぬけに彼が鋭いうめき声をあげ、顔を彼女の首のほうへ動かした。

驚きのあまり、レイチェルはしばらく身動きできなかった——彼を抱きかかえ、不精髭を首筋に感じながら。その奇妙に官能的な感覚が、彼女の体の記憶をよみがえらせた。頬がほてる。意識不明の重体の男に触れられてこんな反応をするなんて、わたしはどうしたの？ 何年も一人暮らしをしてきたとはいえ、自分が愛に飢えていると思ったことはなかったのに。

溶かしたアスピリンをティースプーンで口元に運んだが、彼が顔をそむけるので、レイチェルはその動きに合わせてスプーンを動かした。「逃げないで。口を開けてこれをのんで。らくになるから」

彼は黒い眉のあいだにしわを寄せていやがり、また顔をそむけた。しかし、レイチェルが辛抱強くのませようとしていると、アスピリンが口に入り、彼はのみ込んだ。彼が完全に意識を失わないうちに、さらにアイスティーを少し飲ませた。アスピリンの効果で熱が引いて安眠できるようになるまで、レイチェルは冷水で彼の体を拭きつづけた。

彼の反応を見て、まもなく意識が回復するのではないかという希望を持ったが、それも長い夜のあいだに消えてしまった。しばらくすると彼はまた高熱を出し、アスピリンが必要になった。その夜、レイチェルは何度かうつらうつらしただけだった。濡れタオルで彼の体を忍耐強く拭いたり、寝たきりの患者に必要なあらゆる看病をしたりして、夜を明かした。

　明け方近く、彼はまたうめき声をあげて、寝返りをうとうとした。長時間同じ姿勢で寝ていたので筋肉が痛むのだろうと思い、レイチェルは彼が右脇《わき》を下にするのを手伝った。そして姿勢が変わったのを利用して、背中を冷水で拭いた。彼はすぐに落ち着き、呼吸も安定した。

　目の奥がずきずきして筋肉も痛んできたが、彼が安眠したと納得するまで、レイチェルは背中を拭きつづけた。それからベッドにもぐり込んだ。疲れきっていたが、彼のたくましい背中を眺めながら考えた。眠っても大丈夫だろうか。どうしたらもう少し目を開けていられるだろう。だが、まぶたが重たく垂れてきて、彼女は眠りに落ちた。本能的に彼のあたたかな背中に寄り添って。

　レイチェルは目を覚ました。時計を見ると眠ったのは二時間あまりだった。彼はまたあおむけに横たわり、蹴飛《けと》ばした上掛けが左脚に巻きついている。レイチェルはそんな彼の動きに気づかなかった自分に当惑した。ベッドから起き上がり、彼の左脚を気づかいながら、上掛けをかけ直す。彼女は彼の裸体に視線をさまよわせ、慌てて目をそらした。また頬が紅潮した。いったいどうしたというの？　看病を始めてからもう二日近い。体を洗い、縫合を手伝った。それなのに彼を見るたびに、心にあふれる熱い感情を抑えることができない。

これは単なる肉体的な欲望だとレイチェルは自分に言い聞かせた。わたしはごく普通の女で、彼はかっこいい男性だというだけだ。彼の体に見とれるのは正常なことだわ。ティーンエイジャーみたいな反応をするのはやめなければ！

レイチェルは上掛けを彼の胸元まで引き上げ、またアスピリンをのませようとした。なぜ彼は目を覚まさないのだろう？ハニーの診断より脳震盪がひどいのだろうか？でも、わずかながら反応はよくなっている。アスピリンや飲み物を飲ませるのもらくになっていた。でも目を開けてもらいたかった。話をしてもらいたかった。そうでないと、かくまう決心をしたことが彼にとってよかったかどうか確信が持てない。

誰からかくまってるの？潜在意識が嘲笑《あざわら》った。この雲ひとつない晴れた朝には、いらだちがばかげたものに思えた。

彼が眠っているあいだに、レイチェルは動物たちに餌をやり、庭仕事をした。さやいんげん、一夜で熟れたトマト、それにかぼちゃを収穫した。今夜はかぼちゃのキャセロールを作ろう。菜園と低木の周囲の雑草取りを終えたころには、息苦しいほどの暑さになっていた。今日はメキシコ湾からの潮風もなく、蒸し暑い。泳ぎに行きたかったが、彼を放《ほう》っておくわけにはいかない。

様子を見に行くと、彼はまた上掛けをはねのけていた。かすかに動き、頭をいらだたしげに振った。まだ薬の時間ではないが、熱が高い。レイチェルはボウルに冷水を入れてきて、ベッドの脇に座り、熱が引いて落ち着くまで、ゆっくりと体を拭いた。

上掛けをかけても無駄だろうか。冷房のきいた室内は、レイチェルには涼しいが、発熱している者にはまだ暑そうだった。レイチェルはもつれた上掛けをそっとはずした。日焼けして引きしまった筋肉質のすばらしい脚だ。固いたこが足の甲にもあった。

彼は訓練された戦士だ。

レイチェルは上掛けを腰までかけることにした。目頭が熱くなったが、泣くような理由はない。彼が選んだ生き方なのだ。きっと同情されても喜ばないだろう。危険と背中合わせで生きている人間とはそういうものだ――自分のしたいことをしているのだから。レイチェル自身もそうして生きてきた。降りかかる危険を覚悟して選んだ道だ、という自覚があった。B・Bもまた自分の仕事は危険だと知りつつも、命がけでやる価値があると思っていた。しかし二人とも、よもやレイチェルの仕事がB・Bの命を奪うことになるとは考えていなかった。

その夜、ハニーが来たときには、レイチェルもすっかり落ち着きを取り戻していた。かぼちゃのキャセロールのにおいが、玄関でハニーを出迎えた。「うーん、おいしそうなにおい。で、患者の具合はどう？」

レイチェルは首を横に振った。「それほど変わりないわ。高熱で寝苦しくなると、少し動くようになったけど……」

「彼はずいぶん回復してきてる」ハニーは傷口と両目を診てから小声で言った。「もう少しこのまま眠らせてあげて。彼に必要なのは睡眠だから」

「でもずいぶん長く眠ってるわ」レイチェルも小声で言った。

「彼はがんばってるわよ。体が乗り越える方法を知っていて、必要なものを取り込んでるのね」

夕食に誘うとハニーはすぐに応じた。キャセロール、新鮮なさやいんげん、トマトと聞けば、説得力十分だった。

「ハンバーガーにしようと思ってたけど、こっちのほうがずっといいもの」ハニーはフォークを振って力説した。「患者は危険を脱したみたいだから、明日は来ないわよ。でも、ごちそうしてくれるなら、いつでも気が変わるからね」

この二日間の緊張のあとでは、笑うのもいいものだった。レイチェルの目は輝いた。

「猛暑になってから、料理をしたのは初めて。火を使わずに食べられるものばかり口にしていたから。でも、彼のためにエアコンをずっとつけていたので、今夜は料理してもそれほど暑くならなかったわ」

二人でキッチンの片づけをしたあと、ハニーは時計を見た。「これからラファティーの家に寄って、出産間近の雌馬の様子を見てくるわ。家に戻ったとたん、呼び戻されたくはないから。ごちそうさま」

「どういたしまして。あなたがいなかったら、どうなっていたか」

ハニーは真剣な顔でレイチェルを見つめた。「なんとか切り抜けてたわよ。あなたは文句も言わずに、やるべきことをやれる人間だもの。あの人はずいぶんあなたに借りができたわね」

はたして彼はそんなふうに思ってくれるだろうか。シャワーを浴びたあと、レイチェルは彼をじっくり眺めた。閉じたまぶたの裏に隠された手がかりを、何かくみ取ろうとするかのように。

時間の経過とともに、謎《なぞ》は深まっていた。彼は何者？　誰が、なんのために彼を撃ったのだろう？　彼に当てはまるニュースがラジオやテレビで流れないのはなぜだろう？　乗り捨てられたボートがメキシコ湾上で発見されたり、海岸に漂着したりすれば、ニュースになっていたはずだ。そして行方不明者の名が新聞で報道されていたはずだ。麻薬関係の手入れもなく、脱獄囚もいなかった。彼が浜に打ち寄せられた理由を説明してくれるものは何も……。

レイチェルはベッドに入り、せめて何時間か眠りたいと思った。彼はもうさほど熱もなく、よく眠っている。レイチェルは彼の腕に手をかけて眠った。

ベッドの揺れで、レイチェルは心地よい眠りをさえぎられた。心臓がどきどきしている。彼は落ち着きなく動き、右脚でシーツを蹴飛ばそうとしていた。肌は熱く、呼吸が苦しそうだ。時計を見ると、薬をのませる時間がとうに過ぎていた。

レイチェルはベッド脇のスタンドをつけ、バスルームへ行ってアスピリンと水を持ってきた。すると彼はおとなしく薬をのみ、水もグラス一杯近く飲んだ。レイチェルはゆっくりと彼の頭を枕《まくら》に戻した。

また空想に浸ってはだめ！　レイチェルは白昼夢が向かう危険な方向から自分を引き戻した。彼の体を冷やさなければならないときに、そばに突っ立っていろいろ夢想する自分にうんざりして、タオルを濡らし、身をかがめて彼の体を拭きはじめた。

彼の手がレイチェルの胸に触れた。彼女はぎょっとして目を見開いた。ナイトガウンはゆったりした袖なしで、襟ぐりが深くくれていた。かがむと体から大きく離れる。彼の右手はその襟ぐりからゆっくりと入ってきて、彼女の胸の蕾《つぼみ》に触れた。指が行ったり来たりする。やがて小さな蕾は固くなり、レイチェルは思いがけない喜びに貫かれて、目をつぶらずにはいられなくなった。彼の手はさらに下へ移動し、ベルベットのような肌触りの胸の下の丸みを撫でた。その動きがひどくゆっくりなので、彼女は息が止まりそうになった。

「きれいだ」彼は深みのある声でつぶやいた。

そのひと言は、レイチェルの頭の中で鋭くこだました。彼女は顔を上げて目を見開いた。

彼の意識が戻ったのだ！　光もかき消されてしまいそうに黒々とした半開きの目を、彼女はしばらくのぞき込んだ。やがてまぶたがゆっくりと閉じられ、彼はふたたび眠りに落ちた。同時に彼の手も胸から落ちていった。

体が震え、レイチェルは身動きすらできなかった。彼に触れられたところがまだほてっている。彼の目をのぞき込んだ瞬間に時が止まり、その瞬間がレイチェルの記憶にくっきりと刻み込まれた。まるで彼のまなざしに刻みつけられたかのようだった。闇夜《やみよ》よりもなお黒い瞳。高熱と痛みに霞《かす》んだ目で、彼は求めていたものを見つけたように手を伸ばした。レイチェルは、ゆったりとしたコットン製のナイトガウンの大きな襟ぐりを見下ろした。これでは彼のほうからは丸見えで、手もらくに入る。こちらにその気がなくても挑発していたようなものだ。

濡れタオルで機械的に彼の体を拭く手が震えた。感覚はしびれていたが、彼が目を覚ましてたったひと言でもしゃべったという事実に、考えを集中しようとした。彼が身動きもせずに眠っていた長い二日間、レイチェルは早く目覚めてほしいと望んでいた。それでいて、なぜかそうなることを予期していなかった。幼児のように一から十まで世話をやいていたので、幼児が突然言葉を話したときのようにびっくりした。しかし彼は幼児ではない。不明瞭《ふめいりょう》とはいえ、率直な称賛のひと言がものさしになるなら、彼はれっきとした大人だ。

〝きれいだ〟と彼は言った。そしてわたしは頬をほてらせた……。

そのとき、その言葉の意味することに衝撃を受け、レイチェルは体を起こした。彼はアメリカ人だ！ もしアメリカ人でないなら、高熱で意識が朦朧《もうろう》としているときに発する最初の言葉は、きっと別の国の言葉になっていたはずだ。しかし彼は英語を口にした。不明瞭だったが、間違いなくアメリカ人の英語だった。不明瞭に聞こえたのは、南部か西部の訛《なまり》のせいかもしれない。

彼は肌の浅黒さをどの人種から受け継いだのだろう？ イタリア人、アラビア人、インディアン、スペイン人、タタール人……？ 彫りの深い頬骨とまっすぐな鼻は、どの人種から受け継いでいてもおかしくない。けれども、彼は巨大な人種のるつぼで生まれ育ったアメリカ人に間違いない。

興奮のあまり、レイチェルの心臓はどきどきしていた。ボウルの水を捨て、スタンドを消して彼と同じベッドにもぐり込んだあとも、震えが止まらなかった。彼が目を覚まして話しかけてくれた――それはあまりにも感動的なできごとだった。彼は回復している！肩の荷が心なしか軽くなった。

レイチェルは体を横向きにして彼を見た。暗がりの中では、横顔の輪郭すらよく見えなかったが、体じゅうの皮膚細胞がそばにいる男の存在を感じていた。彼は生きている。ぬくもりがある。苦痛と恍惚《こうこつ》が奇妙に混ざり合った感情が、レイチェルの胸に広がった。なぜか彼が大切な存在になっていたからだ。彼女の生活は劇的な変化を遂げ、元には戻れなくなっていた。彼がいなくなっても、決して以前の自分には戻れないだろう。彼はダイヤモンド湾《ベイ》からレイチェルへの贈り物だった。ターコイズブルーの海がくれた不思議な贈り物だ。レイチェルは彼のたくましい腕を指先でそっとなぞった。そしてすぐにその手を引いた。彼の肌に触れて、また胸がどきどきしてきたからだ。彼は海からやってきた。そして彼女に海のように大きな変化をもたらした。

4

「あの男は死んだ、そう言ってるんです」

白髪混じりの髪の細身の男は、抑制のきいた落ち着いた態度を装っていたが、緊張が細面の顔ににじんでいる。彼は発言した男を嘲笑《あざわら》うように一瞥《いちべつ》した。「本当にそう考えていと思っているのか、エリス？　彼の死を確信できる証拠は何ひとつ発見できなかったんだぞ」

トッド・エリスは目を細くした。「彼が生き残れたとは思えません。あのボートは燃料タンクみたいに爆発炎上しましたからね」

二人の話に黙って耳を傾けていた赤い髪の女が、身を乗り出してたばこの火を消した。「襲撃隊の一人が、舷側《げんそく》を乗り越えた人影を目撃したという報告は、どう説明するのかしら？」

エリスは怒りで顔を紅潮させた。今度の待ち伏せ作戦の計画段階では、あれほど自分の意見を尊重してくれたのに、今やまるで素人扱いだ。彼はそれが気に入らなかった。計画は思惑どおりにいかなかったが、ケル・サビンを逃したわけではない。そのことが何よりも重要だ。サビンを簡単につかまえられるなどと思っていたら大間違いだ。「たとえ海に飛び込んだとしても、彼は怪我《けが》をしていたんだ。数キロ先の海岸まで泳げたとは思えません。溺《おぼ》れたか、鮫《さめ》に食われたか。それより、なぜ人目につくような捜索をやるんです？」

もう一人の男の淡青色の目は、エリスではなく遠い昔を見ていた。「しかし、相手はあのサビンだぞ。これまで、何度あの男を逃した？　ボートには痕跡《こんせき》がなかった。もしおまえの言うように溺れたか、鮫に襲われたとしても、何か証拠が見つかるはずだ。我々はあの海域を二日もかけて捜索したのに、何も発見できなかった。論理的に考えれば、次は捜索の場を沿岸に移すべきだろう」

「人目につきたいなら、やればいいでしょう」

女がほほ笑みを浮かべた。「やり方を間違えなければ大丈夫よ。ほかのボートに救助されて、病院に運ばれてるとまずいわね。もし誰かと話をしていたら、彼には近づけない。そうなる前に、こっちが見つけなければ。わたしもシャルルの意見に賛成よ。彼が死亡したと単純に決めつけるのは危険すぎる」

エリスはいかめしい顔つきになった。「捜索の範囲はどの辺りまでにするんですか？」

シャルルはフロリダ州の地図を引き寄せた。「我々がいたのはここだ」そういって×印をつけた。「距離と潮の流れを考えると、この地域を集中的に調べるべきだろう」そう言ってそこを丸で囲み、ペンで叩《たた》いた。「ノエル、この地区の病院を片っぱしから当たってくれ。警察の事件簿でも、銃創の治療を受けた者の届け出がないか調べろ。そのあいだ、我々は海岸線をしらみつぶしに探す」シャルルは椅子にもたれ、冷ややかな目でエリスを眺めた。「彼が当局の誰かに電話してきていないか、怪しまれずに調べられるか?」

エリスは肩をすくめた。「信頼できる情報筋がいます」

連絡を取ってみよう、とエリスは思った。しかしきっと時間の無駄だ。サビンは死んだのだ。こいつらは、やつがぱっと姿を消して奇跡的にまた現れるスーパーマンか何かと勘違いしている。確かにこの世界における彼の評判は高かった。だが、それは数年前の話だ。あれからはつまらないデスクワークに忙殺されて、腕も鈍っていただろう。サビンは死んだんだ。エリスはそう信じて疑わなかった。

レイチェルは玄関ポーチのぶらんこに腰かけ、膝に新聞紙を広げて、さやいんげんの山をのせた。隣のぶらんこにボウルを置いて、豆の先端と筋を機械的に取ると、二、三センチの長さに折り、ボウルに放《ほう》り込んだ。彼女はぶらんこをそっと揺らしながら、窓台に置いた携帯ラジオを聴いていた。FMの地元放送局をつけていたが、眠っている患者の妨げにならないよう、音量を下げていた。

午前中にも目を覚ますのではないかとレイチェルは期待していた。しかし、彼はアスピリンをのんで体を拭《ふ》けば熱が下がって深く眠り、熱が上がるとまた寝苦しそうに身もだえした。その繰り返しだったが、一度だけうめいて、右手で肩を押さえた。レイチェルはその手を握って、優しくなだめてやった。

夾竹桃《きようちくとう》の茂みの下から、ジョーが喉を低く鳴らしながら出てきた。レイチェルは犬を見て、左手にある庭と道路に視線を走らせた。だが、何も見えなかった。

「どうかしたの？」不安で声に硬さがにじんだ。

ジョーはその声に反応して、階段の中央に移動して立った。今や立派な唸《うな》り声を発しながら、松林のほうを――ダイヤモンド湾《ベイ》に通じる下り坂のほうをじっとにらんでいた。

その松林から二人の男が出てきた。レイチェルは無関心なふりをして、いんげんの筋を取り、それを小さく折りつづけていたが、体じゅうの筋肉がこわばるのを感じた。ごく自然な行為だと思ったので、彼女は男たちを真正面から眺めた。彼らは薄手のキャンバス地のズボンに、プルオーバーのシャツ、ゆったりした綿のジャケットという格好をしていた。レイチェルはジャケットを見た。気温は三十七度を超えていたが、まだ昼前だからさらに暑くなるはずだ。ジャケットは実用的とは言えない。肩掛けホルスターを隠す必要でもないかぎり。

男たちは道路を横切って家に近づいてきた。ジョーは歯をむき出して唸り、しゃがんで首筋の毛を逆立てている。彼らは足を止めた。レイチェルは一人がジャケットの下に手を入れたのを見逃さなかった。「ごめんなさい。この犬は人見知りをするの。特に男の人が嫌いなんです」レイチェルは脇《わき》にさやいんげんを置いて、立ち上がった。「近所の人でも庭に入れようとしないんですよ。男の人に虐待されたことがあるのかしらね。道に迷ったんですか？　それともボートの故障？」彼女は階段を下りて、ジョーをなだめようと背中に手を置いた。

「いいえ、我々は人を探しています」そう答えたのは、長身で砂色の髪をした学生風のハンサムな若者だった。ほほ笑むと日焼けした顔に真っ白な歯が輝く。彼はちらっとジョーを見下ろした。「もっとしっかり抱いたほうがよくないですか？」

「大丈夫よ。あなたがたがこれ以上家に近づかなければ」レイチェルはジョーを軽く叩いてから、男たちに近づいた。「ところで、さっきのお話は？」

もう一人の男は、全アメリカ学生代表風の若者より背が低く痩《や》せていて、色も浅黒かった。

「我々は連邦捜査局《FBI》です」男はきびきびした口調で言い、レイチェルの鼻先にバッジをちらつかせた。「わたしはローウェル。こちらはエリス捜査官。この地域に潜んでいると思われる男を探しています」

レイチェルはわざと額にしわを寄せながら尋ねた。「脱獄囚ですか？」

エリス捜査官はレイチェルの長い脚を感心したように品定めしていたが、視線を顔に戻して言った。「いいえ。でも、刑務所に送ってやりたいですね。その男はこの辺りの海岸に来た可能性があります」

「特に怪しい人は見ていません。でも気をつけるようにします。その人の特徴は？」

「身長は百八十センチぐらい。髪も目も黒です」

「セミノール族なんですか？」

二人は驚いた顔をした。

「いいえ、彼はインディアンではありません」ローウェル捜査官が言った。「でも肌が浅黒く、インディアン風の容貌《ようぼう》と言えるかもしれません」

「写真はお持ちですか？」

二人は一瞬顔を見合わせた。「いいえ」

「その人、危険人物なんですか？　つまり殺人犯とかそういった？」レイチェルは胸から喉にかけて息苦しくなった。殺人犯だったらどうしよう？

返答に困っているかのように、彼らはまた顔を見合わせた。「とにかく武器を持っていて危険です。もし怪しい男を見かけたら、こちらに電話してください」ローウェル捜査官は紙に電話番号を走り書きして、レイチェルに手渡した。

「わかりました。来てくださってありがとう」

だが、歩き出した直後に、ローウェル捜査官が立ち止まって振り返った。「浜辺に、何かを引きずったような跡がありましたが、何かご存じですか?」

レイチェルの血は凍りついた。浜辺に下りて、跡を消しておくべきだった! 彼が倒れていた場所の血痕やら何やらは、少なくとも潮が洗い流してくれたらしい。彼女は考える時間を稼ぐために眉根を寄せた。「わたしが貝殻や流木集めをしている場所のことじゃないかしら。そういうものを防水シートに山積みにして、ここまで運び上げてるんです。そのやり方だと一度で坂道を運べますから」

「そんなものをどうするんです?」

ローウェル捜査官は、彼女の言葉などまるで信用していないような目つきだった。

「売るんです」それは本当だった。「土産物店を二軒持っていますから」

「なるほどね」彼はほほ笑んだ。「では貝殻拾いに精を出してください」

「車で送りましょうか?」レイチェルは声を大きくして彼らの背中に向かって言った。

「これからもっと暑くなりますよ」

二人は雲ひとつない蒼穹《そうきゅう》を見上げた。太陽がぎらついている。汗で顔がてかてかしていた。

「我々はボートで来たんです」エリス捜査官が言った。「もう少し海岸沿いを調べようと思っています。とにかくありがとう」

「どういたしまして。北に行かれるなら、湿地が多いから気をつけてください」

「それはまたどうも」

レイチェルは、二人が松林に入り、坂道を下って消えていくのを見守った。暑いのに寒けがした。ゆっくりとポーチに戻り、ぶらんこに腰かけると、無意識のうちにさやいんげんの筋取りに戻った。頭の中をかけめぐっている彼らの言葉を整理しようとした。FBIですって？　ありえなくはないが、バッジはよく確認できなかった。あの二人は彼の写真を持っていなかった。FBIだったら、写真か、せめて似顔絵ぐらい持っていそうなものなのに。それに彼が何をしたのかときいても、答えようとしなかった。そんな質問を予期していなくて、どう答えていいかわからないという様子だった。彼らは男が武器を持っていて危険だと言ったが、実際の彼は裸で無力だった。彼らは彼が撃たれているとはひと言も言わなかった。それはどうしてなのだろう？

もし犯罪者をかくまっていたらどうしようか……。それはないと判断していたが、その可能性を完全には否定できない。気がめいってきた。

いんげんの筋取りが終わった。レイチェルはボウルを持っていったん家に入り、また外に出て、筋などをのせた新聞紙をひとまとめにした。それをキッチンのごみ箱に捨てながら、開け放した寝室のドアを不安げに見た。そこからは、ベッドの枕《まくら》の上の――彼女の枕の上の黒い髪しか見えなかった。彼がまた目覚めたとき、レイチェルが見ることになるあの夜の闇《やみ》のように黒い目は、犯罪者の目なのだろうか？　殺人犯の目なのだろうか？

レイチェルはすばやく手を洗い、電話帳を調べて番号を叩いた。呼び出し音が一度鳴り、すぐに困っているような男の声がした。「保安官事務所です」

「アンディ・フェルプスをお願いします」

「お待ちください」

また呼び出し音が一度鳴り、今度は考えごとをしているような男の声が返ってきた。

「フェルプスだ」

「アンディ、レイチェルよ」

声にたちまち親しみがこもった。「やあ、こんにちは。元気かい?」

「ええ、暑いけど元気よ。トリッシュと子供たちは元気にしてる?」

「そりゃもう、子供たちはね。でもトリッシュは、早いとこ学校が始まってくれないかと祈ってるよ」

レイチェルは笑いながらアンディの妻に同情した。彼らの息子たちのやんちゃぶりには、いちだんと磨きがかかってきていた。「実は、さっき二人組の男が訪ねてきたの。海岸から歩いてきたわ」

アンディの声が鋭くなった。「何かされたのか?」

「いいえ、そうじゃないの。彼らはFBIだと言ってバッジを見せたけど、よく見えなかった。ある男を探しているそうよ。本物のFBIかしら?　事務所に何か連絡が来てない？　神経質すぎるかもしれないけど、うちは道のはずれにあるし、隣のラファティーの家だって数キロ離れてるでしょう？　B・Bがあんなことになって……」急につらい過去がよみがえり、声がとぎれた。あれから五年がたつが、レイチェルはいまだに喪失感と後悔に胸が痛んだ。

それを誰よりも理解してくれるのはアンディだった。彼もB・Bと同じ麻薬取締官だったのだ。「用心するに越したことはないよ。実は、男を捜索している連中に協力しろという命令は来ている。極秘捜査らしい。地元のFBIではない。ほんとにFBIかどうかも怪しいけど、命令は命令だからね」

レイチェルは受話器を握りしめた。「そして諜報《ちょうほう》機関は諜報機関？」

「まあ、そんなところだろう。このことは内緒だぞ。でも十分用心しろよ。なんだかいやな予感がする」

そう感じるのはレイチェルも同じだった。「そうするわ。ありがとう」

「絶対だぞ。なあ、近いうちに夕食を食べに来ないか？　しばらくきみに会ってないからね」

「ありがとう。ぜひそうさせて」

電話を切ってから、レイチェルは大きなため息をついた。二人組はFBIではないとアンディが思っているのを知っただけでもよかった。

寝室へ行ってベッドの傍らに立ち、眠っている男を眺めた。広い胸がゆっくりと上下している。ずっとブラインドを閉めきりにしていたので、室内は薄暗く、ひんやりしていた。ブラインドのあいだから差し込む細い光が彼の腹部を照らし、例の細長い傷跡が光って見えた。何者なのか、どんな事件に巻き込まれたのかはわからないが、彼は単なる犯罪者ではなさそうだ。

スパイ活動やスパイ防止活動に携わる、いわゆる〝影の世界〟に住む人間は、男も女も命がけのゲームをしている。彼らの命は剃刀《かみそり》の刃の上でバランスをとっているようなもので、死と隣り合わせだ。彼らは、毎日同じ仕事をして、家族の待つ我が家に帰る普通の人間とは違う。彼もそういう一般人の生活が送れない人間なのだ。レイチェルは今や確信に近いものを感じていた。しかし、いったい何が起きているのだろう？　誰を信じればいいのだろう？　彼は何者かに撃たれ、逃げたのか、それとも海に投げ込まれたのか？　彼を探している二人組は、彼を守ろうとしているのか、それともとどめをさそうとしているのか？　彼は何か重大な機密情報を握っているのだろうか？

シーツに投げ出された彼の手を、レイチェルは指先でなぞった。肌は熱く、乾燥している。彼はまだ熱を出しては、自己治癒を続けていた。脱水症状を起こさないように、甘い紅茶や水をスプーンで飲ませてはいたが、そろそろ食べ物をとりはじめないと、病院へ連れていかなければならなくなる。今日で三日目。栄養をとらせなければならない。

レイチェルは眉間《みけん》にしわを寄せた。紅茶が飲めるなら、スープだって飲めるはずだ。なぜもっと早く気づかなかったのかしら。すぐにキッチンへ向かい、チキンヌードル・スープの缶詰を開けた。中身をミキサーにかけたあと、レンジに入れてあたためた。

「手作りじゃなくてごめんなさいね」レイチェルは寝室の男に話しかけた。

そしてようやく、初めての〝食事〟がトレーで運ばれた。用意をするのに五分もかからなかった。トレーを寝室に運んでいったレイチェルは、危うくそれを落としそうになった。男がベッドの上で右肘をつき、熱っぽい黒い目で彼女を見つめていたからだ。

レイチェルは全身をこわばらせた。もし彼がベッドから落ちでもしたら、一人ではとても持ち上げられない。彼は不安定な支えで体をぐらぐらさせながら、それでもレイチェルを燃えるようなまなざしで見つめていた。

レイチェルはトレーを足元の床に置き、彼を支えようとベッドに走り寄った。そっと彼の頭を支え、肩を気づかいながら背中に腕をまわした。自分の肩に彼の頭をのせ、倒れないようにふんばる。

「横になって」これまで彼に話しかけていたときの調子で、なだめるように静かに言った。「まだ起きるのは無理よ」

彼は黒い眉を寄せて抵抗した。「パーティの時間なんだ」と、不明瞭《ふめいりょう》ながらつぶやく。

彼は確かに目を覚ましてはいるが、高熱がもたらす夢の世界を漂い、正気ではなかった。

「いいえ、まだパーティは始まってないわ」レイチェルは彼の右肘をつかんで引き寄せ、支えを失った体重を腕で支えながら、頭を枕に戻してやった。「お昼寝の時間はあるわよ」

彼は荒い息づかいで横たわり、まだ額にしわを寄せたまま、レイチェルを見つめていた。彼女が床のトレーをベッドサイド・テーブルにのせても、彼の目は輝かなかった。彼はレイチェルをじっと見つめ、状況を理解して頭の中の靄《もや》をすっきり払いのけようとしているかのようだった。レイチェルは枕を重ねて高くしてやりながら、静かに話しかけた。それを理解できたかどうかは知る由もないが、それで彼は落ち着いたようだった。彼女はベッドの横に座り、話しかけながらスープを飲ませはじめた。口元にスプーンを運ぶと、彼はおとなしく口を開いた。が、しばらくすると疲れたらしくまぶたが垂れてきた。レイチェルは彼が眠ってしまう前に、すばやくアスピリンをのませた。そして頭を支えて枕をはずし、また彼が平らに寝られるようにした。

そのとき、ふとあることを思いついた。やってみる価値はある。「名前は？」

彼は眉根を寄せ、頭を激しく振った。「誰の？」

レイチェルは彼の頭の下に手を入れ、上体をかがめていた。もしかしたら何か答えを引き出せるかもしれない。「あなたのよ。あなたの名前は？」

「ぼくの？」その質問は彼をいらだたせ、動揺させた。彼は意識を集中させようとするようにレイチェルをじっと見つめた。その視線を顔から次第に下へ移動していく。

レイチェルはもう一度試した。「そう、あなたの名前よ」

「ぼくの?」彼は大きなため息をついてから、繰り返した。「ぼくの」二度目は問いではなかった。彼はゆっくりと両手を上げ、肩の痛みに顔をしかめた。そして両手を彼女の胸につけ、柔らかなふくらみを包み込んだ。「ぼくの……」と、もう一度つぶやく。

レイチェルは思いがけない喜びに体が熱くなるのを、どうすることもできなくなった。彼女はその場に凍りついた。末端神経が奔放に反応し、彼の親指の動きで胸の蕾《つぼみ》が固くなるころには、体じゅうに熱いものがあふれていた。

そして、はっとして現実に戻った。急いで彼から離れ、ベッドから遠ざかった。彼に対する怒り――そして自分に対する怒りが込み上げてきた。

「これはわたしの体で、あなたのじゃないわ!」

男のまぶたが眠たそうに垂れた。彼女は立ったまま彼を見下ろしていた。この人の頭の中にあるのは、パーティに行って、セックスすることだけなのね!

「最低よ、あなたの頭にはそういうことしかないんだから!」レイチェルは小声で怒りをあらわにした。

まぶたがぴくぴくして開き、彼はレイチェルを見つめてはっきりした声で言った。「そうだ」

それから目を閉じてまた眠ってしまった。ベッドの傍らに立ち、拳《こぶし》を握りしめながら、レイチェルは笑っていいのか引っぱたいていいのか悩んだ。最後の言葉はレイチェルの非難に対する答えなのか、それとも靄がかかった彼の意識の中で存在した質問への答えなのか……。

彼は自分の投げかけた波紋のことなど頭にないように、安らかな眠りに落ちていた。レイチェルはかぶりを振り、トレーを持って静かに寝室を出た。憤りと欲望が入りまじり、まだ胸が震えていた。複雑な気持だった。彼女は自分を偽る人間ではない。だから、想像以上に彼に惹《ひ》かれている自分を否定できなかった。彼に触れたいという強迫観念に似た思いに取りつかれていた。熱を帯びた素肌にいつまでも触れていたい。彼の声はレイチェルの心の襞《ひだ》を震わせた。黒い目で見られただけで、電流が体を走り抜けた。さらにあの手の感触! 彼は二度レイチェルに触れたが、そのたびに彼女は抑えきれない喜びにとろけてしまいそうになった。素性も知らない男に、そんな強い感情を持つなんて正気の沙汰《さた》ではない。

だが、彼が波間に漂って浜に近づいてきたときから、二人の人生は結ばれていた。彼の命を助けようと思った瞬間、レイチェルは彼にかかわり、今になってその深さに気づきはじめたのだ。

知り合いでもないのに、彼のことはすでにいろいろと知っていた。体つきはたくましく、ときおり見せる動きは敏捷《びんしょう》で、長年の訓練がうかがえる。彼が選んだ世界で生き残るためには、そうでなければならないのだろう。そしてタフな神経の持ち主でもある。二発の弾丸を受けた体で、夜の海を泳ぎつづけた鋼鉄の意志の持ち主だ。追跡者たちにとって彼が重要な人物だということも、レイチェルにはわかっていた。

それに、彼はいびきをかかないし、きわめて健康的な欲望《リビドー》の持ち主だ。高熱からくる関節や筋肉の痛みに身もだえするときを除いて、眠っているときは動かない。あまり動きがないので、最初は気がかりだったが、やがて彼にとってはそれが自然なのだと気がついた。

また、意識が混濁していても、自分の名前のように基本的なことさえ答えなかった。熱による混乱とも考えられるが、訓練によって用心深さが潜在意識に深く植えつけられている可能性が強い。

明日か明後日、あるいは今夜にも、彼は目を覚まして完全に意識を回復するだろう。着るものが必要になる。質問もするだろうから、答えなければならない。何をきかれるだろう。そして答えてもらえるかは疑問だが、わたしのほうからは何を質問しよう。

だが、彼の行動を予測しても意味がないと思ったので、考えるのはやめた。着るものについては、家には彼の着られそうな服はなかった。男性用のシャツを着ることもあるが、彼には小さすぎるサイズだ。B・Bの服も残っていない。もっとも、B・Bはこの男性より十数キロは体重が少なかったから、B・Bの服でも着られなかっただろう。

頭の中で必要なもののリストを作った。でも、彼を一人きりにして買い物に出かけたくはない。ハニーに頼んで買ってきてもらおうか。それもいい案だと思ったが、今朝現れた二人組のことを思うと、ハニーをこれ以上巻き込むのは気が引けた。一時間だったら一人にしても大丈夫だろう。明日の朝早くに買い物に出かけることにしよう。それまでにあの男たちはこの近辺から離れてくれるだろうか。

レイチェルは出かける前に慎重に家の戸締まりをして、ジョーに見張りを頼んだ。男は静かに眠っている。さっき落ち着かせたばかりだから、数時間はこのまま眠っているだろう。

暗灰色のリーガルに乗り、いっきに加速しようとアクセルを踏み込んだ。車が猛スピードで走り出したとたん、不安が込み上げた。はたして彼を一人にしてよかったのだろうか。家に戻って、自分の目でそれを確かめるまでは、満足に息もできないだろう。

開店して間もない時刻なのに、日中の猛暑を避けて早く買い物をすませようとする客たちで、地元のKマートはすでにごった返していた。レイチェルはカートを取り、混雑した通路を押していった。母親の手を振りきっておもちゃ売り場へ突進していく幼い子供たちをよけ、のんびり買い物をしている客をよけながら。

下着、靴下、それに二十七・五センチのジョギングシューズをカートに入れた。足の大きさは計ってきたから、靴のサイズは間違いない。さらにボタンつきのシャツ二枚、綿のパイル地のプルオーバーも積み重ねた。ズボンはサイズがわからなかったが、ジーンズと、肌触りが気になる場合に備えて黒いデニム地のカットオフ、さらにカーキ色のチノパンツを選んだ。会計に向かおうとしたとき、背筋がぞくっとした。顔を上げて辺りを見まわしたとたん、セール商品をさりげなく見ている男が目に入った。ローウェル捜査官だ。

レイチェルは立ち止まらないで女性用衣料品売り場に向かった。カートの中の衣類は男女兼用だが、厳しい目を向けられれば、サイズが大きいことがばれてしまうだろう。残念ながら、ローウェル捜査官は何ごとにも、まさにそういう目を向けるタイプに見えた。

レイチェルは迷わず下着売り場に行き、レースのついたパンティ数枚を買い物の山に加えた。軽い素材のブラジャーとお揃《そろ》いのキャミソールも。正常な男性は公の場で女性の下着に触りたがらないと信じたかった。ローウェル捜査官がカートの中身を調べると言い出しませんように。彼がしばしば足を止め、たいして興味もなさそうに商品を眺めながら近づいてくるのを、レイチェルは目の隅でとらえた。彼は人目を引くことなく、人込みをうまくすり抜けてくる。追跡とわからないように追跡を行っていた。

険しい表情が見えた。きっとわたしのカートを調べようと決心したに違いない。レイチェルはカートをまわして、女性と縁の深い健康補助食品売り場に向かった。飲んだことがないものもあったが、目についた品物をカートに放り込んだ。もし彼が何かに触ろうとしたら、店の警備員全員が駆けつけてくるような大声で、変質者だと叫ぶ覚悟だった。

彼はまた近づいてきた。レイチェルはタイミングを見はからってカートの向きを変え、彼の膝にぶつかっていった。

「まあ、ごめんなさい。気がつかなくて……あら」レイチェルは驚きを声ににじませた。「ローウェル捜査官」

「あなたは」彼女は口をつぐみ、辺りを見渡し、声をぐっと落とした。「ローウェル捜査官」アカデミー賞に値する演技だったが、ローウェルは膝をさするので手いっぱいだった。

そして体を起こしたが、まだ痛そうな顔をしていた。「また会いましたね。ええと……昨日、お名前をうかがうのを忘れたようだ」

「ジョーンズです。レイチェル・ジョーンズ」レイチェルは手を差し出した。

たくましい手は、少し汗ばんでいた。ローウェル捜査官は見かけ以上に緊張しているらしい。

「朝早くからお出かけですね」と、彼は言った。

「この暑さですから、朝か日没後にしか出かけられないんです。今日も昨日のように歩かれるおつもりなら、帽子をかぶったほうがいいですよ」

ローウェルは無表情な目でカートの中身を探ろうとした。が、すぐに彼女に視線を戻した。レイチェルは、してやったりと思った。彼がこの店に来たのは偶然かもしれない。でも、彼はわたしの姿を見て好奇心を持った。ローウェル捜査官はエリス捜査官ほど、わたしのさりげなさや無邪気さを信じてはいないのだ。

「そんなに買うと、ローンにしないと払いきれませんよ」ローウェルは言った。

レイチェルはうんざりした顔でカートを見た。「そうね。旅行に行こうとすると、決まって必要なものが足りない気がして」

彼の目が光った。「旅行ですか？」

「二週間ほどキーズ諸島で調査をするつもりです。じかにその土地を見ることは役に立ちますから」

「調査？」

レイチェルは肩をすくめた。「わたし、土産物店をやったり、小説を書いたり、夜間コースで教えたりしているんです」彼女は会計カウンターに目をやり、長い列ができているのを見て快活に言った。「店じゅうの人に先に並ばれないうちに、列に並んだほうがいいみたい。ところで、昨日は何かわかりましたか？」

ローウェルは、もう一度彼女のカートをのぞき込んだ。「いいえ、何も。手がかりが違っていたのかもしれない」

「がんばってください。ここにいるあいだは、必ず帽子をかぶったほうがいいですよ」

「わかった。ありがとう」

レイチェルは会計の列のひとつに並んだ。そして少しずつカートを押しやりながら、待っているあいだに雑誌を手に取り、ぱらぱらとめくった。ローウェルはその横に移動してきて、ペーパーバックを見ていた。離れないつもりなのかしら？

順番がくると、レイチェルはカートの中身を出して、ローウェルの視界をさえぎるようにカウンターの前に立った。店員は男性用下着の包みを手にしたまま、レジにコードナンバーを打ち込んだ。レイチェルはそれを隠すように体の位置をずらし、店員が下着を置くとすぐにシャツをのせて隠した。

ローウェルが近づいてきた。

「百四十六ドル十八セントです」店員はそう言って、Lサイズの袋に手を伸ばした。

普段から大金は持ち歩かないことにしている。レイチェルは財布の中身を見て、不機嫌になりながらクレジットカードを出した。ローウェルが会計カウンターの前にやってきた。レイチェルは店員がカウンターに置いた袋に、品物を詰め込みはじめた。

「ここにサインを」店員は伝票を差し出した。

レイチェルはサインをすませ、すぐに袋の口をホチキスでとめてから、カートにのせて店の外に出た。

「手伝いましょうか？」ローウェルが横に並んだ。

「大丈夫。カートにのせて運ぶほうがらくですから」

涼しい店内を出たとたん、息苦しいほどの蒸し暑さに襲われた。レイチェルは厳しい日差しに目を細め、車のトランクを開けて荷物を入れた。ローウェルの好奇心を痛いほど感じながら。

そしてカートを戻して車に戻ってくると、さりげなく言った。「さようなら」

ローウェルは車が駐車場から出るまでじっと見ていた。レイチェルは顔の汗を拭《ぬぐ》った。

心臓がどきどきしている。

5

夢は鮮明に頭に焼きついていた。彼は自分が目覚めたことに、しばらく気づかなかった。静かに横たわり、涼しくて薄暗くて見覚えのない部屋を見渡した。何が起きているのか自分がどこにいるのか、手がかりになるものを求めて頭の中を探った。残っている記憶と、この静かな部屋は、なんの関係もないように思えた。夢の中に一人の女性が出てきた。あたたかく従順な女性で、曇り空の下の湖のように澄んだグレーの瞳をしていた。優しく愛《あい》撫《ぶ》する彼女の手。手のひらに押しつけられたベルベットのような手触りの胸のふくらみ……。とても夢とは思えない夢で、両手に彼女を感じたくてたまらなくなった。だが、やはりただの夢にすぎない。これからは現実に対処しなければならないのだ。

彼は何か記憶がよみがえってくるまでと思いながら、横たわっていた。

でも、あれは夢ではない。ボートを襲撃され、絶対に諦《あきら》めるものかと自らを鼓舞し、暗《くら》闇《やみ》の中を際限なく泳ぎつづけた苦闘の時間。そして、それから……あとは何も覚えていない。何があったのか、まったく記憶に残っていなかった。

ぼくはどこにいるのか？　とらえられたのだろうか？　彼らはぼくを生けどりにするためなら、たいていの犠牲や危険はいとわないだろう。

彼はそっと体を動かしたが、そのあまりの苦痛に歯を食いしばった。左肩と左腿に痛みが走った。鈍い頭痛もする。しかし脚も腕も〝動け〟という頭の指示に従った。右手でぎこちなくシーツをまくり、体を起こして座ろうとすると、めまいがした。ベッドの脇《わき》をつかんでめまいがおさまるのを待ち、もう一度試してみた。腿には真新しい包帯が巻かれ、傷口には分厚いガーゼが当ててある。肩も同様にガーゼが当てられ、肩から胸にかけて包帯が巻かれていた。丸裸だったが、それは気にならなかった。まずは体を動かせるようにすること。次に自分の居場所をつきとめることだ。

彼は立ち上がった。無理に動かされた筋肉は、怒ってぶるぶると震えた。ぐらついたが倒れはしなかった。そのまま、部屋の揺れがおさまり、足元がしっかりするのを待った。

部屋は涼しいのに、体じゅうに汗が噴き出した。

天井のファンとエアコンの音がするだけで、いたって静かだ。耳をそばだてたが、ほかには何も聞こえない。右手でベッドをつかみながら、窓に一歩近づいた。左脚に激痛が走り、歯を食いしばった。古めかしいブラインドの羽根板が彼の興味を引いた。窓辺にたどりつくと、指の一本で羽根板を持ち上げ、隙間《すきま》から外を見た。菜園だ。別段変わったところはないが、人影も動物の姿もない。

ふたたび部屋に目を戻すと、開け放したドアがあり、バスルームが見えた。彼はゆっくりと歩いていった。そして鏡台にある小物に目をとめた。ヘアスプレー、ローション、化粧品。これは女性のバスルームだ。ボートに乗っていた赤い髪の女のだろうか？すべてがきれいに片づいていて、清潔そのものだった。バスルームも寝室も贅沢《ぜいたく》な広さがあり、快適さを最優先した造りになっていた。その隣のドアを開けるとクローゼットだった。かかっている服を寄せて、サイズを確認してみた。やはりすべて女物だ。男女兼用の服もあったが、サイズが小さい。服は着古したものから、洗練されたおしゃれなものまでさまざまだった。偽装用の服だろうか？

彼は用心しながらもうひとつのドアを少し開け、隙間に目を近づけて誰もいないか確かめた。短い廊下にも、その先の部屋にも人影はなかった。彼はドアをさらに開き、枠に手をかけて体を支えた。やはり誰もいない。いったいどういうことだろう。

喉が焼けつくように渇いていた。足を引きずり、よろけながら、彼は誰もいない居間を歩いていった。その隣は小さな日当たりのよいアルコーブで、まぶしい日差しが窓から差し込んでいた。突然の光の洪水に目がくらみ、彼はまばたきをした。そのまた隣は日当たりのよい、こぢんまりとしたモダンなキッチンだった。カウンターの上には色とりどりの新鮮な野菜が並び、キッチンの中央にある調理台には、果物の入ったボウルがのせてあった。

口にも喉にも綿が詰まっているみたいだった。彼は伝い歩きでシンクへ向かい、戸棚からグラスを探し出した。蛇口をひねってグラスに水を入れ、それをごくごく飲んだ。勢いあまって胸に水が飛び散った。初めの激しい渇きが癒《いや》されると、ゆっくり二杯目を飲んだ。今度はこぼさないように気をつけた。

どのくらい前からここにいるのだろう？　記憶の空白に彼はいらだちを覚えた。自分がどこにいるのかも、何が起きたのかもわからない。こんな無防備な状態は、耐えがたい。だが激しい空腹を感じてもいた。ボウルの中の果物が手招きしている。彼はまずバナナを、それからりんごを貪《むさぼ》るように食べた。

よし、これでまた歩きまわれる。次は護身に役立つ武器を見つけることだ。彼はキッチンの包丁を吟味して、いちばん大きな刃のついた包丁を選んだ。それを持って、順に家の中を調べたが、ほかに武器は見つからなかった。

外に通じるドアにはすべて強力なデッドボルト錠が取りつけられていた。それらは見た目の美しさはないが、侵入しようとする輩《やから》は手間取ることだろう。こんな錠は初めてだ。それにしても、内側から錠をかけて、いったいなんの意味があるのだろう。

錠を開けた。ドアは音もたてずになめらかに開いた。彼はそっとノブに手をかけて、外をのぞいた。普通のドアに比べるとかなり重い。彼はさらに大きく開けて、枠を指で撫《な》でてみた。鋼鉄で補強されている。これではまるで監獄だ。が、ドアの錠の位置が逆側だ。

しかも監視もいない。

彼は、スクリーンドア越しに手入れの行き届いた庭を眺めた。高い松林と、芝生で虫探しをしている白と灰色のがちょうの群れが見えた。スクリーンドアから、まつわりつくような暑さが入り込む。彼は殴られたような気がした。茂みから一匹の犬が魔法のように現れ、ポーチに飛びのり、じっとこちらをにらみつけた。耳を立て、鼻面をゆがめて唸《うな》っている。

彼は冷静にその犬を品定めした。ジャーマン・シェパードで、訓練を受けた戦闘犬だ。重さは四十キロぐらいだろうか。今の体では、いくら包丁を持っていても、この犬には太刀打ちできないだろう。これではやはり、監禁されているのと同じだ。

脚で自分の体重を支えられない。しかも裸で、体が衰弱している。自分の居場所もわからない。これではまったく勝ち目がない。でも生きているし、抑えた冷たい怒りに燃えている。敵はこっちが起きて武器を持っているとは予想していないだろうから、ふいうちにできるかもしれない。彼はドアを閉めて錠をかけ、犬がポーチを離れてまた茂みの下に戻るのを窓から見ていた。もう少し待つしかない。

レイチェルが車回しに入ったとき、紫がかった黒い雲が空に広がっていた。雨は海から降ってくるだろうか。それともあの雲が陸地に来てから降るだろうか。どしゃ降りの雨になると、気温は急激に下がる。でも雨が通りすぎれば、また暑さがぶり返し、降った雨は息苦しい靄《もや》となって蒸発してしまう。あひるのエバニーザーとその家来たちが、のんびりと草をついばんでいる樫《かし》の木陰に車を入れると、あひるたちは散り散りになっていらだたしげな鳴き声をあげた。ジョーは頭を上げてレイチェルを見たが、また昼寝に戻ってしまった。すべてが平穏で、出かけたときのままだ。そう思った瞬間、張りつめていた緊張の糸が切れた。

レイチェルは車のトランクから買い物袋を取り出した。その動きをじっと追っている鋭い黒い瞳には、気づいていなかった。片手に買い物袋、もう片方の手にキーを持って階段を上り、ポーチに上がった。サングラスを頭の上に押し上げ、腰でスクリーンドアを押さえながらドアの錠を開けて中に入った。エアコンの涼しさは、外の焼けつくような暑さと対照的で、鳥肌が立った。深呼吸を何度かしてから、買い物袋をラブソファの上に置き、男の様子を見に行こうとした。

ノブに手をかけたとたん、がっしりした腕が喉に巻きつき、後ろに引きずられた。首が不自然な形に引っぱられて、目の前に突きつけられた包丁が光った。恐怖が込み上げ、包丁に目が釘《くぎ》づけになる。どうやって侵入してきたのだろう？　あの人はもう殺されてしまったのだろうか？

「抵抗するな。きみを傷つけたくない」深みのある声が耳元で言った。「ききたいことがあるが、今はやめておこう。もしもおかしな真似《まね》をしたら……」

彼は最後まで言わなかったが、その必要はなかった。なんて冷たく感情のない声だろう。レイチェルは血が凍りつく思いだった。顎の下に入れられた腕で息が詰まり、思わず両手で相手の腕をつかんだ。包丁が脅すように近づいてきた。

「動くな」男は口を耳元に近づけて言った。

レイチェルはぎらつく包丁の刃を遠ざけようとして、必死に相手に体を押しつけた。男の体の形がはっきりと伝わってきた。とたんに、麻痺《まひ》していた彼女の感覚が、今感じ取ったものを理解した。相手は裸だ！　ということは……。

胸を貫くような安堵《あんど》感が、それまでの恐怖と悲しみに代わって苦痛をもたらした。緊張が解けると、急に体が震え出した。レイチェルは彼の腕にかけた手を緩めた。

「それでいい」低い声が唸るように言った。「きみは何者だ？」

「レイチェル……ジョーンズよ」喉を締めつけられているので、息を切らしながら答えた。

「ここはどこだ？」

「わたしの家よ。海からあなたを引きずり上げて、ここへ連れてきたの」単に疲れてきたのかもしれないが、彼がたじろぐのがわかった。衰弱した体を思えば驚くべき力だが、スタミナが切れてきたのだろう。レイチェルはささやくように言った。「まだベッドを出てはだめよ」

確かにそのとおりだ、とケルは思った。マラソンを完走したあとのように疲れきっている。脚が今にもくずおれそうだ。だが、彼女は見ず知らずの人間で、信用はできない。こんなチャンスは二度とないから、もし判断を誤れば命はないだろう。しかし、それほど選択の余地はなかった。体が言うことをきかない！　彼は喉元を締めつけていた右腕をゆっくりとはずし、包丁を持った左手を下ろした。肩が痛み、また腕を上げられるか心配になった。

レイチェルはそっと振り返った。そして彼の右腋《わき》の下に肩を入れ、支えるように体に腕をまわした。「倒れないうちにわたしに寄りかかって。傷口が開いたら大変よ」

彼はレイチェルの華奢《きやしや》な肩に右腕をかけて、彼女にもたれるしかなかった。すぐに座るか、横にならなければ倒れそうだった。レイチェルはゆっくりと彼を寝室に連れていった。そしてベッドの端に倒れそうになる体を支え、左腕を首に添えた。もう片方の手で枕《まくら》を直してから、あおむけに寝かせた。

ケルは大きく息をついた。彼の感覚は自然に、女らしい香りと頬に感じる柔らかな胸に反応を示した。その胸の蕾《つぼみ》に唇を押しつけるには、頭をまわすだけでよかった。そして、なぜかそうしたくてたまらなくなった。彼は目を閉じた。疲れて息が荒い。

レイチェルは彼の脚をベッドに上げ、シーツを腰までかけた。「これでやすめるわ」優しく言ってから、この数日間何度も繰り返してきたように彼の胸を撫でた。そうすると暴れる彼が落ち着いたからだ。

彼の熱は下がっている。ようやくしつこい熱から解放されたのだ。だが、まだ左手に包丁が握られていた。レイチェルは取り上げようとしたが、彼は握りしめて放さない。そして急に目を開いた。黒い瞳には敵意が感じられる。

レイチェルは包丁に手をかけ、彼の目をまっすぐに見つめた。「どうしてこれが必要なの？　わたしがあなたに危害を加える機会なら、今まで何度もあったわ」

彼女の目は濃いグレーだが、あたたかみがあり、どこまでも透き通って見える。ケルは衝撃を受けた。この目が、この女性こそが、エロチックな夢に出てきて、下半身を固くさせたのだ。ひょっとして……あれは夢ではなかったのか？

今は夢ではない。彼女はあたたかい血の通った生身の人間だ。こうして撫でてくれる手にはなじみがある。彼女は監視役には見えないが、まだそう決めつけるわけにはいかないだろう。もし包丁を放せば、もう取り戻すことはできないのだ。

「これは渡せない」

彼がきっぱりと拒否したので、レイチェルは少し考えた末、そっとしておくことにした。彼は衰弱していて一人では満足に歩けなかったけれど、気迫が感じられる――危険な男だ。

レイチェルは彼から手を離した。「いいわ。ねえ、おなかはすいてない？」

「いいや。さっきバナナとりんごを食べた」

「いつから目を覚ましていたの?」

時計は見ていなかったが、ケルの時間の感覚は確かだった。「一時間くらい前だ」彼は彼女に視線を据えたまま答えた。

探るような視線に、レイチェルは心の中を見透かされそうな気がした。「あなたはその前にも目を覚ましたのよ。でも、熱が高くて、わけのわからないことを口走っていたわ」

「たとえば?」ケルは鋭く問いただした。

レイチェルは彼を見つめた。「国家機密のたぐいじゃなかったわね。パーティに行く、とかなんとか言ってたわ」

冗談めかして国家機密という言葉を口にしているが、何か裏の意味があるのだろうか。彼女は何か知っているのか? それともただの偶然なのか? ケルは彼女を問いただしたかったが、今は優位に立つのが難しい。それに疲れが急激に眠けに変わってきていた。彼女はそれに気づいたかのように、ケルの顔にそっと触れた。

「眠って。目を覚ますまでついていてあげる」

ばかげているとは思ったが、彼はその言葉を聞くと心が安らぎ、眠りに落ちた。

レイチェルはそっと部屋を出てキッチンへ行き、調理台にぐったりともたれかかった。今起こったできごとに脚はがくがくし、体の内から震え出した。彼が目を覚ましたらすぐに聞き出そうと心に誓っていたことも何ひとつきいていなかった。質問をするどころか、相手の質問に答えていた。鋭い眼光にうろたえて、まともに目を合わせられなかった。あれは魔術師の目だわ。それに包丁を喉に突きつけられるとは思ってもみなかった！　彼は負傷して衰弱しきっていた。それにもかかわらず、その圧倒的な力の前に手も足も出なかった。

氷の手でつかまれたような恐怖感は、想像を超えていた。まだ震えが止まらない。あふれる涙をこらえようとして、目頭が熱くなっている。でも今は泣いている場合ではない。彼は半日眠るかもしれないし、一時間もしないうちに目を覚ますかもしれないのだ。いつ彼が目を覚ましてもいいように、しっかり自制心を取り戻しておかなければ。彼には食事も必要になるだろう。実際にするべきことができてレイチェルは嬉《うれ》しかった。完全に回復するまでは、バナナやりんごのほかにも、きっと体が頻繁に食べ物を必要とするだろう。

レイチェルはさっそく料理に取りかかった。ビーフシチューのための肉を煮込み、じゃがいも、にんじん、セロリをさいの目に切りはじめた。彼が目を覚ますころにはでき上がっているだろう。もしできていなくても、スープとサンドイッチで腹ごしらえできるだろう。材料をすべて鍋《なべ》に入れると、菜園に走っていって熟したトマトを収穫した。それから暑さを無視して、雑草取りを始めた。めまいがして膝をつくまで、どれほど自分の行動が常軌を逸しているかに気づかなかった。炎天下に、帽子もかぶらずに農作業をするなんて、とても正気の沙汰《さた》ではない。

レイチェルは家に入り、冷たい水で顔を洗った。両手はまだ震えていたが、少し気分が落ち着いた。あとはひたすら待つだけだ――シチューができるまで。彼が目を覚ますまで。質問に答えてもらうまで。

しばらくは落ち着いて、秋に教えるクラスの準備に集中できる。小説と同じで、生徒の興味をかきたて、それを持続させる授業をするには、ペース配分と筋書きが大切だ。しかし、本を読み、メモを取っている最中にも、彼のことが頭から離れなかった。ベッドカバーがすれ合うかすかな音を聞きつけ、レイチェルは彼が目を覚ましたのを知った。時計を見ると、あれから三時間がたっていた。シチューの用意もできている。

レイチェルが寝室へ行くと、彼はベッドに座り、あくびをしながら不精髭《ひげ》の生えた顔をこすっていた。次の瞬間、エネルギー光線のような視線がレイチェルに注がれ、彼女の肌はぴりぴりした。

「おなかはすいてる？　三時間眠っていたのよ」

彼は少し考えてから、軽くうなずいた。「ああ。でも、その前にバスルームを使いたい」

「残念ながら、シャワーは抜糸をするまでだめよ」

彼はシーツをはねのけ、床に足をつき、痛みに顔をしかめて左腿を押さえた。レイチェルは急いで駆け寄り、彼を支えた。

「髭を剃《そ》るんだったら、剃刀《かみそり》の刃を替えてあげるわ」彼が自力で歩きたそうにしたので、レイチェルは腕を離し、痛みに耐えながら一歩ずつ歩く姿を見守った。彼は一匹狼《おおかみ》だ。人に手を貸すのも借りるのも苦手なのだ。それでもレイチェルはきかずにはいられなかった。「剃ってあげましょうか？」

彼はバスルームのドアの前で足を止め、肩越しにレイチェルを見た。「自分でやるよ」

レイチェルはうなずいて、彼のほうに近づいた。「それなら新しい刃に替えるだけでも」

「それも自分でなんとかする」

レイチェルは納得して、まわれ右をした。この数日、彼は何ひとつできずにわたしに頼りきっていた。その彼から、手出しをするなと言われて心が傷ついた。幾夜も彼に付き添い、体温を下げるために濡《ぬ》れタオルやスポンジで体を拭《ふ》いてきたのに……。

レイチェルは食事の用意をしながら、心の痛みを忘れようとした。なんといっても、彼にとってわたしは見知らぬ人間なのだ。わたしにとっての彼よりも。できるだけ早く、自分でなんでもできるようになりたいと思うのは当然だ。彼のような人間にとって、思いどおりに行動できるか否かは死活問題なのだろう。めんどりのように彼のそばをうろつくのはやめなければ。

そう自分に言い聞かせるのは簡単だったが、バスルームで水の音がやむと、彼の様子を確かめに行かずにはいられなかった。彼は寝室の真ん中に立って、どうしようかというように辺りを見まわしていた。タオルを引きしまった腰の下に巻きつけている。理に反するが、全裸でいるよりそういう格好のほうが彼の裸を意識した。レイチェルの胸は高鳴った。脚や肩に包帯をしていたにもかかわらず、彼はとても力強く見えた。レイチェルはその男らしさに思わず喉の渇きを覚えた。髭を剃ってすっきりとした顎を見ると、撫でてみたいという衝動が起き、指がぴくりと動いた。

「何か着るものはないかな？　それとも、裸のほうがいい？」レイチェルがいつまでも無言で立っているので、彼はとうとう尋ねた。

我に返ってうめき声をあげ、レイチェルは手のひらで額を叩《たた》いた。「今朝、あなたの着るものを買いに行ってきたのよ」

居間に置いてあった買い物袋を寝室に持ってきて、ベッドの上に置いた。彼は袋を開け、いぶかしげな表情を浮かべた。レースのついたパンティを引っぱり出し、しげしげと眺めて言う。「五号サイズ」彼はそれがレイチェルに合うかどうか見比べるような目で彼女を見た。「いいね。ぼくに合うとは思えないけど」

レイチェルは彼の視線にまたぞくぞくした。「それはカモフラージュ用なの。あなたが使わないものは袋に戻しておいて」

そのカモフラージュが、ずいぶん高くついたものだ。彼が着替えているあいだ、レイチェルはキッチンに戻ってオーブンにバターを塗ったパンを入れた。そしてシチューを皿によそい、氷をたくさん入れたグラスに紅茶を注《つ》いだ。

「シャツを着るのを手伝ってほしい」

彼が近づいてきたのにレイチェルは気づかなかった。振り返ったとたん、すぐそばに彼がいたのでびっくりした。彼は黒いデニム地のカットオフをはき、パイル地のプルオーバーを手に持っていた。広い胸が目の前に迫ってくる。黒い胸毛に覆われた引きしまった筋肉と、左肩に大きく巻かれた包帯……。一人では着られないと観念するまで、どのくらい格闘したのかしら。プルオーバーをやめてボタンつきのシャツにしなかったのが不思議だ。そうすれば助けを求めなくてもすんだのに。

「座ってくれると手が届きやすいんだけど」レイチェルはシャツを受け取った。彼は戸棚の端につかまりながら、アルコーブに置いてある食堂テーブルまで足を引きずって歩き、椅子のひとつに腰を下ろした。

レイチェルは真剣な顔で、彼の左腕をプルオーバーの袖《そで》に通した。「肩に当たらないように押さえてるから、もう一方の腕を通して」

何も言わずに彼はその言葉に従った。そしてレイチェルの手を借りてプルオーバーを頭からかぶった。幼児に服を着せる母親のように、レイチェルはシャツを引っぱり下ろした。しかし、じっと座っている人はどう見ても子供とは言えなかった。いつまでもかまわれていたくないという彼の気持をくんで、レイチェルはすぐに離れ、オーブンのパンを出しに行った。それをナプキンを敷いたパンかごに入れてテーブルに並べ、自分も椅子に座った。

「あなたは左利き？　それとも右利き？」レイチェルは熱い視線を感じながらも、彼を見ずに尋ねた。

「両手利きだ。どうして？」

「左利きだったら、スプーンを持つのが大変でしょう？　パンはいかが？」

「ありがとう」

彼はたったひとことで会話に応じるのがうまい。レイチェルは彼の皿にパンを置きながら思った。剃刀をうまく使えたかどうかもきくべきだと思ったが、きれいに剃られた顔を見ればきくまでもなかった。二人はしばらく黙って食べた。彼はシチューをよく食べた。回復に向かって間もない時期に、これほど食欲があるとは信じられなかった。

彼がスプーンを置き、黒い炎のような目でレイチェルを見つめた。「これまでの経緯を話してくれないか」

レイチェルは慎重にスプーンを置いた。「その前に、わたしにいくつか質問させてくれないかしら。あなたは何者なの？　名前は？」

彼はそれが気に入らなかったようだ。表情は変えなかったが、彼の不快感が伝わってきた。その一瞬の躊躇《ちゅうちょ》で、レイチェルは彼が質問に答えるつもりがないのを察した。

やがて彼はゆっくりと言った。「ジョーと呼んでくれ」

「だめよ。〝ジョー〟はうちの犬の名前ですもの。彼も名前を教えてくれなかったから、そう呼んでるの。別の名前を考えて」

急に緊張感が漂ったので、レイチェルはテーブルを片づけはじめた。

彼はしばらくレイチェルを眺めていたが、やがて静かに言った。「座ってくれ」

レイチェルは従わなかった。「どうして？ これ以上嘘《うそ》を聞くために、座る必要なんかあるの？」

「レイチェル、座るんだ」突然、命令口調になった。

レイチェルは一瞬彼を見て、顎を突き出しながら席に戻った。彼女が無言で見つめていると、彼は小さくため息をついた。

「助けてくれてありがとう。でも、なるべく知らないでいたほうがきみのためなんだ」

レイチェルは何が最善か、そうでないかを人に決めつけられるのが嫌いだった。「そう。じゃ、海からあなたを引き上げたとき、二つの銃創があったのに気づくべきではなかったのね？ 連邦捜査局《FBI》捜査官を装った二人組があなたを探しに来たとき、彼らに引き渡すべきだったの？ 今朝、あなたがわたしの喉元に包丁を突きつけたことを通報すべきだったの？ 確かにわたしは少しおせっかいかもしれないわ。でも、あなたを四日も看護したんだから、名前ぐらいは知りたいわ。もし詮索《せんさく》のしすぎでなければね」

その皮肉を聞いて、黒い眉が片方持ち上げられた。「しすぎかもしれない」

「もういいわ。今のは忘れて。だったら、あなたのやり方でいきましょう。あなたはわたしの質問に答えない。わたしもあなたの質問には答えない。これでどう？」

彼はしばらく彼女を見つめた。レイチェルもまっすぐに見つめ返した。

「ぼくの名前はサビンだ」とうとう彼はゆったりした口調で名乗った。

レイチェルはその名前の響きにうっとりとした。「フルネームは？」

「それが重要なこと？」

「いいえ。でも知っておきたいわ」

彼は一瞬だけ間を置いた。「ケル・サビンだ」

レイチェルは手を差し出した。「会えて嬉しいわ、ケル・サビン」

彼はその手を取って握手した。彼女の柔らかな手は、たこのできた手のひらに重ねられ、固くあたたかな指に包み込まれた。「看病してくれてありがとう。ぼくは四日もここにいるのかい？」

「今日が四日目よ」

「何があったか教えてくれないか」

彼の物腰は命令することに慣れた人間のものだった。レイチェルはあたたかな手に触れて震えている自分に当惑し、手を離した。「わたし、あなたを海から引き上げて、ここまで運んできたの。あなたは湾の入江に並んでいる岩に頭をぶつけたらしくて、脳震盪《のうしんとう》とショック症状を起こしていたわ。肩にはまだ弾丸が残っていた」

彼は眉をひそめた。「きみが抜いてくれたのか？」

「いいえ。獣医に電話したの」

少なくとも彼を驚かすことはできた。「獣医？」

「医師だと、銃創を報告する義務があるから」

彼は彼女を見つめた。「きみは、報告されると困ると思ったのか？」

「あなたが困ると思ったのよ」

「きみは正しかったよ。それから、どうした？」

「あなたの看病をしたわ。あなたは二日間、意識がなかった。そのあと目を覚ますことはあったけど、高熱で朦朧《もうろう》としていた」

「それで、ＦＢＩの捜査官というのは？」

「彼らはＦＢＩじゃないわ。確認したの」

「どんなやつらだった？」

レイチェルは尋問されているような気がしはじめた。「ローウェルと名乗ったのは、浅黒い肌の痩《や》せた男で、身長は百七十五センチぐらい、年齢は四十代初めかしら。もう一人はエリスという、長身で、歯磨きの宣伝に向きそうなハンサムだったわ。砂色の髪に青い目をしてた」

「エリスか」彼はつぶやいた。

「わたしは知らないふりをしたの。あなたが目を覚ますまでそれがいちばん安全に思えたから。あなたの友だちなの？」

「いいや」

二人のあいだに沈黙が流れた。レイチェルは質問がこないので尋ねた。「警察を呼ぶべきだった？」

「そうしたほうがきみには安全だっただろう」

「危険は覚悟のうえよ」彼女は深いため息をついた。「わたしは以前取材記者をしていて、つじつまの合わないことをいくつも見てきたわ。あなたは麻薬密売人か脱獄囚の可能性もあると思ったけど、テレビではそういうニュースは流れなかった。それで諜報《ちょうほう》員かもしれないと考えたの。二つも銃創があったしね。あなたは意識不明で、自分の身を守ることもできないし、わたしに訴えることもできなかった。もし……あなたの命を狙《ねら》っている人たちがいるなら、病院に入れたら、きっと命はなかったでしょう」

ケルは表情を読まれないように視線を落とした。「たいした想像力だ」

「そうね」レイチェルは穏やかに同意した。

彼は椅子にもたれながら顔をしかめた。「ぼくがここにいることは、獣医のほかに誰が知ってる？」

「誰も知らないわ」

「それじゃ、きみはどうやってぼくをここまで運んだんだ？　獣医が手伝ってくれたのか？」

「あなたをキルトにのせて、ここまで引っぱり上げたの。犬の助けを借りてね」そのときの力仕事を思い出して、レイチェルのグレーの目がかげった。「ハニーが来てくれてから、あなたをベッドに移したのよ」

「ハニー？」

「獣医よ。ハニー・メイフィールドというの」

ケルはレイチェルの柔和な顔を眺めながら、思いをめぐらした。どれくらいの距離を引いてきたのだろう？　ポーチの階段はどうやって上がったのか？　戦闘で負傷した人間を何度も運んだことがあるから、力があって訓練を積んだ自分のような人間でも、それが大変な作業だということは知っている。ぼくの体重は彼女の体重を三十キロは上まわっている。たいていの人間は浜辺で意識不明の人間を見つけたら、すぐに警察に通報するだろう。だが彼女はそうしなかった。彼女のような考え方をする人間はめったにいない。これほど用心深くなるとは、彼女はいったいどんな人生を送ってきたのだろう？

そのとき、二人は同時に近づいてくる車の音に気がついた。

レイチェルは即座に椅子から立ち上がり、彼の肩に手を置いて言った。「寝室に行ってドアを閉めて」

急いで窓辺に行き、外をのぞいた。とたんに緊張が消えた。

「ハニーよ。心配ないわ。彼女、できるだけ好奇心を抑えて、来るのを我慢してたんじゃないかしら」

6

「頭痛はひどい?」彼の目をのぞき込みながら、そばかすの散った人なつっこい顔でハニーは尋ねた。

ハニーは気さくで大柄な獣医だ。ケルは彼女に好感を持った。患者への接し方もすばらしい。

「なかなかおさまらなくて」彼はぶつぶつと答えた。

「シャツを脱がせるから手伝って」ハニーはレイチェルに言った。

二人は手際よく服を脱がせていく。カットオフをはいていてよかった、とケルは思った。特に慎み深いほうではないが、それでもバービー人形のように扱われるのには閉口した。

彼は紫色に変色した脚の縫合箇所に冷静な目を向けた。筋肉の損傷はどのくらいだろう。いつまでも足を引きずって歩くわけにはいかない。筋肉と腱《けん》の複雑な組織から成る肩の損傷が完治するのは、もっとあとになりそうだ。

包帯の交換がすみ、彼はまたシャツを着せられた。

「二日後に抜糸をしに来るわ」ハニーは鞄《かばん》に医療用具をしまいながら言った。

ケルは、彼女が体調以外には名前さえきかないのに驚いた。異常に無関心なのか、知らなければ知らないほどいいと判断しているからだろう。レイチェルに見習ってほしい考え方だ。

ケルは、一般市民は巻き込まないと決めていた。ぼくの仕事は非常に危険だ。自分ではそのことを知っているし、受け入れている。だが、レイチェルがぼくを助けたことでどれほどの危険を背負い込んだか、わかっているとは思えない。

レイチェルはハニーを見送りに行った。ケルは戸口まで足を引きずっていき、二人がハニーの車の傍らで低い声で立ち話をしているのを見ていた。犬のジョーは階段の下にいて、喉の奥で低く唸《うな》っている。ジョーは振り返って戸口のケルを見てから、またレイチェルのほうを見た。どちらに気を配ればいいか決めかねているらしい。本能的にはレイチェルを守るのが優先するが、その同じ本能が戸口によそ者のケルがいるのを無視できないようだ。

ハニーは帰っていき、レイチェルはポーチに戻った。「よしよし」と優しくジョーをなだめ、首筋を軽く撫《な》でてやる。ジョーの唸り声が激しくなったので顔を上げると、ケルがポーチに出てきていた。

「この子にあまり近づかないほうがいいわ。男嫌いだから」レイチェルは警告した。

「その犬はどこで手に入れたんだ？　訓練された戦闘犬だぞ」

レイチェルは驚いて、すぐそばに立っているジョーを見下ろした。「ある日ぶらりとやってきたの。痩《や》せ細って、くたびれ果てていたわ。わたしたちは意気投合して、食べ物をあげたらここにいつくようになったの。彼は戦闘犬なんかじゃないわ」

「ジョー」ケルは鋭い口調で命じた。「ついてこい!」

ジョーは殴られたかのように震え、喉の奥からぞっとするような唸り声をあげてケルをにらみつけた。全身の筋肉を震わせている。レイチェルは片方の膝をついて犬の首に腕をまわし、安心させるように優しく話しかけた。「大丈夫よ。彼はあなたを絶対に傷つけたりしないから」

ジョーが少し落ち着くと、レイチェルはポーチに上がり、ジョーに見せるようにケルの腕を撫でた。ケルは今度は威圧したりせずにじっとジョーを見つめた。この犬に受け入れてもらう必要がある、と彼は思った。せめて襲われずにここを出ていけるくらいに。

「彼は飼い主から虐待されたんだろう。最初に会ったとき、朝めしにされなくて運がよかったね」

「そうかしら。番犬だったかもしれないけど、攻撃するように訓練された犬だなんて思えない。あなたはジョーに感謝しなければいけないのよ。彼がいなかったら、わたしはあなたを浜辺から連れてこられなかったもの」レイチェルはケルの腕をまだ撫でている自分に気づき、手を下ろした。「家の中に入りましょう。疲れたでしょ?」

「あと少しだけ」彼は右手にある松林と、左手に曲がっていく道を示して言った。「ここは幹線道路からどのくらい離れてるんだ？」

「八キロから十キロぐらいかしら。これは私道なの。この道はラファティーの牧場の前につながっていて、その先で一九号線と合流してるの」

「浜辺はどっちの方角？」

レイチェルは松林を指差した。「その松林のあいだを下りていったところ」

「きみはボートを持ってる？」

レイチェルは澄みきった瞳で彼を見た。「いいえ。逃げるつもりなら、歩くか、車しかないわよ」

彼の唇の片隅にかすかな笑いが浮かんだ。「きみの車を盗むつもりはないよ」

「どうだか。でも、わたしのほうこそ、まだ何があったか聞かせてもらってないわね。なぜ撃たれたのか、あなたが善玉かどうかも」

「そんなに疑うなら、どうして警察に通報しなかった？」ケルは冷ややかに尋ねた。「きみに発見されたとき、ぼくは正義の味方の白いカウボーイハットなんかかぶってなかっただろう？」

彼には答えるつもりがまったくない。でも、命を救ったからといって、わたしには彼のすべてを知る権利はないのだ。けれど、自分の行いが正しかったかどうか、どうしても知りたい。わたしは悪徳諜報員《ちょうほういん》を助けてしまったのだろうか？　国家の敵を？　もしそうだとしたら、どうしよう？　最悪なのは、良識的にはやめたほうがいいとわかっているのに、彼に惹《ひ》かれる気持が否定しがたいほど大きくなっていることだ。

レイチェルはジョーをちらりと見てから、スクリーンドアを開けた。「暑いから中に入るわ。ジョーと一緒に外にいたいなら好きにして」

ケルはレイチェルのあとから家の中に入った。彼女は怒っているが、混乱もしている。安心させてやりたいけれど、苛酷《かこく》な現実は知らずにいたほうが身のためだ。今の状態では彼女を守ってやることはできない。たとえレイチェルの推測が真実に近くても、彼女がケルをかくまい、危険に身をさらしているという事実が、望んではいないなんらかの感情を彼にもたらしていた。ケルは自分を呪《のろ》った。

彼はすでにレイチェルのにおいを知っていた。優しくて、驚くほど愛情に満ちた手の感触も。体はまだレイチェルの体が押しつけられたときの感じを覚えていて、手を伸ばして引き寄せたくてたまらない。今まで、ほかの人間にそばにいてほしいと思ったことは一度もなかった。セックスのとき以外は。

ケルは彼女のすらりと伸びた脚を見、丸みを帯びたヒップを眺めた。確かに性的衝動はある。普段より強い衝動だ。暗闇《くらやみ》に横たわってただ彼女を抱いているところを想像しても、セックスしているところを想像するのと同じくらい魅力的に思える。

ケルは戸口にもたれながら、レイチェルが手際よく皿を洗うのを眺めていた。家事をするときも彼女の動きは俊敏で、しかも優雅だ。すべてが計算されつくされているかのようだ。身に着けているベージュ色のショートパンツとシンプルな青いコットンのシャツは、その下の女らしい丸みを帯びた体だけで、ほかになんの飾りもいらない……。気がつくと、また淫《みだ》らな想像に走っていた。まるで彼女の裸体を見て、触れたことがあるかのように。

「どうしてわたしを見るの?」レイチェルは振り返らずに尋ねた。

「ごめん」彼はそれ以上言わなかったが、彼女が本気で知りたがっているとは思っていなかった。「ベッドに戻るよ。シャツを脱がせてもらえるかい?」

「もちろん」レイチェルはタオルで手を拭《ふ》いてから、寝室に向かった。「先にシーツを替えるわね」

彼は左脚にかかる負担を軽くしようと化粧台に寄りかかった。とたんに疲れがどっと出た。肩と脚が痛んだが、痛みは予測していたので無視することにした。本当に問題なのは体力不足だ。もし何かあっても、これではレイチェルのことも自分の身も守れない。傷が治るまでここにとどまるべきだろうか? レイチェルがシーツを替えているあいだ、ケルはじっと彼女を見ていた。実行可能ないくつかの方法が頭の中を駆けめぐった。だが、自分には金もなく、身分証明書もなく、迎えを電話で頼むわけにもいかない。どの部門が怪しいのか、誰を信用していいのかわからなかった。まずは健康を回復することだ。それにはここにいるほうがいいかもしれない。小さな家には利点がある。外の犬もいい監視役だ。錠も頑丈で、食事や看護の心配もいらない。何よりレイチェルがいる。彼女を見ていると心が安らぐ。どうやら彼女を見ているのがくせになりそうだ。レイチェルは細身で健康的で、蜂蜜《はちみつ》色に日焼けした肌がみずみずしい。豊かなストレートの髪は焦げ茶色で、銀色に近い光沢を放っている。その髪は、澄んだ湖のようなグレーの瞳を引きたてている。どちらかと言えば小柄だが、背筋がぴんと伸びているので背が高く見える。そして柔らかな肌。丸みを帯びた胸を手のひらで包み込むと……。

何を想像してるんだ！　あまりにもリアルで強烈な印象が繰り返しよみがえってくる。あれが熱にうかされて見た夢なら、あれほどリアルな夢は見たことがない。だが、もし現実だとしたら、いつ、どのようにして起こったのだろう？　ほとんど意識不明で、目覚めても高熱で朦朧《もうろう》としていたのに。でも、彼女が優しく撫でてくれた手の感触は、まるで恋人同士が見せ合う愛情表現のようで、はっきりと覚えている。そして自分も両手で彼女に触れた。それとも、あれは自分勝手な妄想だったのだろうか。

レイチェルは枕《まくら》をふっくらとさせてから振り返った。「ショートパンツをはいたまま寝る？」

彼は無言でカットオフを脱ぐとベッドに腰かけ、シャツを脱がしてもらいやすいようにした。レイチェルが身をかがめると、ほんのりと花の香りに包まれた。無意識に顔がそちらを向き、彼は彼女の肩に口と鼻を押しつけた。

レイチェルは一瞬たじろいだが、手際よくプルオーバーを脱がして彼から離れた。湿ったあたたかい息が、シャツ越しにレイチェルの肌を熱くし、胸の鼓動のリズムを乱していた。そんな心の動揺を知られたくなくて、レイチェルはプルオーバーをきちんとたたんで椅子の上に置き、その上にカットオフを重ねた。ふたたび彼に視線を戻すと、彼はあおむけに横たわり、右膝を立て、右腕をおなかにのせていた。白いブリーフがブロンズ色の肌にまぶしい。彼の体は全身きれいに日焼けしている……。彼女は心の中でうめいた。なぜ今そんなことを考えるの？

「シーツをかける？」

「いいや。ファンの風が気持いい」ケルは右手を彼女に差し出した。「ちょっとここに座ってくれないか」

レイチェルは気が進まなかったが、とにかく座った――彼が彼女のベッドで寝るようになってから、何度もしているように。ケルは彼女に腕をまわし、腰を抱えた。指がヒップの丸みを愛撫《あいぶ》するように動きはじめる。レイチェルの心臓はまたどきどきしてきた。視線を上げて彼と目を合わせると、魅惑的な黒い炎にとらわれてそらせなくなった。

「きみの質問に全部は答えられない。自分でもわからないから。それに、ぼくが善玉だと言ったところで、証拠は何もない。自分から悪党だなんて名乗るやつがいると思うか？」

「悪魔の唱道者みたいな口のきき方はよして」レイチェルは、彼の誘惑のまなざしと愛撫を振りきるだけの勇気があればいいのにと思った。「事実を話しましょう。あなたは銃で撃たれた。撃ったのは、誰？」

「待ち伏せされたんだ。仲間の一人、トッド・エリスに仕組まれて」

「偽連邦捜査局《FBI》のエリスのこと？」

「きみが話してくれた特徴と一致する」

「だったら電話して、彼をつかまえてもらえば？」

「そんな単純にはいかないよ。ぼくは当局から一カ月の休暇をもらっている。ぼくの居所を知っていたのは二人だけ。どちらもぼくの上司だ」

レイチェルはじっと座っていた。「どちらかがあなたを裏切った。でも、どちらかわからないのね」

「たぶん両方だろう」

「もっと上の人に連絡は取れないの？」

彼の目に冷徹な怒りがよぎった。「それは無理だよ。取り次いでもらえるかもわからない。二人には、ぼくを裏切り者に仕立てるだけの権限がある。ここから電話をすれば、きみの身にも危険が及ぶ」

ケルの氷のような怒りを感じて、レイチェルはぞっとした。裏切ったのが自分でなくてよかった。それにしても、なぜ彼は怒りながら、こうも優しく指先でわたしのヒップを撫でられるのだろう？

「それで、どうするつもり？」

彼の指先はヒップから腿に移動し、ショートパンツの縁をかすめた。それから徐々にその下に滑り込んできた。

「体力を回復させる。このままでは何もできないから。自分で服も着られない。問題は、ぼくがここにいるだけで、きみの身に危険が及ぶことだ」

レイチェルは呼吸と脈拍が速くなるのを抑えられなかった。体がどんどん熱くなり、何も考えられなくなった。彼の手を振り払わなければ。でも、腿の上にあるざらついた指先の感触は快すぎる。

彼女はただそこに座って、春風にもてあそばれる木の葉のようにかすかに震えているばかりだった。彼は女のことを、自分の好きなときに触れるものだと思っているのだろうか？　それとも自制できないこちらの反応に気づいているのかしら？　うまく隠しているつもりだが、彼は仕事柄、感覚も直感も鋭いはずだ。レイチェルはケルの手に自分の手を重ね、彼の手の侵入をさえぎった。

「あなたがわたしの身に危険を及ぼしたわけじゃないわ」声がかすかにしゃがれた。「わたしが自分で決めたことよ」

彼の指は、レイチェルが阻止したにもかかわらず、パンティの縁に達した。「そのせいで、ぼくは狂乱状態になっている……」彼は声を落として認めた。そしてふたたび伸縮性のあるパンティの端から手を入れ、ヒップのひんやりした素肌を指でなぞった。

思わずあえぎ声がもれた。「やめて」

「ぼくたち、ここで一緒に寝ていたの？」

レイチェルの胸は張りつめていた。この前のように彼の手で痛みをなだめてもらいたい。彼の問いで、わずかに残っていた集中力もなくなった。

「うちには、これ……一台しかベッドはないわ。カウチもないの。ラブソファがあるだけで」

「だからぼくたちは、ずっと同じベッドで寝ていたのか」

支離滅裂になりかけていたレイチェルの言葉をケルはさえぎった。彼の目がまた光ったが、今度は別の炎が燃えていた。レイチェルは目をそらせなくなった。

「きみがずっと看病してくれてたんだね」

レイチェルは震えながら息を吸った。「ええ」

「一人で？」

「そうよ」

「食事も食べさせてくれた」

「そうね」

「体も洗ってくれた」

「そう。あなたは高熱を出してたわ。だから熱を下げるために冷たい水で拭く必要があったの」

「きみは必要なことをすべてしてくれた。赤ん坊の世話をするようにぼくの面倒を見てくれた」

レイチェルは返答に困った。彼の手はまだそこにある。柔らかな素肌に、あたたかくて固い手のひらが感じられる。

「きみはぼくに触れたんだ」彼は言った。「ぼくの体じゅうに」

レイチェルは息をのんだ。「必要だったからよ」

「きみの手の感触を覚えてる。気に入っていた。でも今朝目を覚ましたとき、あれは夢だと思った」

「確かにあなたは夢を見ていたわ」

「ぼくはきみの裸を見たのかい?」

「まさか!」

「だったらどうしてきみの胸の形がわかったんだろう? 触り心地も。全部が夢だとは思えないんだ、レイチェル」

レイチェルの顔がぱっと赤くなった。声を落とし、彼から視線をそらす。「あなたは目を覚ましたとき、二度わたしの胸を、その……つかんだの」

「断りもなしに手を出した？」

「そんなところね」

「そして見たのか？」

レイチェルは仕方ないといったしぐさをしてから言った。「あなたの上にかがみ込んだら、ナイトガウンの襟ぐりが大きく開いてしまって」

「ぼくは乱暴だった？」

「いいえ」レイチェルはささやくような声で言った。

「気に入ってくれた？」

こんな会話はすぐにやめなければ。ベッドに腰をかけたりしなければよかった。

「手をどけて」レイチェルは必死に言った。「触るのをやめて」

ケルはおとなしく従った。彼の浅黒い顔に勝ち誇った表情が浮かんだ。レイチェルは顔から火が出そうだった。慌ててベッドから立ち上がる。なんという失態！

戸口まで行ったとき、彼に呼び止められ、レイチェルの足はその場に釘《くぎ》づけになった。

「レイチェル」

振り向きたくなかった。彼の顔なんか見たくなかった。それなのに彼に名前を呼ばれると、磁石のように引きつけられて、言われるままになってしまう。横になっていようと怪《け》我《が》をしていようと、彼の影響力に変わりはなかった。彼は支配するために生まれてきた男だ。圧倒的な意志の強さで、すべてを従わせてしまう。

「逃げないでくれ」

レイチェルは彼に負けないくらい冷静な声で言った。「大丈夫よ」薄暗い部屋の天井でまわるファンの音より、わずかに高い声で答えると、静かにドアを閉めて部屋をあとにした。

泣きたかったが、我慢した。泣いてもなんの解決にもならない。胸が痛み、心が騒いだ。これは性的欲望だ。どうしようもなく彼に惹かれる原因を、レイチェルは一瞬のうちにそう片づけた。ただの性欲ならなんとかなる。生理的な欲求で、違う性に対するごく正常な反応だ。それがわかれば無視できた。無視できないのは、次第に強くなる彼の感情面での影響力だ。ベッドに腰かけて、彼に愛撫を許していたのは、肉体的に惹かれていたからではない。彼が急速に大切な存在になっているからだ。

レイチェルの逃げ場は仕事だった。Ｂ・Ｂを亡くしたときは仕事に救われ、今も本能的にそれを求めていた。こぢんまりとした書斎には、仕事に関するものや、思い出の品々がぎっしり詰まっている。本、雑誌、新聞の切り抜き、家族の写真……。彼女には居心地のいい場所で、興味を持ったことに没頭するのはいつもこの部屋だった。雑然としていたが、何がどこにあるかわかっている。

だが、求めている慰めはこの部屋では見つからない。そう気づいたのは、お気に入りのB・Bの写真に目をやったときだった。自分自身の気持からは逃げられない。きちんと向き合わなければならない。それも今すぐに。

B・Bの笑顔をゆっくりと指でなぞった。彼は親友であり、夫であり、恋人だった。快活な態度の裏に、芯《しん》の強さと強い責任感を秘めていた。一緒にいて最高に楽しかった！今でもときどき彼が恋しくなり、これからも彼を失った喪失感を乗り越えられないのではないかと思うことがある。B・Bは決してそれを望んではいないだろうが……。彼はレイチェルが人生を楽しみ、持てるかぎりの情熱で人を愛し、子供を産み、仕事を続け、すべてを手に入れることを願っているだろう。レイチェルも同じ気持だったが、B・Bのいない人生で、それができるとは思えなかった。

二人は互いの仕事の危険を承知していた。その危険について語り合った夜もある。有能な取材記者だったレイチェルは、人の反感を買うのを避けられなかった。また麻薬取締局《DEA》で働くB・Bの仕事には危険がつきものだった。

B・Bは危険を予感していたのだろう。彼は暗闇で彼女を強く抱きしめ、こう言ったことがある。

〝ぼくの身にもしものことがあったら、思い出してほしい。ぼくが危険を承知で、あえて危険を冒していたことを。この仕事にはそれだけの価値があると思っている。だからきみも記事をものにするまでは手を引くな。あえて危険を冒さない人にも、事故は降りかかる。危険を避けても安全だという保証はないんだ。きみの仕事は、人を怒らせるとぼくの仕事以上に危険かもしれないね〟

それは予言的な発言だった。その年にB・Bは死んだ。ある政治家の背景を探っていたレイチェルは、違法な麻薬取り引きルートの存在に気がついた。証拠はなかったが、彼女がした多くの質問が、その政治家を不安に駆りたてた。ある朝、レイチェルはジャクソンビル行きの飛行機に乗り遅れそうになった。しかも彼女の車はガソリン切れ寸前だった。B・Bは彼の車のキーを彼女に放《ほう》った。「ぼくの車を使えよ。こっちは時間がたっぷりあるから、仕事に行きがてらガソリンを入れていくよ。今夜また会おう」

だがもう彼に会うことはなかった。レイチェルの飛行機が離陸した十分後、B・Bは彼女の車のエンジンをかけた。そして、イグニションに仕掛けられていた爆弾が一瞬にして彼の命を奪った。悲しみにくれながら、レイチェルは取材を終えた。その政治家は麻薬取り引きとB・Bの殺害にかかわった罪で、現在、仮釈放なしの終身刑に服している。

その後、レイチェルは取材記者を辞め、生きる意義を見つけるためにダイヤモンド湾《ベイ》に戻ってきた。ようやく安らぎを得て、ふたたび仕事と、湾岸での静かな暮らしに喜びを見いだしていた。けれども恋愛には無縁だった。デートをしたいとも思わなかったし、男の人にキスをされたいとか、触られたいとか、一緒にいてほしいと思うこともなかった。今までは。

レイチェルはB・Bの笑顔を覆うガラスに人差し指でそっと触れた。〝恋に落ちる〟とはよく言ったものだ。確かに彼女は落ちていた。渦に巻き込まれ、真っ逆さまに落ちるのを止められなかった。

なんだかばかげている。自分はケル・サビンのいったい何を知っているのだろう？　どういうわけかひと目見たときから彼を愛してしまった。彼が大切な人になると直感した。そうでなければ、必死にかくまったり、守ったりしただろうか？　ロマンチックな言い方をすれば、これは宿命だ。昔からこんな言い伝えもある――命はその命を救った者に属す。これは古来から言われる、危険によって結ばれた絆《きずな》なのだろうか？

そこまで考えて、レイチェルは苦笑した。もっともらしい怪しげな説明なら、ひと晩じゅうでも考えていられるが、事態が変わるわけではない。意志とか理屈に反して、もうすでに恋に落ちているのだ。そしてますます深みにはまろうとしている。

彼はわたしを誘惑しようとしている。いや、まだ実際に迫ってきてはいないが、並はずれた体力で、普通の人よりはるかに早く回復に向かっている。彼と愛し合うところを想像して心がざわめく一方、深くかかわらないほうがいいと警告する慎重な声も自分の中にある。そうなることは、彼をかくまい看病するより、ずっと危険だと。肉体的な危険は怖くないが、こういう男性を愛して支払うことになる心の代償は半端ではすまないだろう。

レイチェルは大きなため息をついた。料理のレシピのように、感情や反応の分量を計ったりすることはできない。彼を愛している、あるいは愛しつつある、という事実を認め、それから先のことを考えるしかない。

B・Bの写真が見つめ返している。ほかの人を愛しても裏切りにはならない。もう一度人を愛せるようになってもらいたい――そんなまなざしに思えた。

レイチェルは気軽に人を愛することができない。愛するとなったら全情熱を注いで愛する。しかし今彼女のベッドにいる人は、そんな献身的な愛を歓迎しないだろう。水晶玉にきくまでもなく、彼は氷のような冷酷さと激しい官能を併せ持つ男だ。彼は危険な仕事に生き、その仕事は感情的な結びつきを歓迎しない。彼は生々しい情熱でわたしを奪い、静かに去って、自分の選んだ人生に戻っていくだろう。

レイチェルは顔をしかめながら書斎を見渡した。もう仕事は続けられない。感情が乱れてしまい、授業の準備や執筆に集中できそうもない。小説の中の主人公を厄介な状況に追い込むことはあったが、今の自分よりも厄介な状況は存在するだろうか。こんなときは、経験的な忠告が役に立つかもしれない。レイチェルはふいに顔をほころばせた。わたしの寝室にはその道の達人がいる。ぜひ教えてもらいたいものだ。いずれにしろ彼にとっては時間つぶしになる。わたしのほうの時間つぶしは、夕方近くなって猛暑もいくらか和らいでいるから、庭の草取りをするのもいいだろう。何か体を動かすことをしたほうがよさそうだ。

日が暮れて薄闇が訪れたころ、レイチェルは庭仕事を終えた。裏口のスクリーンドアがきしんだと思うと、ジョーが駆け出した。レイチェルは急いで立ち上がり、ジョーの名を呼んだ。止めようにも間に合わないのはわかっていたが。

ケルは後ろに下がらなかった。レイチェルの声でジョーが一瞬たじろいだあいだに、彼は階段に座り込んだ。ジョーは一メートルあまり距離を置いて立っていた。顔をゆがめ、首の毛を逆立てている。

「下がっていてくれ」レイチェルがあいだに入り込もうとすると、ケルが静かに言った。もしジョーがぼくを攻撃したら彼女はぼくを守ろうとするだろう、とケルは思った。ジョーと理解し合わなくてはならない。今がチャンスだ。

レイチェルはケルの言葉に従ったが、なだめるようにジョーに優しく声をかけた。もしジョーがケルを襲ったら、わたしの力では引き離せないだろう。ジョーは男の人が嫌いだと知っているのに、出てきたりして、いったい彼は何を考えているの？

「ジョー、ついてこい」ケルはきっぱり言った。

前回と同様、ジョーはその命令に激怒した。レイチェルはじりじりと近づき、ジョーがケルに襲いかかりそうになったら飛びかかろうと身構えた。ケルは彼女に警告するように見た。

「ジョー、ついてこい」ケルは何度もその命令を繰り返した。するとジョーが鋭い歯をむき出しにして突進し、ケルの数十センチ手前まで迫った。

レイチェルはあえぎ声をあげ、犬の首に飛びついた。ジョーは体じゅうの筋肉を震わせている。彼女を無視して、ケルをじっと見据えた。

「そいつを放して、下がっていてくれ」

「どうして今のうちに家の中に戻らないの？」

「彼が受け入れてくれないかぎり、ぼくは囚人だ。何かがあって、急いで逃げる必要が出てくるかもしれない。そんなときに犬に邪魔されたくないんだ」

レイチェルはジョーの傍らにしゃがんだまま、毛の中に指先を埋《うず》めてそっと撫でた。それからゆっくりとジョーを放して、下がった。

「ジョー、ついてこい」ケルは繰り返した。

レイチェルは息を殺した。ジョーは体を震わせ、耳を後ろに立てた。ケルはまた命令を繰り返した。一瞬、ジョーは身を震わせ、今にも飛びかかりそうになったが、突然ケルのそばへ寄った。

「お座り」とケルが言うと、ジョーは座った。

「いい子だ。いい子だ」彼は左手でぎこちなく犬の頭を叩《たた》いて褒めた。

ジョーは耳を後ろに立てて唸ったが、噛《か》みつく様子はなかった。レイチェルは安堵《あんど》のため息をついた。ほっとしたとたん、脚が震えてきた。

ケルは彼女をちらりと見た。「きみもぼくの隣に座れよ」

「ジョーのように？」レイチェルは皮肉っぽく言った。そして彼の隣に腰を下ろした。それを見てジョーは体を起こし、また耳を立てて二人の前に立った。

ケルは右腕を彼女の肩にまわして裸の胸に抱き寄せた――用心深く犬を見守りながら。ジョーは気に入らないらしく、また唸り声をあげた。

「こいつ、嫉妬《しっと》してるよ」ケルは言った。

「あなたがわたしに危害を加えると思ってるのかもしれないわ」彼に肩を抱かれて、レイチェルは息苦しさを感じていた。なんとか気をまぎらわそうと、ジョーに手を伸ばす。

「大丈夫よ、こっちにおいで」

ジョーはそろそろと近づいてきた。そしてレイチェルの手をくんくんかぎ、続いてケルにも同じことをした。まもなく地面に座ると、前脚に頭をのせた。

「こいつが誰かに虐待されてたなんて残念だね。利口で高価な犬だ。年もまだ取っていない。たぶん五歳くらいだろう」

「ハニーもそう言ってた」

「きみは迷えるものを拾うのが趣味なのかい？」彼はジョーのことだけを言っているので

はなかった。

「興味のあるものだけよ」緊張が声に忍び込んだが、彼は気づいただろうか。そしてその原因にも。

ケルは右手で彼女の腕をそっと撫でた。何げない触れ方なのに、レイチェルの胸は喜びで熱くなった。夕闇の迫る空に稲妻が光り、彼女は空を見上げた。邪魔が入ったのでほっとした。

「雨になりそうね。午前中は積乱雲が通過したのに、雨が降らなかったのよ」それを合図に雷鳴が轟《とどろ》き、大粒の雨が降ってきた。「家に入りましょう」

ケルは、立ち上がるときは助けを借りたが、階段は自力で上がると言い張った。ジョーは車の下に避難した。レイチェルがスクリーンドアの掛け金をかけたのと同時に、雷が頭上で耳を聾《ろう》さんばかりの音で轟き、どしゃ降りの雨が降ってきた。戸口に立っているうちに気温は急激に下がった。風を伴う爽快《そうかい》な雨で、細かい霧がスクリーンドア越しに吹きつけた。レイチェルは笑いながら木のドアを閉めて、錠をかけた。そして振り向いたとたん、自分がケルの腕の中にいるのに気がついた。

ケルは無言でレイチェルの髪に手を差し入れ、頭を後ろに傾けさせて、唇を近づけてきた。レイチェルは頭がくらくらした。立ったまま両手を彼の裸の胸に置き、キスを受けることしかできなかった。彼のキスは思っていたとおり熱烈で、貪欲《どんよく》だった。レイチェルの柔らかな肌にかすかに髭《ひげ》がざらついた。

その文句のつけようがない喜びに驚いて、レイチェルは唇を離し、目を見開いて彼を見上げた。

「ぼくが怖いのか?」

「いいえ」レイチェルはささやいた。

「だったら、どうして離れた?」

レイチェルは真実を答えるしかなかった。頭上で嵐《あらし》が荒れ狂い、夕闇が濃くなる中で彼を見上げた。「もう十分すぎるからよ」

黒い瞳には、灼熱《しゃくねつ》の炎が燃えている。「いいや、まだだよ」

7

レイチェルの心の中で緊張が高まった。そして夜が更けるとともに、ますます緊張感は増した。ケルはあのあと、キスをすることも触れることもなかったが、常に彼女を見つめていた。ある意味では、そのほうがもっと緊張した。彼に見つめられるだけで、実際に体を撫《な》でられているような気がして肌がほてった。ずっと彼が見つめているので、緊張を和らげるおしゃべりもできなかった。二人は食事をしてから、気晴らしにテレビをつけたが、あまりおもしろい番組をやっていなかったので、彼女はテレビを消した。

「何か読みたいものはない？」

ケルは首を横に振った。「疲れているからいい。頭痛がひどくなってきた。ベッドに戻るよ」

確かに彼は疲れているようだったが、それも無理はない。今朝意識を回復したばかりで、ずっと起きていたのだから。レイチェルも今日のできごとで体力を消耗していた。

「先にシャワーを浴びてもいいかしら？　それからあなたに手を貸すわ」

彼は同意のしるしにうなずいた。

レイチェルは急いでシャワーを浴び、いちばん地味なネグリジェに薄手のローブを着て、ベルトを締めた。バスルームから出ていくと、ケルは寝室で待っていた。ほかの部屋の明かりは消えている。

「早かったね。バスルームから三十分以内に出てこられる女性がいるとは思わなかった」

「女性に対する偏見よ」彼の目には笑みが浮かぶことがあるのだろうか、と思いながらレイチェルは言った。

ケルはカットオフを脱いで、足を引きずりながらバスルームに入っていった。「自分で洗えるところは洗ってから、きみを呼ぶよ。いいかい？」

「ええ」

また彼の体に触れると思うと喉が締めつけられた。確かにケルの身体を洗ったことはあるが、今の彼は意識があるし、わたしにキスまでした。

彼が何をするかではなく、自分がどう反応するか不安で、レイチェルは神経質になっていた。もう彼と一緒に寝る必要はない。彼が戻ってこないうちに、間に合わせのベッドを作ったほうがお互いのためだ。レイチェルはクローゼットの上からキルトを二枚出して床に広げ、ベッドから枕《まくら》を取った。上掛けは必要なさそうだ。

二十分後、ケルがドアを開けた。「援軍を頼む」

彼は腰にタオルを巻いただけで、ドアに寄りかかっている。レイチェルは彼をじっと見つめた。顔色が悪く、唇が異常に赤い。

「また熱が出てきたみたいね」レイチェルは彼の頬に手を当てて言った。確かに熱いが、以前ほどではない。レイチェルはすばやくトイレの蓋《ふた》を閉めて、彼をその上に座らせた。そしてアスピリンを二錠のませてから、手早く彼の上半身を洗った。できるだけ早くベッドに入ったほうがいい。今日起きたばかりなのだから、発熱を予期しておくべきだった。

「すまない。こんなにへたばるとは思っていなかった」ケルは体を拭《ふ》かれながらつぶやいた。

「あなたはスーパーマンじゃないのよ。さあ、ベッドに入りましょう」

レイチェルは彼を立ち上がらせた。ケルは「待って」と言うと、腰に巻いてあったタオルをはずしてラックにかけた。平然と丸裸になった彼はレイチェルの肩に腕を戻し、助けを借りながらベッドまで歩いた。レイチェルは吹き出していいのか、怒っていいのかわからなかったが、この際、彼が服を着てないのは無視することにした。どうせ初めて見るわけではないし、彼が気にしてないなら、わたしが気にすることもないわ。

ケルはふらふらしてはいたが、何ごとも見逃さなかった。ベッドの下の間に合わせのベッドを見て、目を細くした。

「なんだい、これは？」

「わたしのベッドよ」

ケルはもう一度それを見てから静かな声で言った。「そんなものは片づけて、ベッドでぼくと一緒に寝よう」

レイチェルは冷ややかな目で彼をにらんだ。「あなた、たった一度のキスを大げさに考えすぎていない？　夜中もあなたに付き添っている必要はなさそうだから、一緒に寝なくて大丈夫よ」

「ずっと一緒に寝てたのに、どうして今になってやめるんだ？　今さら控えめにしても遅いよ」

レイチェルは、その論理が正しいことを彼に知られたくなかった。一緒に寝るのをためらう理由は、彼に何をされるか心配しているからではなかった。彼の体の重みやぬくもりを自分がどう感じるか、それを知るのが心配だったのだ。レイチェルは一人寝に慣れていた。男性と一緒に寝られるという、ささやかながら鮮烈な喜びを再認識するのはつらかった。

ケルはレイチェルの喉に手を当てた。たこのできた親指で首筋を撫でられると、レイチェルは身を震わせた。

「そばで寝てほしい理由はもうひとつある」

レイチェルは自分がそれを聞きたいのかどうかわからなかった。ケルは例の冷徹なまなざしになっていた。最悪を見てきた、しかもそれに動じなかった、幻想に惑わされない男の顔だ。

「わたしはベッドのすぐ下で寝るから」

「だめだ。すぐそばにいなくては。万が一ナイフを使わなければならなくなったとき、きみに怪我《けが》をさせないためにも」

レイチェルは頭をめぐらして、ベッドの横のテーブルにまだ置かれている包丁を見た。

「誰かが侵入してきたら、きっと目が覚めるはずよ」

「それはどうかな。ベッドに寝てほしい。そうでなければ、二人で床に寝るか」

ケルは本気だ。レイチェルはため息をついて、彼の言葉に従った。「わかったわ」

ケルは手を下ろした。レイチェルは枕をベッドの上に放《ほう》った。彼はそろそろとシーツのあいだに体を入れたが、横になるとき肩に圧力がかかると、低くうめいた。レイチェルは明かりを消してベッドの反対側に横たわった。シーツを引っぱり上げ、体を丸めていつもの姿勢になった。まるで長年二人でそうして寝ていたかのようだ。しかし、それは見せかけにすぎず、レイチェルの内心は緊張していた。彼は本当に、夜中に何者かが侵入してくると思っているのだろうか。

古い家なので、心の安らぐきしみ音があちらこちらでしていた。外ではこおろぎが鳴いている。けれど、そういう耳慣れた音を聞いてもレイチェルは落ち着かなかった。頭の中で切れ切れの情報をまとめようとした。

彼は休暇中に待ち伏せされた？　なぜ相手は彼を殺害しようとしたのだろう？　彼は何か秘密を知ってしまったのだろうか？　尋ねてみたかったが、彼は今日一日の疲れで、すでに規則正しい寝息をたてていた。

ふと手を伸ばして彼の腕に置いた。それは、彼のどんな動きも見逃すまいとして過ごした晩の名残で、まったく無意識の行為だった。

いきなり、彼の右手がレイチェルの手首をつかみ、ひねり上げた。レイチェルは痛みと恐怖で悲鳴をあげた。体じゅうの神経が震えていた。手首をつかんだ手がわずかに緩められ、彼が小声で尋ねた。「レイチェルなのか？」

「痛いわ！」レイチェルは思わず訴えた。すると彼は手を離し、体を起こして小声で悪態をついた。レイチェルは手首をさすりながら、暗闇《くらやみ》に浮かぶ彼の体のおぼろげな影を見上げた。「下で寝たほうがずっと安全ね」冗談めかして言った。「ごめんなさい。触るつもりはなかったのに」

「大丈夫か？」

「ええ。手首に痣《あざ》ができただけ」

ケルは彼女のほうを向こうとしたが痛くてできず、また悪態をついた。「こっち側に寝てくれないか？　そうすれば右側が下になるから、寝ながらきみを抱いててやれる」

「その必要はないわ」レイチェルはまだ、蛇のように敏速で獰猛《どうもう》な彼の行動に動揺していた。「ベッドの相手をつなぎとめておくのに苦労してきたみたいね」

「ここ数年でぼくが一緒に寝た女性は、文字どおりきみ一人だ。さあ、またぼくを驚かせたいかい？　それともこっちへ来る？」

レイチェルはベッドを下りて反対側にまわった。彼があけてくれた空間に黙って横になり、背中を向けてシーツを引っぱり上げた。彼も黙ってレイチェルのほうに向きを変え、スプーンのように彼女にぴったり寄り添った。彼女の腿の裏側に彼の腿が、彼女のヒップに彼の腰が、彼女の背中に彼のたくましい広い胸が寄せられた。そして彼の右腕は彼女の頭の下に、左腕は彼女のウエストに巻きつけられた。レイチェルは目を閉じて、彼の熱い身体を感じながら、どこまでが発熱によるものだろうと考えた。こうやって男性と寝る感覚を忘れていた。毛布のように包み込んでくれる力強さを……。

「肩や脚にぶつかったらどうしましょう？」

「すごく痛いだろうな。でも、そんな心配はしないでいいから、寝よう」ケルはそっけなく答えた。

彼に痛い思いをさせるくらいなら死にたいと思っているのに、心配しないでいられるわけがない。レイチェルは枕に頭を沈め、その下にある鉄のように固い腕を感じ取った。彼女は枕の下に手を入れて、彼の手首を軽く握った。

レイチェルは彼のぬくもりに身を預け、眠りに落ちた。

「おやすみなさい」

ケルは柔らかな感触を腕に感じながら横たわっていた。鼻孔をくすぐる甘い香り。レイチェルとのキスの味が舌によみがえる。あまりにも甘美で、それが彼を慎重にさせた。もう何年も誰かと一緒に寝ていなかった。常に危険と背中合わせだったので、一緒に眠るのは耐えられなかった。元妻も含めて。

結婚生活を送っていたときも、彼は精神的にも肉体的にも、本質的には孤独だった。レイチェルを腕に抱きながら、こんなに心地よい気分になれるのが不思議だった。自分は生来、慎重で孤独を好み、部下も含めて他人には警戒心を抱いていた。そのおかげで一度ならず命拾いをしている。さっきは軽く腕に触れられただけで驚き、過剰な反応をしてしまったが、潜在意識では彼女と眠り、触れたり触れられたりするのにすでに慣れているのだろう。

理由はどうであれ、レイチェルを抱いたり、彼女にキスしたりするのは気持がいい。今までこれほど女性に惹《ひ》かれたことがないから、彼女はとても危険な存在だ。彼女とのセックスを想像すると、体じゅうの筋肉が硬直してくる。残念だが、体が動かせるようになるまで、もう少し待つしかないだろう。彼女と愛し合いたい。でも、慎重にしなければ。二人のためにも、失敗は許されない。

レイチェルはゆっくりと目覚めた。心地よすぎて、目を開けて一日を始める気になれなかった。普段は早起きで、朝は大好きだった。けれども今朝にかぎっては、枕に深々と頭を沈め、体はぬくぬくとあたたかく安らいでいた。数年来味わったことのなかった眠りだった。

でも、ケルはどこに？　彼がベッドから消えているのに気づき、レイチェルはベッドから飛び出した。バスルームにはいなかった。

「ケル？」彼女は寝室を足早に出ながら呼んだ。

「外だよ」

裏庭から返事が聞こえた。レイチェルは開いたままの裏口に急いだ。ケルはデニム地のカットオフ一枚で階段に座っており、その下の芝生でジョーが寝そべっている。あひるのエバニーザーと家来たちが庭をよたよたと歩きまわって、のんびりと虫探しをしていた。昨夜の雨が辺りをみずみずしく見せ、緑が目に痛いくらいだ。太陽が雲ひとつない紺碧《こんぺき》の空で輝いている。うっとりするような、のどかな朝だった。

「わたしを起こさずに、ベッドからよく出られたわね？」

ケルは階段に手をついて立ち上がった。昨日よりも身軽に動けるようだ。彼はスクリーンドア越しにレイチェルと向かい合った。「きみは四日間もぼくの看病をして疲れていたんだよ」

「ずいぶん元気になったのね」

「力もわいてきたし、頭痛もしない」ケルはスクリーンドアを開けた。黒い瞳がレイチェルの全身をさっと眺めた。

レイチェルは腕組みをして胸元を隠したくなったが、今着ているガウンの上からは何も見えないだろう。髪もとかしていないので、ひどい格好をしているはずだ。が、そのことは考えないことにした。

「世話焼きの母親になりきってたみたい。あなたがベッドにいないから、パニックに陥ったわ。でも元気そうだから、着替えて朝食を作るわね」

「着替えないでくれ、ぼくのために」

レイチェルはそれを聞き流して歩き出した。ケルは彼女の後ろ姿を見送り、それからゆっくりと階段を上がって家の中に入り、スクリーンドアの掛け金をかけた。レイチェルはセクシーなナイトガウンを着たりして思わせぶりな態度はとらなかったし、恥ずかしがるふりもしなかった。だが、彼女にはそんな必要はなかった。あの花柄のナイトガウンと乱れ髪の彼女はあたたかそうで眠たげに見え、男を優しく包んでくれそうに見えた。目を覚ましたとき、レイチェルのナイトガウンがまくれ、腿にじかに体を押しつけているのに気づいた。そしてケルは興奮のあまり、ベッドから飛び出して、彼女の体の誘惑から逃げなければならなかった。

ケルは不自由な体を呪《のろ》った。

数分後にキッチンに戻ってきたレイチェルは、髪をとかし、ワインレッドの蝶《ちょう》の形のクリップで髪を留めていた。まだ素足のままで、白っぽくなったデニム地のショートパンツをはいていた。大きめの栗《くり》色のジャージーのシャツを着て、裾《すそ》をウエストで結んでいた。日焼けした顔には化粧をしていない。彼女は自分に満足しているのだ、と彼は思った。シルクや宝石で着飾れば人は足を止めて見るだろうが、彼女は自分がおしゃれをしたいときにだけそうするのだ――誰かのためにではなく。そんな自信に満ちたところが、ケルは好きだった。支配欲の強い彼には、よほど強い女でなければならない。ベッドの中でも、それ以外の点についても。

レイチェルは無駄のない動きでコーヒーをいれ、ベーコンを焼きはじめた。いいにおいが辺りに漂いはじめると、ケルは空腹だったことに気づき、たちまち口の中に唾《つば》があふれた。レイチェルはオーブンに小型のパンを入れ、卵をかきまぜてスクランブルエッグを作った。それからカンタロープ・メロンを切りわけた。

レイチェルの澄んだグレーの瞳が彼に向けられた。「あのいちばんいい包丁があったら、もっとらくに切れたのに」

ケルはめったに笑わないが、彼女のさりげないあてこすりに吹き出しそうになった。怪我をした脚の負担を軽くするために調理台にもたれて言う。「ここには銃はあるのかい？」

レイチェルはベーコンを引っくり返した。「ベッドの下に二二口径のライフル、車のグラブコンパートメントに鼠玉《ねずみだま》を装填《そうてん》した三五七口径があるけど」

ケルはたちまちいらだちを覚えた。どうして昨日それを言わなかったんだ？

「もし昨夜、銃が必要になっていたらどうした？」

「鼠玉以外に三五七口径の弾丸はないの。だから思いつかなくて」彼女は静かに答えた。「二二口径はすぐ手の届く場所にあったけど、使い方を知らないし……元気な腕が二本あったから」

ダイヤモンド湾《ベイ》は治安がいいと思っていたが、常識的判断からなんらかの自衛策を講じたほうがいいかもしれない。女の一人暮らしで、隣人はすぐ近くにはいないのだ。

レイチェルが持っている武器は、どちらも、祖父が有害小動物と呼んでいたものを退治するのに使う銃だった。中に装填されているのが鼠玉だと知る人間はほかにいない。レイチェルは人を殺すためではなく、護身用としてその二つを選んでいた。

ケルはしばらく間を置いてから、黒い目を細くした。「どうしてぼくには教えてくれるんだ？」

「ひとつ、あなたが自分は何者かを教えてくれたから。二つ、あなたが尋ねたから。三つ、包丁がなくても、あなたは無力ではない」

「どういう意味だ？」

レイチェルは日焼けしたたくましい脚を見下ろした。「足や、両手にあるたこよ。誰にでもあるものじゃないわ。あなたはいつも、裸足《はだし》でトレーニングをしているでしょう？」

「きみは観察が鋭いね、ハニー」

レイチェルはうなずいた。「ええ」

「たこに気づく人なんて、そういるもんじゃない」

一瞬、レイチェルは躊躇《ちゅうちょ》し、そのまなざしを心の内に向けた。それから料理の出来具合を見た。

「夫が特殊な訓練を受けていて、両手にたこがあったの」

ケルの胸は締めつけられた。ゆっくりと手を握りしめ、すばやく彼女の日焼けした細い指に指輪がないのを確認する。「離婚したのか？」

「いいえ。死に別れたの」

「それは気の毒に」

レイチェルはまたうなずいて、卵とベーコンを皿にのせ、オーブンからおいしそうな焼き色のついたパンを出してパンかごに入れた。

「もう五年になるわ」そう言うと、彼女はまたそっけないしゃべり方に戻った。「パンが冷めないうちに顔を洗ってきて」

数分後、ケルはレイチェルの料理の腕前に感心した。卵はふわふわ、ベーコンはかりかり、パンはふっくら、コーヒーはちょうどよい濃さだ。手作りの梨《なし》のジャムが、パンからしたたり落ちている。カンタロープ・メロンも熟れていて甘かった。調和のとれた、彩りの美しい朝食だった。これもレイチェルの有能ぶりを示すほんの一例だ。ケルが三つ目のパンを食べはじめると、レイチェルが静かに言った。

「毎日こういう朝食を期待しないでね。シリアルとフルーツの日もあるのよ。今はあなたに体力をつけさせようとしてるだけなんだから」感情を表に出さないケルが嬉《うれ》しそうに食べているのを見て、レイチェルは満足だった。が、それを表には出さなかった。

ケルは椅子にもたれ、彼女の目の輝き、そしてコーヒーカップにほとんど隠れているほほ笑みをじっくりと観察した。レイチェルはぼくをからかっている。最後に人にからかわれたのは、いつだっただろう？　たぶんハイスクール時代だ。くすくす笑ってばかりいたある女生徒が、新たに発見した誘惑の力を、教師たちからも〝危険視〟されている男子生徒に試してみたのだ。彼は危険視されるようなことは何ひとつしていなかった。ただ、冷ややかで冷静な、闇夜のように黒い瞳で、まっすぐ見つめるまなざしのせいでそう言われたのだろう。

レイチェルは自分に自信があるからこそ、ぼくをからかったのだ。彼女はぼくを同等の人間と見なしている。レイチェルはぼくを恐れていない。

「文句なしの朝食だよ」ケルはようやく答えた。

レイチェルは、わざと答えに時間をかけたのだろうか、と思った。彼は言うことを考えていたのかもしれない。いや、わたしを動揺させようとしてわざと長い間を置いたのかもしれない。

「うまいこと言って、毎回こういう食事を作らせようとしても無駄よ。コーヒーのお代わりは？」

「頼むよ」

レイチェルはコーヒーを注《つ》ぎながら尋ねた。「いつまでここにいる予定？」

ケルはレイチェルがポットをウォーマーに置いて、席に着くのを待ってから答えた。

「体が回復するまでいたい。きみに追い出されなければ」

ずいぶんはっきりしていること、とレイチェルは思った。ケルは体が癒《い》えるまでここにいる。でも、それだけだ。

「これからどうするの？」

ケルはテーブルの上に両腕をのせた。「体を回復させること、それがまず第一だ。それから我々は妥協点を探らなくてはならない。必要になったら、電話で連絡の取れる男が一人いる。でも、行動を起こすのは体を治してからだ。一人で闘っても成功率は低いんでね。まだ休暇は三週間残っているから、ぼくの死体がたまたまどこかに打ち上げられないかぎり、向こうは三週間、口を閉ざしていなければならない。ぼくの死体がないかぎり、彼らは動きようがない。正式に死亡か行方不明と認められるまで、ぼくの後任を決めるわけにはいかないんだ」

「もし三週間後に仕事に復帰できなかったら？」

「ぼくのファイルはすべての記録から消される。暗号が変更され、新しい諜報員《ちょうほう》が任務に就き、ぼくは存在を抹消される」

「死亡が推定されるということ？」

「死亡、捕虜、裏切りということもある」

三週間。彼と一緒にいられるのは長くて三週間。短いが、どうせ思いどおりにならないのだから、嘆き悲しんだりすねたりしてだいなしにするのはよそう。レイチェルは、永遠と信じるものが胸が張り裂けるくらい短くなるつらさを知っていた。もしこの三週間しか一緒にいられないなら、笑顔で彼の看病をしよう。議論したくなったらするのもいい。彼を……慈しめるならどんな形でも手を貸そう。そして、この日に焼けた戦士と手を振って別れよう。彼の姿が見えなくなるまで涙を隠して……。何世紀ものあいだ、女はずっと同じ思いをしてきたのだろう。だが、それがわかったところで、たいして慰めにはならなかった。

ケルはカップをじっと見つめ、眉をひそめて考え込んでいた。「また買い物に行ってきてもらえないだろうか？」

「ええ、いいけど。ズボンのサイズは合ってるか、きこうと思っていたの」

「どれもサイズはぴったりだよ。きみはいい目をしてる。いや、実は買ってきてもらいたいのは、例の三五七口径に合うホローポイントの弾丸なんだ。たくさん欲しい。ライフルの弾も。金はあとで払うから」

レイチェルはお金を出してもらおうとは考えもしなかったので、腹が立った。「それと、鹿《しか》撃ち用ライフルを二挺《ちょう》買う？　四四口径のマグナムは？」

驚いたことに、ケルは彼女の皮肉を真に受けた。「いや。ぼくが姿をくらました日付以降に銃を買った記録は残さないほうがいい」

レイチェルは驚いて椅子の背にもたれた。「その種の記録が調べられるかもしれないってこと？」

「この辺りの住人に関してはすべてね」

レイチェルはしばらくのあいだ、じっと彼を見つめていた。精悍《せいかん》な顔と、表情を抑えた目を。「あなたは何者なの？　あなたを殺そうとこんなところまで追いかけてくる人がいるなんて」

「向こうはむしろ生けどりにしたがってるよ。そうならないようにするのがぼくの務めだ」

「なぜあなたは狙《ねら》われてるの？」

ケルは唇の片端を上げて笑みを浮かべた。「ぼくがこの道の第一人者だからさ」

答えになっていなかった。ケルは相手に情報を与えないで質問に答えるのがうまい。自分の聞きたい答えを引き出すために、言うべきことを選んでいる。でも、その必要はない。彼のためなら、わたしはできることはなんでもするだろう。

レイチェルはコーヒーを飲み終えて立ち上がった。「片づけはあとにして、暑くならないうちにすませてしまいたい用事があるの。一緒に外に出る？」

「少し歩いてみたいな」ケルは立ち上がって、彼女のあとから外に出た。そしてゆっくりと足を引きずりながら庭を歩いた。一方、レイチェルはジョーとがちょうたちに餌《えさ》をやってから、菜園で食べごろの野菜を収穫した。ケルは疲れると裏階段に腰を下ろし、日差しに目を細めながら彼女の作業を見守った。レイチェルの暮らしはのどかで、こぢんまりした家は快適だ。

太陽がケルの肌を焦がし……ここのすべてが彼を魅了していた。レイチェルの手料理を食べていると、毎朝彼女と朝食をとったらどんなだろうと想像してしまう。だがそうした空想は、彼にとってはどんな武器よりも危険だった。

ケルにも平凡な私生活を送ろうとした時期があった。が、失敗に終わっていた。結婚しても、彼が望んでいたような親密さは生まれなかった。セックスでは満足していたが、行為のあとは周囲の世界から切り離され、やはり孤独を感じた。彼はできるかぎり妻を愛したが、妻は障壁を破って彼の心に迫ることができなかった。彼女はケルの存在を認めたことさえなかったかもしれない。あるいは彼の仕事の本質に向き合いたくなかったのだ。マリリン・サビンは、ワシントンDCで市民サービスの仕事に携わる何千人という男たちの一人として夫を見ていたのだ。毎朝決まった時間に出勤し、夜には戻ってくるような。彼女自身、弁護士の仕事に追われ、それは深夜まで及ぶことがあった。だからケルの仕事の忙しさも理解してくれた。

でも、気難しい女性だった。だからこそ冷ややかでよそよそしい性格のケルと、相性はよかった。だが彼女はその下にある彼の複雑な人間性に触れようとする努力はしなかった。マケルは太陽を仰いだ。すべてがほどけたような感じで、ゆったりした気分になった。マリリン……彼女のことを考えたのさえ、数年ぶりだ。離婚を言い出されても、彼は肩をすくめただけだった。ある事件のあと、彼女はケルと一緒に暮らしていたら頭がおかしくなりそうだと言いはじめたのだ。

あの晩、彼とマリリンは夕食に出かけた。二人揃《そろ》って人前に出ることはめったになく、マリリンの好きな高級店に一緒に入るのは初めてだった。やがてレストランを出た直後、ケルは狙撃者《そげきしゃ》に気づいた。すぐさまマリリンを突き倒し、その上に自分が覆いかぶさった。彼の行動はマリリンの命を救った。彼女は右腕を怪我しただけですんだ。

その夜から、マリリンの夫に対する見方が変わった。彼女はケルが冷静に襲撃者を追いつめ、短い乱闘のあと相手を気絶させるまでの一部始終を見たのだ。まもなく男を引き取りに現場に駆けつけてきた部下たちに命じる、権威者丸出しの夫の口調を聞いた。彼女はその部下の一人に連れられて病院へ行き、治療を受け、ひと晩入院した。一方ケルは、襲撃者がその夜の彼らの居所をどうして知っていたのか解明しようとした。マリリンを通じて以外には考えられなかった。彼女には行動を秘密にする理由はなかった。その夜、夫と食事をする場所も。彼女は夫の危険な秘密裏の仕事をまったく理解していなかったし、知ろうともしなかったからだ。

翌日、ケルがマリリンを病院に迎えに行くまでに、二人の結婚は法律的なことを除けば、あらゆる点で破綻《はたん》していた。マリリンはケルと顔を合わせるなり、落ち着き払った声で離婚を切り出した。彼女はケルの仕事の内容を知らなかった。知りたくもないが、彼と結婚しているために自分の命も危険にさらされるのはたまらないと言った。ケルがあっさりと離婚に同意したので、マリリンの虚栄心は少し傷ついたかもしれない。実は彼もまたひと晩考えて、基本的には同じ結論に達していた。もっとも理由は違っていたが。

ケルは離婚を口にしたマリリンを責めなかった。賢明な選択だと思った。危機一髪で命拾いしたことに身震いした。自分にいちばん近い人間を通して、いとも簡単に居場所を知られてしまうとわかったのだ。自分の立場を考えると、平凡な私生活を送ろうと考えたこと自体が間違いだった。ほかの人間ならなんとかやっていけても、卓越した能力ゆえに最大級の危険に身をさらされるケル・サビンには難しかった。もしほかの諜報機関が、諜報員のなかで辞めさせたい人間を一人挙げるとしたら、それはケル・サビンだった。彼自身が標的で、彼のそばにいる人間は自動的に標的にされてしまうのだ。

こうしてケルは学んだ。もう二度と人を近づけるのはやめよう、と。敵がそれを利用して近づいてこないように。自分で選んだ道であるからには、どんな代償だろうと喜んで支払うつもりだ。でも、二度と罪のない民間人を巻き込まないと決心した。彼らこそ、命と自由を守ると自分が誓った人たちなのだ。

ケルはもう一度結婚したいと思ったことなどなかった。女性とベッドをともにすることはあったが、同じ相手と定期的な関係は持たず、会う回数も慎重に制限していた。そして、それはうまくいっていた――レイチェルに会うまでは。彼女は魅力的だ。本当に！　マリリンとはまったく対照的だ。マリリンがおしゃれで気難しいのに対して、レイチェルは飾りけがなくて、一緒にいて心が安らぐ。また彼の生活様式を、どういうわけかよく理解していた。結婚して何年も一緒に暮らしていたマリリンが、まったく理解していなかったというのに。

しかし、だからといってそう簡単にことを進めるわけにはいかない。ケルはレイチェルが小さな菜園で楽しみながら作業するのを眺めていた。彼女とのセックスはきっと激しくなるだろう。彼女は髪が乱れても化粧が崩れても、気にしたりしないだろう。彼女の身を守るためにも、これまでどおりのセックスにしなければならない。彼女の生活から出ていくときは、永遠の別れだ。それが彼女のためだ。これ以上、彼女の身に危険が降りかかってはならない。

レイチェルはかがめていた腰を伸ばして立ち上がり、両手を高々と上げて伸びをした。それからかごを持ち、野菜畑のあいだを抜けて戻ってきた。菜園の隅にいたジョーもあとからついてきて、裏階段の下に日陰を見つけた。

レイチェルは笑顔で近づいてくる。身のこなしに優雅さが感じられる。ケルは近づいてくる彼女を見つめた。体じゅうの細胞が注目している。だめだ、ここに必要以上に長居して、彼女を危険な目にあわせるわけにはいかない。

8

それからは、暑かったがのんびりと平穏に過ぎていった。ケルは順調に回復し、つきっきりで看病する必要がなくなったので、レイチェルも仕事を再開した。授業の計画を練り終え、また小説の執筆を始めた。さらに庭の手入れや、際限なくある雑用もこなした。ケルに頼まれたホローポイントの弾丸も買ってきた。彼は三五七口径をずっと手元に置いている。襲撃者の侵入に備えて寝室のテーブルに置いておくこともあったが、いつもは瞬時に抜けるよう、ズボンのウエストに差し込んでいた。

ハニーが傷口の抜糸にやってきた。彼女はケルの回復の早さに舌を巻いた。

「あなたの新陳代謝のよさは特別ね。もちろんわたしの腕もよかったんだけど。うまく縫合したから足を引きずることもないでしょう」

「見事な仕事ぶりだよ、ドクター」ケルはハニーにほほ笑んだ。

「あたりまえよ。肩のほうも、多少はまわしにくくなるかもしれないけど、たいしたことはないでしょう。でも、もう一週間くらいは大事にしてね。慎重にやるなら、リハビリを始めていいわよ」

ケルはすでに始めていた。レイチェルは肩と腕の動きをなめらかにする運動に励む姿を見ていた。それが効を奏して、足の引きずりも少なくなっていた。

ケルは青いコットンシャツと、カーキ色のズボンを脱ぐ前に、ウエストからピストルを抜き取ってテーブルの上に置いた。ハニーはまばたきひとつしなかった。ハニーが抜糸する様子を、ブリーフ姿でテーブルに座ったケルは無表情に見つめていた。レイチェルも身を乗り出してそれを見ていた。抜糸が終わると、ケルは服を着て、重い銃をいつもの腰のくびれの位置に戻した。

「お昼を食べていって」レイチェルはハニーを誘った。「ツナサラダと新鮮なトマトを用意してあるの」

ハニーはレイチェルの誘いを断らなかった。「いいわね。新鮮なトマトが食べたかったの」

「南部の人はどんな料理のときにもトマトを出すね」ケルが言った。

「それは、ほかの料理がおいしく食べられるからよ」ハニーはジョージア州の出身で、トマトが大好きだ。

「トマトはラブアップルとも言うでしょう？」レイチェルがぼんやりと言った。「ベラドンナと同類のナス科の植物で、毒があると思われていたのに、どうしてそんな名前がついたのかしら」

ハニーがくすくす笑った。「まあ！　よく調べてあるじゃない。あなたの本には、ベラドンナを食べすぎて死んじゃう人が登場するの？」

「まさか。わたしが書いてるのは推理小説じゃないもの」レイチェルはテーブルの用意をしながらケルを見た。「あなたは南部の出身ではないでしょう？　話し方はゆっくりだけど、南部の人とは違うもの」

「それはきっと、ジョージア州出身の男とずっと一緒にいたせいだ。彼とはベトナムで一緒だった。ぼくが生まれたのはネバダ州だよ」

ケルは個人的な情報をそれ以上明かしてくれないだろう。レイチェルもきかなかった。

三人は簡単な食事をとった。ケルは二人の女性のあいだに座り、いつものように食べ、会話にも参加した。レイチェルは、窓とドアの見える位置に彼が陣取っているのに気づいた。それが彼の習慣だった。誰かが家に近づけばジョーが吠《ほ》えるとわかっていても、食事のときはいつもそうしていた。

帰り際、ハニーは笑顔でケルに手を差し出した。「これで最後かもしれないわね。さようなら」

ケルはその手を握った。「ありがとう、ドク。さようなら」

ハニーはもの思わしげに彼を見つめた。「あなたにはききたいことが山ほどあるの。だけど、きかないほうが身のためだと思うからきかない。でも、くれぐれも体を大切に。いいわね？」

ケルはゆがんだ笑みを浮かべた。「約束するよ」

ハニーはウインクして言った。「誰かに何かきかれても、わたしは知らないで通すわ」

「きみは頭がいい。ぼくがいなくなったあとで、レイチェルから詳しい話が聞けるよ」

「そうね。でも勝手に想像するほうが、好きなだけスリルに満ちたロマンチックな話にできるんじゃないかしら。しかも身に危険が及ばない」

ハニーのように考えるのが、たぶん賢明なのだろう。彼女が帰ったあとで、レイチェルはそう思った。ハニーだったら、ケル・サビンのような男と恋に落ちる危険は絶対に冒さないだろう。

レイチェルは片づけながら、ふと後ろを見た。ケルがじっと見つめている。レイチェルは顎を突き出した。「どうしたの？」

答える代わりにケルはレイチェルに近づき、手で顎を支えながら唇を唇でふさいだ。レイチェルは驚いて一瞬身動きができなかった。初めてキスしたあとは何もなかった。ときどき夜に独占するような手つきで触れられたりはしたが……。

ケルの腕に抱かれて眠る喜びは隠すことができたけれど、キスに呼び起こされた激しい欲望は隠せそうにない。レイチェルは厚みのあるケルの胸に両手を滑らせた。彼の舌が舌に絡みついてきた。彼女は喉の奥でうめいた。

ケルはゆっくりと前進して、レイチェルを戸棚に押しつけた。レイチェルは唇を離してあえいだ。「どうしたというの？」

ケルの唇は彼女の顎の線をなぞり、耳の下の柔らかな肌を探った。「さっきのラブアップルのせいかもしれない……」

レイチェルは両手で彼のシャツをつかみ、唇を開いた。ケルは彼女の唇を貪《むさぼ》った。うっとりするような濃厚なキスは、永遠に続くように思えた。ケルは爪先《つまさき》立ちのレイチェルを抱き寄せ、両手を彼女のヒップに移動させて包み込むように持ち上げ、二人がさらに密着するようにした。

キスが二人の仮面をはいだ。ケルとレイチェルは情熱をむき出しにしてしっかりと抱き合った。その情熱は、親密な肌の触れ合いの記憶を糧にして、この数日間に築き上げられたものだった。レイチェルは手厚い看護をしながら、ケルのたくましく美しい肉体を目で見て、手で触れていた。ケルは両手でレイチェルを感じ取り、まだ名前も知らないうちから独特の甘い香りになじんでいた。意識を取り戻して彼女を抱きながら寝るのはまだ数日だが、二人の体はすっかりなじんでいた。

レイチェルは自分の感じている力に恐れを抱き、ケルから唇を離して彼の顎の下に顔を埋《うず》めた。自制できなくなる前に、ペースを落とさなければ。

「せっかちな人ね」レイチェルは落ち着いた声に聞こえるように努めた。

ケルはレイチェルのヒップから背中に手を移動させ、しっかりと抱きしめた。それから彼女の耳に唇を押しあてて、あたたかみのある謎《なぞ》めいた声でささやいた。「これでも抑えてるんだ」

レイチェルの全身に震えが走り、胸の蕾《つぼみ》が痛いほど固くなった。ケルはさらにぎゅっと抱きしめ、筋肉質のたくましい体に彼女の胸を押しつけた。彼の頬がレイチェルの頭のてっぺんにこすりつけられた。しかしその優しい愛撫《あいぶ》は、その先を求める彼の欲求のために、長くは続かなかった。ケルは彼女の髪に指を入れて顔を上向きにさせ、また唇を重ねた。彼の舌が狂おしいリズムを刻む。彼のもう片方の手がブラウスの中にするりと入り、柔らかな胸を手のひらであたたかく包み込んだ。レイチェルの全身に震えが走る。彼はたこのできた親指で固くなった胸の頂をこすった。痛みが和らぐのと同時に、より深い痛みがレイチェルを襲った。

「きみの中に入りたい」ケルはそうささやくと、顔を上げて親指で転がしている胸の蕾を見た。「たまらなくきみが欲しい。一緒にいるあいだに、そうなる気はないかい？」

まあ、なんて単刀直入なのかしら。レイチェルは痛みで悲鳴をあげないよう、鋭く息を吸い込みながら思った。こんなときにも、ケルは決して甘い約束をしない。彼はいずれ出ていくのだ。だから結べるのは一時的な関係だけ。先のことなど考えずに、このまま彼と寝室に行けるなら単純でいいのに。けれどもケルの誠実さが、レイチェルに先のことを考えさせた——彼が去る日のことを。

レイチェルはゆっくりとケルを押しのけ、震える手で髪を顔から払いのけた。「そんなに気軽には考えられないわ」説明する声も震えた。「わたし、恋人を持ったことはないから……夫以外に」

ケルは鋭い目で彼女を見守りながら待った。

レイチェルは、どうにもならないという手ぶりをした。「わたしは……あなたが好きよ」

「だめだ」ケルは鋭く言い、落ち着いた声でつけ加えた。「それはやめたほうがいい」

「蛇口の水みたいに止められるものだと思っているの？」レイチェルは彼の目を見つめながら言った。

「そうだ。これはセックスの話だ。それ以外のものがあるなんて思わないでほしい。たとえあったとしても、どうせ将来はないんだ」

「そうね」レイチェルはこわばった笑みを浮かべ、彼に背を向けてシンク越しに窓の外を見た。「あなたがここを出ていくときが終わりなのね」

レイチェルはケルに否定してもらいたかった。が、また彼の残酷な誠実さがその希望をうち砕いた。「そうだ。そうするしかないんだよ」

これ以上の議論をしても無駄だろう。ケルが孤独な一匹狼《おおかみ》だということは、レイチェルも承知している。「あなたにはできても、わたしはそんなふうに感情を抑えられない。わたし、あなたを愛してるんだと思う。ああ、どうしてこんなことに」その声にはいらだちがにじんでいた。「あなたを海から引き上げた瞬間から、わたしはあなたを愛しはじめていたのよ。おかしいでしょう？　でもあなたがいなくなるからといって、この気持は止められない」

ケルはレイチェルの背中の緊張と、両手のこわばりに気づいた。レイチェルのように正直な女性には会ったことがない。駆け引きや言い逃れは通用しない。こんなに離れがたいと感じた相手は、この数年間で初めてだ。離れると考えただけで胸が締めつけられる。でも、一緒にいて彼女の身に危険が迫ることを思えば、その気持は簡単に抑えられた。自分の楽しみのために、彼女を危険にさらすことはできない。

ケルはレイチェルの肩に両手を置いた。「無理強いはしない。きみが自分でいちばんいいと思ったことをすべきだ。でも、もしその気になったら、ぼくはいつでも待っているから」

その気になったら、ですって？　あなたが欲しくてたまらないのよ！　ベッドに誘うのは簡単だとわかっていながら、ケルは決断のための猶予をくれた。レイチェルは彼の手を取り、指を絡めた。

そのとき、ジョーが階段の下の日陰から飛び出す物音がした。ケルは手をこわばらせ、ぱっと振り返った。レイチェルも一瞬体が硬直したが、震えながら急いで玄関に向かった。ドアを開けて玄関ポーチに出たレイチェルは、ブラウスのボタンがはずれているのに気づいて、すばやくボタンをかけた。そしてジョーが何に興奮したのか辺りを見まわした。ごく一台の車が私道を通って近づいてくる。ハニーは帰ったばかりだから彼女ではない。ごくまれにラファティーが訪ねてくることもあるが、彼は車ではなくて馬に乗ってくる。

家の前に止まったのは、青いフォードだった。政府機関の車だ。ジョーは車に向かって身をかがめ、耳を立てて唸《うな》った。

「よしよし」レイチェルはそうつぶやいて、車の中を見ようとした。が、窓に陽光が反射して何も見えない。そのときドアが開いて、長身の男が出てきた。男はドアを開けたままにして、車の屋根越しに彼女を見た。エリス捜査官だ。色の濃いサングラスをかけていて目元は見えない。

「こんにちは」レイチェルは挨拶《あいさつ》した。「またお会いできて嬉《うれ》しいわ」南部式の挨拶の習慣で先手を取り、あれこれ考えてみた。どうしてまた来たのかしら？　外に出たケルの姿を見られたのだろうか？　用心していたし、誰かが近づいてくればジョーが知らせてくれると信じ込んでいたが、離れたところから望遠鏡で見ていたのかもしれない。

トッド・エリスは学生風のまぶしい笑顔を見せた。「こちらこそ嬉しいですよ、ジョーンズさん。何ごともないか、様子を見に来たんですよ」

こんなに遠くまで来た理由がそれだけとは、とても信じられなかった。レイチェルはジョーの横を抜けて車に近づき、エリスが家のほうを見ないように視界をさえぎった。ケルが見つかるようなへまをするとは思えないが、危険は冒したくなかった。「大丈夫です」レイチェルは明るく答え、車をぐるりとまわってドアのそばに立った。エリスは彼女と向き合うために、家に背を向けざるをえなくなった。「暑いけれど、大丈夫です。探していた人は見つかったんですか?」

「いいえ、手がかりなしです。何か見てませんか?」

「いいえ、何も。もし誰か来たら、ジョーが必ず知らせてくれますから」

ジョーの話をすると、エリスはさっと辺りを見まわした。ジョーはまだ庭の真ん中で侵入者をにらみつけ、低い唸り声を出していた。エリスは咳払《せきばら》いをして、レイチェルのほうに向き直った。「こういう場所で一人暮らしをするのに、この犬は用心棒にうってつけだ。用心するに越したことはないから」

レイチェルは笑った。「ええ、本当に。ジョーが番犬の役目をしてくれるから安心なんです」

濃いサングラスのせいで断言はできないが、エリスに脚や胸をじっと見られているような気がした。体じゅうに警報が鳴り響いたが、ボタンがきちんと留まっているかどうか確かめたいという衝動をレイチェルはなんとか抑えつけた。留まっていなくても、もう手遅れだ。エリスも、まさか自分の探している男とレイチェルがキスしていたとは思うまい。

突然、エリスが笑い出した。サングラスをはずして指先に引っかけた。「実はここに来たのは、あなたの様子を見るためなんかじゃないんだ」エリスは車のドアの上に腕をのせ、くつろいだ自信たっぷりの態度になった。ハンサムな彼は、自分が誘えば女はついてくるものと思い込んでいるようだ。「夕食に誘いたくて来たんだ。ぼくのことを知らないからと言われそうだけど、信用してくれていいよ。受けてもらえるかな?」

戸惑うふりをしなくても、レイチェルは本当に当惑していた。どう返事をすればいいのだろう。エリスの誘いを受ければ、ケルをまったく知らないというのを信じてもらえるだろう。逆に行かなければ、エリスはまた誘いに来るかもしれない。それは困る。それにしても、なぜ彼らはまだここにいるのだろう? 海岸沿いの捜索をしなかったのだろうか。

「まあ、どうしましょう」レイチェルは少し口ごもりながら言った。「いつ?」

「何も予定がなければ、今夜はどう?」

なんですって、なんだか頭が変になりそう! もしケルの姿を見られていたとしたら、これは罠《わな》かもしれない。わたしを家から誘い出して、目撃者をなくすのが狙《ねら》いだ。でも、もし違っていたら、あまり疑って行動すると、かえって怪しまれることになる。エリス捜査官は初対面のときから、わたしに気があるそぶりを隠そうとしなかった。よし、この誘いを文字どおりの意味に取ってみよう。もしかしたら、彼から何か情報が得られるかもしれない。

「いいわね。でも、どこに連れていってくれるの？　わたしはパーティが苦手なんだけど」

エリスはまた少年のような笑顔になった。「心配しないで。ぼくもパンクの集まりは好きじゃない。怖がり屋だから、安全ピンを頬に突き刺したりできないんだ。ぼくが考えてるのは静かなレストランさ。分厚くてうまいステーキを出してくれるね」

そのあとベッドで転げまわるの？　でもご期待にはそえないわよ、とレイチェルは思った。「よかった。で、時間は？」

「八時はどう？　それくらいの時間なら日も沈んで、涼しくなってるんじゃないかな」

レイチェルは笑った。「暑さは対処法を学ぶしかないのよ。それじゃあ、八時に」

エリスは小さく敬礼すると、運転席に体を押し込んだ。レイチェルは埃《ほこり》を避けるために庭まで戻り、青いフォードを見えなくなるまで見送った。

家に入ると、ケルが鋭い目を細めて待っていた。「どんな用件だった？」

「わたしを夕食に誘いたいって」レイチェルはゆっくりと答えた。「返事に困ったわ。彼と出かけたほうが怪しまれずにすむのか、それとも彼はわたしをこの家から連れ出すのが目的で誘ったのか……。あなたの姿を見られたかもしれないとも考えた」

「それはないよ。もしそうだったらもう生きていない。で、どうやって断った？」

「断らなかったわ」

ケルが喜ぶとは思っていなかったが、彼の反応は予想外だった。ケルはすぐさま振り向いた。その目には黒い炎が燃えていた。いつもの超然とした態度はどこにもなかった。

「だめだ、行くな。断るんだ」

「もう遅いわ。今さら断ったら、本当に怪しまれるじゃない」

ケルはズボンのポケットに両手を突っ込んだ。その手がぎゅっと握りしめられた。「あいつは殺人犯であり、売国奴でもあるんだ。ボートを吹き飛ばされる直前にあいつの姿を見かけてから、ぼくはずいぶん考えた。そして、失敗するはずのない計画が失敗したとき、いつもトッド・エリスが多少なりともかかわっていたことをつきとめた。あいつと出かけるのはよせ」

レイチェルは譲らなかった。「そうはいかないわ。あなたの役に立つ情報をつかめるかもしれない」

突然レイチェルはあえいだ。ケルがポケットから両手を出して、いきなりつかみかかってきたのだ。たくましい手で、彼女の肩を痣《あざ》になるほどがっちりつかんで揺さぶった。表情は厳しく、怒りに燃えていた。

「いいかげんにしろ」ケルは食いしばった歯のあいだから、やっと聞こえるぐらいの声で言葉を絞り出した。「これは素人が首を突っ込むような問題じゃない！　まだわからないのか？」彼はまた悪態をつき、レイチェルの肩から手を離して、自分の髪をかき上げた。「ここまでへまをせずにすんでるのは、運がよかったからだ。でもいつまでそんな幸運が続くと思う？　相手は冷血なプロフェッショナルなんだぞ！」

レイチェルはケルのそばを離れて、まだずきずきする肩を撫《な》でた。ケルに責められても、心のどこかは冷静だった。それが顔にも表れていた。

「それはどっちのこと？」ついにレイチェルは尋ねた。「トッド・エリス？　それともあなたのこと？」

レイチェルはケルに背を向け、バスルームに入ってドアを閉めた。そこは家の中でケルが追ってこられない唯一の場所だった。彼女はバスタブの縁に腰をかけて身を震わせた。もし冷静沈着なケルが、感情を抑えられなくなったらどうなるのだろう。ときおりそんなことを考えていたが、こんな形で知りたくはなかった。感情を抑えきれなくなるのは、わたしにキスをし、触れたときであってほしかった。欲望に身を震わせ、わたしの体に顔を埋めたときであってほしかった。怒りに我を忘れてもらいたくなどなかった。わたしが大変な思いをして助けたことを、本当はどう思っているかなど聞きたくなかった。彼の身に危険を及ぼす失敗をしたのではないかと、わたしはずっと怯《おび》えてきた。決断をするたびに悩んできた。それなのに彼は、はなから素人のでしゃばりと片づけていたのだ。もちろんわたしには彼のような知識も経験もないが、精いっぱいやってきたつもりだ。

ケルにあんなふうにキスをされて、触れられたあとでは、胸の痛みも二倍だった。でも、思えばあのときも彼は鋼のような自制心を見せた。心を乱し、思い焦がれたのは彼ではなく、自分だ。彼は嘘《うそ》すらもついていない。彼はこう明言したのだ——これはただのセックスだ、と。

レイチェルは深いため息をついて、気を引きしめた。せっかくバスルームにいるのだから、シャワーを浴びるのもいいだろう。髪を洗って、カール用のアイロンでくせをつけよう。トッド・エリスとのデートに出かけるのは、死刑執行を見に行くのと同じくらい気が進まないが、彼には本物のデートだと思わせなければならない。おしゃれにも気を配って。

レイチェルは服を脱いでシャワーを浴び、手際よく髪と体を洗った。憂鬱《ゆううつ》な気分に浸ってなどいられない。自己憐憫《れんびん》は時間の無駄だ。どうせなら今夜どう振る舞うか考えたほうがいい。いかにわざとらしくなくうちとけるか。でも、エリスにもう一度デートに誘われるのだけはどうしても避けたかった！　誘われたら、何か断る口実を考えなければならない。この前、ローウェル捜査官にキーズ諸島へ旅行に行くと嘘をついておいたから、荷造りや準備があると言えばいいかもしれない。

レイチェルはお湯を止めて、タオルを取り、頭に巻いた。ガラス戸を開けて出ようとしたとき、その曇りガラス越しにケルの姿がぼんやりと見えた。火傷《やけど》でもしたかのように、レイチェルは慌てて手を戸から離した。

「出ていってよ」彼女は鋭く言い放つと、頭のタオルをはずして体に巻きつけた。曇りガラス越しに彼の姿が見えるということは、向こうからも見えているはずだ。シャワーを浴びる姿を見られていたと知って、自分がひどく無防備に思えた。彼はいつからここにいたのだろう?

ケルの手が伸びてきて、戸を開けた。レイチェルはシャワー室の壁際にあとずさった。

「呼んでも返事がなかったから」ケルはぶっきらぼうに言った。「きみが納得してくれたかどうか確かめたかったんだ」

レイチェルは顎を突き出した。「言い訳になってないわよ。シャワーを浴びているのがわかったら、向こうへ行くべきだったんじゃない?」

ケルはレイチェルをまじまじと眺めた。濡《ぬ》れてもつれた髪、水滴の光る肩、さらにほっそりした脚へと視線が下りていく。水滴が細い筋となって流れ落ちていった。胸元から腿まではタオルで覆われていたが、ぐいと引っぱられたら丸裸だ。彼の探るような黒い目で見つめられると、実際以上に裸にされている気分になった。

「悪かったよ」ケルは唐突に謝り、視線を彼女の顔に戻した。「きみの助けが役に立たない、なんて言うつもりはなかったんだ」

「あなたはそうは言わなかったわよ」レイチェルはとげとげしく答えた。「ここへ来て、今、言ったのよ」彼女は侮辱され傷つけられたような気がした。とても彼を許せる心境にはなれない。そのうえ人をじろじろ見たりして、いったいどういう神経の持ち主なの？　ケルは突然レイチェルの腰に右腕をかけ、抱き上げた。レイチェルはあえぎ、バランスをとろうと彼にしがみついた。「気をつけて！　あなたの肩は――」ケルは彼女をバスマットの上に下ろした。険しい表情をしている。彼はまだ彼女の腰を支えていた。

「あいつと出かけてもらいたくない」ケルはしゃがれた声で言った。「頼む、レイチェル。きみを危険な目にあわせたくないんだ！」

タオルが滑り落ちそうになり、レイチェルはしっかりと端を握った。「なぜわたしを信頼してくれないの？　あなたはトッド・エリスを売国奴と言った。わたしはそれを信じるわ。彼を阻止してあなたを助けるために、わたしはできることをする責任があると思わない？　これはわたしが決めることよ」

「きみはかかわるべきじゃなかった」

「どうして？　あなただって、わたしの助けを借りることになるだろうと言ってたじゃない」

「彼らはみんな訓練を受けた諜報員《ちょうほう》だ」ケルはぴしゃりと言った。「それに、ぼくは彼らと愛し合いたくて、夜中に眠れなかったりしない」

レイチェルは言葉を失い、目を見開いて彼の顔を探った。怒りとかすかな驚きの表情が表れているだけだ。まるでそんなことを言うつもりはなかった、と言っているようだった。彼女はケルの腕に引き寄せられた。タオルを放すまいとしながら爪先立ちのまま、彼の脚に腿をはさまれた。固くなりつつある彼の欲望のかたまりが押しつけられた。

二人は口を開かなかった。呼吸が速まり、胸が激しく上下している。

「きみに触れようとしたらあいつを殺してやる」ケルの言葉を聞いて、レイチェルは身震いした。「そんなことをさせるものか。絶対に」

トッド・エリスの存在は、ケルの身にどれほど危険が迫っているかをあらためて思い出させた。あと三週間。それすらも一緒にいられるという保証はないのだ。明日も、今夜でさえわからない。ケル・サビンのような男に明日はない。あるのは今現在だけだ。彼は殺されるかもしれない。悲劇やテロはなんの警告もなく襲いかかってくる。レイチェルはすでにその苛酷《かこく》な事実を学んでいた。そのことを忘れるほど愚かではない。彼女は物ごとが完璧《かんぺき》にいくことを願っていたが、人生は完璧ではない。その点はきちんと理解しておく必要がある。ケルと共有できるのは今この瞬間、永遠に現在という時間だけだ。なぜなら過去は去っていき、未来は決して来ないのだから。

ケルは両手で彼女をしっかりと抱きしめた。レイチェルを見つめる顔は岩のようにこわばり、声はざらついていた。「さっきキッチンではきみを放したけど、もう今はできない」

ケルの黒い瞳を見て、レイチェルは息をのんだ。むき出しの興奮が怖いくらいに表れている。彼の言葉に嘘がないのを聞き取り、レイチェルは心臓が口から飛び出しそうになった。恐怖とめくるめく興奮が入りまじり、血管を駆けめぐる。ケルはもう自制心をなくしていた。渇望という原始的な力が、彼の瞳の中で炎をあげて燃えている。

ケルは捕食者の顔をしていた。そんな獰猛《どうもう》な男の意志がむき出しになった顔を見て、レイチェルの体内に熱いものが突き上げ、彼女を溶かしはじめた。背中にあった彼の手が、レイチェルの胸元のタオルをはずした。濡れたタオルが床に落ちる。裸になったレイチェルは、彼にしっかりと抱かれて立っていた。せつない思いに身を震わせ、あえぎながら。

ケルは彼女を見下ろした。胸の奥から低い声がしはじめ、喉までせり上がってきた。レイチェルの腿から力が抜け、体が揺らいだ。ケルはゆっくりと手を上げて、彼女の胸に触れた。柔らかな二つの山を手のひらにおさめ、ベルベットのような手触りとぬくもりをあらためて知った。その手をゆっくりと下へ移動させ、すべすべのみぞおち、下腹部の斜面を撫で、ついに腿のあいだに指を滑り込ませた。

レイチェルはケルにしがみついて激しく震え、彼に探られた喜びで陶然となり、身動きができなくなった。一本の指が大胆に彼女を襲った。レイチェルは激しくもだえ、喜びの声をあげた。

ケルはレイチェルの美しいバストに視線を転じた。さらに顔に視線を移すと、なかば閉じた目が欲望に輝いていた。濡れた唇は開き、あえぐように呼吸している。完璧に満たされる寸前の女の顔だった。甘い欲望に酔いしれるその顔を見て、彼はどうにか抑えていた思いを爆発させた。奔放な太い声をあげ、かがんで彼女を右肩に担ぎ上げた。耳の中を血がどくどくと音をたてて流れていくので、驚いたレイチェルの悲鳴は聞こえなかった。ケルは五歩でベッドにたどりつき、レイチェルを横たえた。そして彼女が態勢を整えないうちに脚を押し広げ、そのあいだにひざまずいた。レイチェルは手を伸ばし、すすり泣きそうになりながら彼を求めた。ケルはシャツを床に脱ぎ捨て、ズボンを下ろし、彼女に体を重ねた。ケルが中に入っていくと、レイチェルは体を弓なりにそらした。締めつけられる苦痛と、喜びが同時に訪れ、彼女は声をあげた。「すべてを受けとめてほしい」ケルはうめき、求め、懇願した。汗で顔が光っている。彼の表情には苦痛と恍惚《こうこつ》が入りまじっていた。「ぼくのすべてを」彼の声はかすれた。「体の力を抜いて……そう、それでいい。もっと。お願いだ、レイチェル……レイチェル！きみはぼくのものだ……」

荒々しい原始の歌声がレイチェルの頭の中に流れ込んだ。ケルが力強く動くたびにレイチェルは声をあげ、体をよじらせた。これほど強烈で耐えがたい経験は初めてだった。これほど激しく愛し合ったのは初めてだ。レイチェルはケルが求めているなら、いくらでも身を捧《ささ》げ、甘く燃える情熱を彼に焼きつけようと思った。

ケルは激しく彼女を突き上げた。レイチェルは、頂上までのぼりつめ、正気を失い、砕け散った。彼の下で身もだえしながらあえぎ、声をあげた。何も見えず、呼吸もできず、ただ感じるだけだった。

彼のしゃがれた野性的な声がレイチェルの耳に響き、やがてそれはうめき声になった。ケルは徐々に動きを緩め、静かになった。体の重みが彼女にのしかかった。それでもレイチェルはまだケルの背中を両手で抱きしめ、喜んで彼を受けとめた。

正気に返ると、レイチェルは不安になった。ケルが自分を肩に担ぎ上げたのを思い出し、そして自制心をなくした奔放な愛の行為を思い出した。レイチェルは彼の漆黒の髪に指を絡め、やっとの思いでささやいた。「ケル、肩は大丈夫?」

ケルは右肘をついてレイチェルを見下ろした。透き通ったグレーの瞳が、怪我《けが》を心配してかげっている。さかりのついた雄牛のように、彼女を襲ったぼくを！　あんなに乱暴な愛し方をしてしまったのに、彼女の目には愛が映っている。

純粋に輝く愛情を見て、彼の心は痛んだ。そして、それが心と魂の奥深くにある壁をうち砕き、彼をかつて経験したことのない無防備な状態にした。

ケルは今、地獄がなんたるかを知った。それは穏やかでまばゆい天国を目にしながら、その天国の門の外にいることだ。自分がいちばん大切に思うものを前にしながら、その門をくぐれないでいる……。

9

「エリスが夢中になっている女は、いったい何者なんだ？」シャルル・デュブワは淡青色の目をまっすぐローウェルに向け、静かに尋ねた。

シャルルの態度は相変わらず超然としているが、彼は何ひとつ見逃していない――ローウェルは感心した。

「海岸近くの小さな家に住んでいる女です。周辺には何もない辺鄙《へんぴ》な場所でしてね。サビンの捜索で、最初に聞き込みをした相手です」

「それで？」その声には優しい響きさえ感じられた。

ローウェルは肩をすくめた。「別に。彼女は何も見ていませんでした」

「エリスが興味を示すからには、いい女なのか？」

ローウェルは一瞬考えてから、かぶりを振った。「確かにきれいな女ですが、とびきりとは言えません。化粧っけのない、アウトドアが好きなタイプです。それでも、エリスはあの女の話ばかりしてますよ」

「エリスは仕事にあまり熱が入らないようだな」

ローウェルはまた肩をすくめた。「ボートの爆発でサビンは死んだと思っているからでしょう」

「きみはどうなんだ？」

「生きている可能性は低いと思います。死んだという証拠は見つかっていませんが。しかし負傷していましたし、奇跡的に海岸にたどりついても、助けが必要だったはずです」

シャルルはもの思わしげな目でうなずき、ローウェルを下がらせた。ローウェルとのつき合いは長い。彼はひらめきに欠けるが、安心感の持てる有能な諜報員《ちょうほう》だ。生き残るためには有能でなければならない。そのローウェルがケル・サビンの生存には疑いを抱いている。はたしてサビンの評判を、おのれの常識を超える存在とまで考えていいのだろうか。あの爆発時、もしくはその直後に溺《おぼ》れ、海の住人たちの餌《えさ》になって死亡したと考えるのが常識的だろう。あの状況で生き残れる者はいない。

だが、いつだって例外はいる。それがケル・サビンだ。そしてもう一人、今では死亡説も流れている、金色の目をした金髪の悪魔だ。サビンは実体というより影の存在だった。巧妙でいまいましいほど運がいい。いや、腕がいいのだ、とシャルルは訂正した。サビンを〝運がいい〟で片づけては、彼を過小評価したことになる。多くの同胞が犯した致命的なミスだ。

「ノエル、来てくれ」シャルルは声を張りあげずに呼んだ。ノエルはいつもそばにいるからだ。彼女を観賞するのは彼の楽しみだった。それはノエルがすこぶるつきの美女だからではなく、これほどの殺戮《さつりく》に女性が精通しているという不調和がおもしろいからだった。シャルルを守り、サビンの息の根を止める、それが彼女の仕事だ。

ノエルはモデルのように優雅な足取りで部屋に入ってきた。優しい眠たげな目をしている。「お呼びですか？」

シャルルは、すらりとした優雅な手ぶりで椅子を示した。「座りなさい。今、ローウェルとサビンの話をしていた」

ノエルは椅子に座り、脚線美を見せつけるように脚を組んでほほ笑んだ。「ローウェルと？　彼は近視眼的な面がありますが、勇敢で信頼できます」

「だがエリスと同様、彼もサビンの捜索は無駄だと考えているようだ」

ノエルはたばこに火をつけて深々と吸い、形のよい唇から煙を吐き出した。「彼らがどう考えていようとかまいません。あなたがどう考えているかです」

「警戒心が強いせいか、わたしはサビンの死が受け入れられないんだよ。彼に超人的パワーがあると思い込んでいるのだろうか」

ノエルは眠たげな目をしばたたいた。「死亡の決定的な証拠をつかむまでは、当然でしょう。あれから一週間になります。もし彼が生きているなら、そろそろ傷も回復して動き出すはずです。論理的に考えるなら、捜索を強化すべきです」

確かに論理的だ。もし爆死せずに海岸にたどりついたなら、なぜサビンは本部に救助を求めなかったのだろう? エリスがワシントンに問い合わせたが、サビンが誰かに連絡を取ったという痕跡《こんせき》はなかった。普通の人間なら、ここでサビンは死んだと決めつけるだろう。しかしシャルルは納得できず、部下に、捜索、待機、襲撃の用意を命じていた。長年苦汁をなめさせられていたので、サビンがこれほどあっさり片づくとは思えなかった。自分の能力を過信することは禁物だ。サビンはきっとどこかで生きている。シャルルはそう直感していた。

シャルルは急に強気になった。「確かにきみの言うとおりだ」彼はノエルに言った。「捜索を強化しよう。くまなく探し直すんだ。どこかで何かを見落としているはずだ」

ケルは怒った顔で、家の中を歩きまわっていた。これまでにも大変な任務はいくつも経験してきた。だが、トッド・エリスとデートに出かける準備をするレイチェルを見ていなければならないのは、我慢ならなかった。あくまでも反対したが、何を言ってもレイチェルの決心を変えることはできなかった。この状況では手も足も出せない。レイチェルに注目が集まるようなことをすれば、彼女の身の危険が増すだけだ。体の自由がきくなら、彼女の代わりに自分が行く。しかし、それができないうちに動けば、国家の安全を脅かすことになりかねない。ケルは人生の半分を、自らの命を犠牲にしてでも国家を守るということに費やしてきた。

だが、レイチェルを犠牲にすることはどうしてもできなかった。彼女の命を守るためなら、プライドも独占欲もかなぐり捨てて、なんでもするつもりだ。エリスが疑いを抱かないかぎり、一緒にいてもレイチェルは安全だが。エリスが迎えに来る前に彼女をこの家から連れ出そうかとも思ったが、それではかえって怪しまれると考え直した。エリスは有能な諜報員だ。そうでなければ、今まで裏の活動を隠し通せたはずがない。それに彼は、かなりのうぬぼれ屋でもある。もしデートをすっぽかされたりしたら、怒ってまたやってくるに違いない。

忍耐力、すなわちせっぱつまったときにも待てるという能力は、サビンの卓越した才能のひとつだった。サビンは最大の成功をおさめる瞬間のとらえ方を知っていた。彼は文字どおり周囲に溶け込み、時機を待つ。地球の大半の地域で、野生動物は彼の存在に気づかなかった。また、手の届く距離にいたベトコンにも気づかれずにすんだ。その待つ能力は、忍耐が不要になる瞬間を本能的に知っていた。それゆえ、さらに有効になった。ケルは好機をつかんでいっきに行動に出る。彼自身は、それをタイミングのセンスと呼んでいた。

しかしそんな彼も、レイチェルの帰りを待っている今、気が変になりそうだった。無事にこの腕の中へ、そしてベッドへ帰ってきてほしい！

家の明かりはつけていなかった。用心するに越したことはない。もし一人が早めに帰ってきたときに明かりがついていたら、エリスが不審に思うかもしれない。肩と脚が痛んだが、ケルはじっとしていられずに、暗闇《くらやみ》を音もなく歩きまわった。午後から痛みのひどい肩を撫《な》でるともなく撫で、ユーモアのかけらもない笑いに唇を震わせた。レイチェルと愛し合っていたときは、痛みなど感じなかったのに。全神経を彼女に注ぎ、ひとつになって耐えがたいまでのエクスタシーに包まれていたからだ。しかし、その後の肩の痛みは、怪《け》我《が》の完治には時間がかかることを彼に思い出させた。

ケルは悪態をつき、足を引きずりながら裏口へ向かった。気が立って、もう家の中にじっとしていられない。裏口を開けたとたん、ジョーが夾竹桃《きょうちくとう》の茂みの見張り場を離れ、暗がりを音もなく近づいてきた。ケルは安心させようと犬の名をそっと呼んだ。ジョーはようやく彼を住人として認めてくれたから、もう襲われる心配はない。とはいえ、いきなり裏階段を下りていくほど信頼はしていなかった。

ケルは無意識に暗闇に身を隠し、家の周囲と松林を調べ、家が監視下にないか確かめた。ジョーは三メートルほど後ろについてきている。ケルが止まると足を止め、ケルが歩くとまた歩き出す。

月が水平線の上に細く鎌《かま》の形に輝いている。ケルは澄みきった空を見上げた。すぐに手が届きそうな無限の広がりは、まるでレイチェルの瞳のようだった。

胸がまた締めつけられた。拳《こぶし》を握り、闇夜に悪態をついた。レイチェルは勇ましすぎる。強すぎる。なぜ危険を避けて、もっと安全な生活を選ばないのだろう？ もし彼女に何かあったらぼくがどんな気持になるか、わからないのだろうか？

もちろん、わかるはずがない。自分の気持を口にしたことはないのだ。これからも、彼女の身の危険を冒してまで話そうとは思わない。たとえこの身がどうなろうと彼女は守る。

ケルは口元をゆがめた。もしかしたらこれは試練かもしれない。肉体的な問題ではなく、今まで誰にも触れさせなかった心の奥深くにかかわる問題だ。レイチェルはぼくの防壁を突き抜けて、心と魂にその存在を焼きつけてしまった。

当然ながら、生還できない可能性はある。が、それをよくよく考えても仕方がない。この数日間、さまざまなことを考え、選択肢を絞った。計画は完成した。今は待つときだ。怪我が治るまで――エリスとその仲間たちが何か小さなミスをするまで。時機が到来したら、グラント・サリバンに連絡を取ろう。そして計画を実行に移すのだ。二人がまた組んで仕事をするとは、きっと誰も予想できないだろう。

レイチェルを守るために、自分がすべきことはわかっていた。けれども生まれて初めて、恐怖を感じた。彼女をデートに行かせるのと、彼女なしで生きていくのとでは別の話だ。

ケルは夜の闇にたたずみ、自分とほかの人間を隔てるものすべてを呪《のろ》った。人並みはずれた技能と巧妙さ、優れた視力、それに運動能力に恵まれた体。心と強靭《きょうじん》な体の調和。

それらが一体となって、彼を狩人《かりゅうど》にし、戦士にしていた。冷徹な灰色の影の世界で暗躍する非情の兵士――ケルはその完璧《かんぺき》な条件を備えていた。子供のときから、騒いだり大声で笑ったりしない、おとなしい少年だった。両親にさえも距離を置き、心の奥では常に孤独だった。それ以外を望んだこともなかった。子供ながらに、人を愛することでどれだけ傷つくことがあるか知っていたのかもしれない。

そうか、とケルはつぶやいた。気軽に人を愛したり、ロマンスのゲームを繰り返したりするには、自分は情熱的でありすぎる。人と感情的に隔たりを持つのは、自己防衛の手段だったのだ。しかし、レイチェルがそれをうち砕いた。

レイチェルはトッド・エリスと向かい合わせに座り、楽しんでいるふりをして、笑ったりおしゃべりをしたり、シーフード料理を口に押し込んだりしていた。けれども、彼が歯磨き粉のCMのようなほほ笑みを向けてくるたびに寒けがした。その裏に隠されたものを知っていたからだ。彼はケルを殺そうとした嘘《うそ》つきで、殺人者で、売国奴だ。

楽しそうなふりを続けるには全力を尽くさなければならなかったが、レイチェルの頭からケルのことはいっときも離れなかった。

今日の午後、ずっと彼の腕の中で横たわっていられたらどんなによかっただろう。彼は荒々しく性急だったけれど、存分に満たしてくれた。そのせいで体はだるく、痛みも残っている。レイチェルは、こんな感じを長らく忘れていた……。いえ、こんな経験は初めてかもしれない。B・Bとの心あたたまる楽しい結婚生活は、愛に満ちていた。でも、ケルといると、触れられるたびに火あぶりにされた気分になる。彼のまなざしや指先を感じただけで、体の力が抜けて熱くなり、溶けてしまうのだ。

ケルは冷徹だが、情熱的でもある。彼が声をあげて笑うのは聞いたことがない。ほほ笑むことはまれにあっても、目元は笑っていない。それなのにケルの激しい欲求に、レイチェルの体は即座に反応して、彼を受け入れた。

ケルはそばにいて安らぐ人ではない。簡単に愛せるような人ではない。それでも、レイチェルはケルを愛していた。彼をそっくり受け入れていた。

トッド・エリスを見つめ、レイチェルは目をやや細くした。ケルはジャッカルに囲まれたライオンで、エリスはジャッカルのなかの一匹だ。

レイチェルはフォークを置いて、エリスにまばゆい笑顔を向けた。「いつまでこちらにいる予定？　それとも、ずっとこの地区の担当に？」

「いいや。ぼくは常にあちこち移動している」エリスはまた笑顔になった。「いつまたほかへ行くかわからない」

「今回は特別な任務なの？」

「いや、ぼくは時間の無駄だと思うんだけどね。でも海岸の捜索をしなかったら、きみに会うこともなかったけど」

エリスはもう何度も繰り返し口にしていたが、レイチェルはその話題には触れないように努めていた。彼が現代のドン・ファン気取りでいるのは確かだ。エリスに魅力を感じる女性は大勢いるかもしれないが、彼女たちはレイチェルが知っていることを知らない。

「あら、気まぐれなデートなの？」レイチェルはぶっきらぼうに言った。

エリスはテーブル越しに手を伸ばして彼女の手に重ねた。「そういうのとは違う」

レイチェルはほほ笑むと、手を引っ込めてワイングラスを持った。「いつ別の任務を命じられるかわからないのに、どうしてそんなふうに言えるの？　もっとも、わたしももうすぐ休暇で、夏が終わるまで戻ってこないと思うけど」

エリスは気に入らないという顔をした。レイチェルにずっとつき合ってくれるつもりがないと知って、自尊心が傷ついたのだ。「どこへ行くんだい？」

「キーズ諸島よ。友だちと一緒に、あそこを調査するの。新学期になったら、ゲインズビルで夜間コースを教える予定だから、戻ってこなければならないけど」

エリスは顔をしかめながら尋ねた。「その友だちというのは、男？　それとも女？」

レイチェルは一瞬じらしてみようかとも思ったが、できれば何か情報を聞き出したかった。そこで詮索《せんさく》のしすぎだと言わんばかりに、冷ややかに彼を一瞥《いちべつ》してから答えた。「大学時代からつき合ってる女友だちよ」

エリスは傲慢《ごうまん》でうぬぼれ屋だったが、ばかではない。彼は魅力的に見えるように顔をしかめた。「すまない。詮索をしすぎたね。ただ、ぼくはきみにひと目惚《ほ》れしてしまったものだから、もっときみのことが知りたくて」

「それはどうかしら。わたしが休暇を予定していなくても、あなたはいずれいなくなる人でしょう?」

エリスは否定したそうな顔をしたが、先ほど自らそれを認めたばかりだった。「あと二週間はいると思うよ」むっつりと言った。

「残っている仕事を片づけるため?」

「ああ。わかるだろう? 書類仕事だよ」

「あなたとローウェル捜査官の二人だけで?」

エリスは一瞬ためらった。詳しい仕事の話はしないという習慣が染みついているのだ。レイチェルは息を殺して待った。彼が先ほどの失敗を挽回《ばんかい》する気になってくれないかと願いながら。仕事のことをきかれるのは、本来嬉《うれ》しいはずだ。もっとあなたを知りたい、という意思表示なのだから。レイチェルはもちろん興味津々だった。エリス自身にではないが。

「捜索に携わっているのは九人だ」エリスはついに言った。「全員この任務のために特別に選ばれた」

レイチェルは彼の自尊心をくすぐるように目を見開いた。「そんなに大勢で捜索しているなんて、よほどの重要事件なのね」

「それは今、捜索に携わっている人間の数だよ。必要になれば、さらに二十人が援護してくれる」

レイチェルはすっかり感心したような顔をして言った。「でも捜索は進んでないんでしょう？」

「何も発見できないんだ。それなのに、トップがまだ納得してくれなくてね。デスクにかじりついてる人間は、現場の人間よりわかってると思い込んでいるのさ」

レイチェルはエリスに共感を示し、いくつか作り話をして聞かせてから、話題を変えた。あまり露骨に探っていると、不審に思われるかもしれない。彼と話をしていると、自分が卑劣な人間に思え、逃げ出したくてたまらなくなった。

レイチェルはさらに一時間しゃべり、求められたときにほほ笑み、息が詰まりそうになるのを必死にこらえた。エリスといるのは耐えがたいことだったが、彼から聞き出す情報がケルの役に立つかもしれないと、その一心でとどまっていた。

料理の皿が片づけられ、コーヒーが出たところで、レイチェルはまた探りを入れた。

「あなたはどこに泊まっているの？　観光地じゃないからモーテルを見つけるのは大変でしょう？」

「確かに。海岸まで出ないとね。ローウェルと一緒に、小さいモーテルの一室を借りてるよ。ハラーンズってところだ」

「ああ、あそこ」レイチェルはうなずいた。

「ここに来てから、ずっとファストフードばかりだった。今夜はまともな食事ができてほっとしたよ」

「そうなの」レイチェルはコーヒーカップを押しやり、店内を見まわした。帰りたいという気持をエリスが察してくれるのを期待しながら。概略はすでに十分聞き出していた。もうこれ以上彼に好意を持っているふりをして、座っていられなかった。家に帰ってドアに錠をかけ、トッド・エリスやその同僚たちのことは締め出してしまいたい。家にはケルが待っている。たとえ彼といると落ち着かなくても、レイチェルは一緒にいたかった。出かけてくるとき、ケルは冷たく押し黙り、怒りを抑えきれないでいた。危険はすべて自分が引き受けようとしていた。けれども、ケルが危険にさらされているのに、何もしないでそばにいるくらいなら、レイチェルは死んだほうがましだった。ケルは命令を無視されることに慣れていないらしかった。

エリスのほうにも都合があると言い、早めに店を出るのを彼はいとわなかった。エリスは今夜の思い出をもっと親密な形にしたいと考えているだろう。でも、彼は失望することになるわ。

帰り道、レイチェルはあまりしゃべらなかった。必要以上にエリスとかかわりたくなかったし、ケルのことでますます頭がいっぱいになっていたからだ。ふいに胸の鼓動が乱れてどきどきしはじめ、顔がほてって、頭までくらくらした。今日の午後、激しく抱き合ったことで、ケルとの関係は明確になるはずだった。ところが、そうはならなかった。彼女の中の奥深い部分が、以前よりも彼との距離を遠く感じはじめた。彼はなぜわたしをあんなおかしな目で見て、そのあと目をそらしたのかしら？　なぜあれほど熱く結ばれる以前よりも、遠い存在に感じるのかしら。

エリスは彼女の家の前の私道に入り、数分後に正面に車をつけた。家は予想どおり真っ暗だった。

二人は車を降りた。エリスが彼女の横にやってきたとたん、低い唸《うな》り声がした。

ジョー、なんて目ざといんでしょう。

エリスがうろたえた。彼の顔に警戒心が刻まれた。「どこにいるんだ？」

レイチェルは辺りを見まわしたが、ジョーの姿は見えない。黒に黄褐色の斑点《はんてん》のあるジャーマン・シェパードなので、暗いと見えにくいのだ。唸り声は彼女の左手、エリスに近いほうから聞こえてきた。それでも姿は見えない。

レイチェルはその好機を無駄にしなかった。「ねえ、あなたはここにいて。ジョーはあなたの後ろよ。近づかないほうがいいわ」

「困った犬だな。鎖につないでおいたほうがいいよ」エリスは彼女の指図に文句を言わなかった。

レイチェルが庭に入るまで、彼はじっとしていた。

「ごめんなさい。でも彼はいい番犬なの。絶対に知らない人を庭に入れないから」

エリスが動いた。するとジョーも動き、唸りながらレイチェルとエリスのあいだに陣取った。

レイチェルは吹き出しそうになった。これではおやすみのキスもできない。エリスの顔には、固い鉄板で隔てられた車の中に入りたい、と書かれていた。彼は慌てて車に乗り、窓を少し開けた。

「また電話するよ。いいね？」

レイチェルは、だめだと言いたいのをぐっと我慢した。「休暇の準備に忙しくなると思うの。出発の前に、仕事を片づけておきたいし」

車の中で犬に襲われる危険がなくなると、エリスのうぬぼれが息を吹き返した。「でも食事はするんだろう？　また昼食にでも誘うよ」

レイチェルは電話でなら彼をうまくかわせるだろうと思った。突然訪ねてこられては困るが、ジョーがいるかぎり、それはなさそうだ。

レイチェルは庭に立って、走り去る車のテールライトを見守った。それからジョーを褒めた。「よくやったわね」

エリスは帰ったのに、なぜケルは電気をつけないのかしら。そう思いながら、ポーチまで来て足をかけたとたん、背後からたくましい腕が腰に巻きついてきて引き寄せられた。

「楽しかったかい？」耳元で怒ったような低い声が言った。

「ケル」レイチェルの体に喜びがあふれた。

「彼はきみに触ったのか？　キスは？」

質問攻めにされると覚悟していたが、いきなりこんな質問をされるとは思っていなかった。

「ここで見ていたのなら、わかるでしょう？」

「その前はどうなんだ？」

「何もなかったわ。考えただけでも耐えられない」

ケルは激しく身震いした。普段の抑制のきいた彼からは想像もできない反応だったが、口を開くと抑揚のない話し方に戻っていた。「中へ入ろう」

ケルは玄関を施錠した。レイチェルは寝室へ行き、耳たぶからピアスをはずし、ベルベット張りの宝石箱にしまった。ケルはそれを無表情な目で見守っていた。思ったとおりだ。レイチェルは裸足《はだし》でのんびり庭仕事をしているかと思えば、いとも簡単に上品で洗練された雰囲気を身につけられる。どちらの彼女も胸が締めつけられるほどセクシーだ。

ケルにじっと見つめられていると、レイチェルは落ち着かなかった。「少し情報を仕入れてきたわ」

鏡つきの化粧だんすからナイトガウンを出して、ケルをちらっと見た。表情は硬く、感情のない目をしている。彼は怒っているようだ。ジーンズとジョギングシューズを身に着けただけで、胸の前で腕組みをしている姿は恐ろしいほどだ。

レイチェルはきかれもしないのに、説明を始めた。「あなたの捜索に携わっているのは九人。でも、援護要員が二十人くらい待機してるみたい。彼らは手分けして、海岸をくまなく捜索しているそうよ。エリスとローウェルの宿泊先はハラーンズ・モーテル。エリスはあなたが死んだと思っているから、捜索は無駄だと言ってるけど、この作戦のトップが納得しないんですって」

それは謎《なぞ》の〝シャルル〟を指しているのだろう。あのボートに赤い髪のノエルが乗っているのを見た瞬間、ケルは黒幕の正体を見抜いていた。彼と角を突き合わせるのは時間の問題だと思っていた。シャルルは国際的なテロ組織の指導者で、彼の組織の活動は次第に大胆で挑戦的になってきている。シャルル本人は遠く安全な場所にいて、政治的陰謀によって守られていた。その彼がぼくをつかまえに乗り出してきた。だがシャルルは一回目に失敗し、ぼくのいる組織に彼のスパイが存在することを知られてしまった。シャルルはぼくの死を確認するまで捜索をやめないだろう。

ケルが何もきかないので、レイチェルは肩をすくめてバスルームへ行き、化粧を落としてナイトガウンに着替えた。彼の沈黙は人を不安にさせる。彼はそれを武器にして、相手を動揺させているのかもしれない。でも、わたしは彼の部下ではなく、彼を愛する一人の女なのだ。

　五分後、レイチェルは服を腕にかけてバスルームを出た。ケルはベッドの脇《わき》に座って、靴を脱いでいた。クローゼットに服をかけるレイチェルを、彼はじっと見つめた。ジーンズのジッパーを下ろすために立ち上がったときも、視線をそらさなかった。

「ナイトガウンを着るのは時間の無駄だ。脱いで、さっきの引き出しにしまっておいたほうがいい」

レイチェルは驚いて振り返った。ケルはベッドの脇に立ち、ジーンズの前に両手を置いて、猫が鼠《ねずみ》を見るような目でじっと彼女を見据えていた。辺りの空気が急に張りつめ、焼けるように熱くなった。彼女は喉の渇きを覚え、思わず唾《つば》をのんだ。ケルがジーンズのジッパーをゆっくりと下ろすと、V字形にデニムが開いた。

レイチェルの体は即座に反応した。心臓の鼓動も息づかいもどんどん速くなる。ケルはわたしを欲しがっている。それは間違いない。けれども彼は本心からそのことを望んではいないのだ。それが彼女を傷つけた。

レイチェルはまた唾をのみ、クローゼットのドアを閉めてそこにもたれた。

「ばかなこと言わないで」惨めっぽくならないようちゃかすつもりだったが、緊張のあまり声が震えた。「午後のことがあるから、わたしがすんなりベッドに入ると思った？　でも、そうはいかないわ。わたしたちの関係は、なんなの？　それがはっきりすると思っていたのに、わからなかった。あなた、セックスのほかにはわたしに何を望んでいるの？」

ケルはひそかに悪態をついた。今は離れていた時間の分だけ、彼女をしっかりと抱きしめたかった。それなのにレイチェルは、まだぼくが彼女を遠ざけていると思っている。一緒にいられる時間はわずかだから、片時でも彼女と心が離れているのは耐えがたい。どうしたらレイチェルにそれをわかってもらえるだろう。いや、規則や優先事項を忘れるほどぼくが夢中だなんて、レイチェルは知らないほうが気がらくだろう。でも、彼女がいない将来の空虚な日々に備えて、思い出を蓄えておかなければならない。今もレイチェルはいいかげんな態度をとったり、プライドのために嘘をつこうとしたりはしていない。そのレイチェルの誠実さに、せめて自分も同じ誠実さで応《こた》えるべきだろう。それが、どんなにつらくても。

ケルは彼女を見つめて言った。「すべてだ——ぼくが欲しいのは。でも手に入らない」

レイチェルは身震いした。目に涙があふれる。「あなたは、欲しいものはなんだって手に入れられるんでしょう？　手を伸ばして取ればいいだけよ」

ケルはゆっくりとレイチェルに近づき、肩に手を置いて、ナイトガウンのストラップの下に指を滑り込ませた。あたたかくてすべすべした彼女の肌を、ざらついた指先で撫でる。

「きみの命を犠牲にしてかい？　そんなことをしたら、ぼくはとても生きていけないよ」

「あなたのそばにいると、みんな標的にされると決めてかかってるみたい。ほかの諜報員たちは……」

「ぼくはほかの諜報員とは違う」ケルは静かにさえぎった。「いくつかの反政府勢力とテロリスト集団がぼくの首に懸賞金をかけている。そんなぼくが一緒に暮らしてくれなんて、女性に頼めると思うのか？」

レイチェルは涙ながらにほほ笑もうとした。「修道士のような暮らしをしてるなんて言わないでよ」

「ぼくには特別な人はいない。ぼくをおびき出すのに利用されるような人はね。以前、結婚してたことはあるんだ。数年前は今ほどひどい状況ではなかったからね。ぼくが襲撃されたときに、妻は巻き添えを食って怪我をした。彼女は頭がいいから、すぐにぼくから離れていったよ」

いくらそんな話を聞かされても、わたしは離れない、とレイチェルは思った。彼を見上げると、喉が締めつけられて言葉に詰まりそうになった。ついに涙があふれて頬を伝った。

「そばにいられるなら、それでもかまわない」

「だめだ」ケルはかぶりを振った。「そんなことはさせられない。きみの命をかけさせるなんて」ケルは彼女の頬を伝う涙を親指で拭《ぬぐ》った。

「それはわたしが決めることじゃない?」

ケルは両手でレイチェルの顔を包み、豊かな髪に指を滑り込ませて顔を引き寄せた。

「巻き添えになる危険について、きみが本当にわからないうちはだめだ。取材記者をやっていたなら、少しはわかっているだろうけど、きみの知識など赤子の知識と変わらない。普通に近い生活をしている諜報員も確かにいるけど、ぼくは彼らとは違う。ぼくは存在すら公に認められていない、少数派の一人なんだ」

レイチェルの顔が青ざめた。「巻き添えになる危険については、あなたの想像以上に知ってるわ」

「それはどうかな。映画でロマンチックに美化された話を知ってるだけだろう?」

レイチェルはさっと顔をそむけ、拳《こぶし》を握りしめた。「本当にそう思う?」その声はかすれていた。「わたしの夫は、わたしを狙《ねら》った車の爆弾事件で死んだのよ。ロマンチックに美化したりなんかしていない。彼はわたしの身代わりに死んだのよ! 自分で選んだ危険の代価を、ほかの人に支払わせるのがどんな気持か、わたしにきくといいわ!」涙がまた込み上げた。レイチェルはそれを拭い、彼をにらみつけた。「あなたは最低よ、ケル・サビン! わたしがあなたをいいかげんに愛したと思う? 少なくともわたしは、あなたのように逃げたりせずに賭《か》けてみるわ!」

10

レイチェルが泣いている。ケルは腹にパンチをくらったような気分だった。レイチェルは泣き虫ではない。だが今、涙がとめどなく頬を伝い、それを何度も怒ったように拭《ぬぐ》っていた。ケルはゆっくりと手を伸ばし、濡《ぬ》れた顔から髪を払いのけてやった。それから抱き寄せ、彼女の頭を怪我《けが》をしていないほうの肩に押しつけた。「何があろうと、きみを危険にはさらせない」

決意のにじんだケルの口調を聞いて、レイチェルは彼の決心を変えさせることはできないと感じた。ケルが行ってしまう。もう二度と戻ってこないだろう。彼女はケルにしがみつき、彼のにおいを思いきり吸い込んだ。彼の手触りを記憶に刻み込もうとした。レイチェルにできるのはそれだけだった。

ケルは彼女の顎を持ち上げて、唇を重ねた。飢えたような激しいキスで、憤りさえ感じられた。永遠でも足りないというのに、二人に残された時間はあまりにも短い。

レイチェルはため息をついて、彼の探るような舌を受け入れた。たくましい背中に指を立てると、あの力強い反応が返ってきた。胸が張りつめ、腰に喜びの震えが走った。ケルはキスをしたまま、ざらざらした手でヒップを包むように持ち上げ、うずき出した下半身をこすりつけた。

彼はレイチェルの目から苦痛を追い払ってやりたかった。昼間はできなかったので、今度はゆっくりと時間を使いたい。今までにこれほど自制心をなくしたことがあっただろうか。貪欲《どんよく》な性衝動に駆られた若かりしころにも覚えがなかった。ただ、昼間は過剰反応で、レイチェルの中に入ったとたん爆発してしまった。レイチェルも絶頂に達していたが、ぼくが急《せ》かしたことも、力まかせに入って彼女を傷つけてしまったこともわかっている。もうそれを繰り返すつもりはない。今度は彼女の受け入れ態勢が十分に整うまで、たっぷりと時間をかけるつもりだ。

レイチェルは震えていた。舌に彼女の涙の味がする。ケルは黙って彼女をベッドへ運び、明かりをつけたままにした。愛し合っているあいだ、彼女の表情を何ひとつ見逃したくなかったからだ。ジーンズを脱ぐケルを見守っていたレイチェルが、いつのまにかナイトガウンを持ち上げている。

ケルは急いでそれを止めた。「いいんだ、まだ着たままで」

彼は贅沢《ぜいたく》なジレンマに陥っていた。愛し合いながら、受け入れ態勢を整えるレイチェルを見ていたい。でも彼女の裸を見れば、今の思いとは裏腹に、いっきに限界までのぼりつめてしまうだろう。ケルの下半身は重く脈打っていた。抜群の記憶力が彼女の中に入ったときの感覚をよみがえらせたのだ。

「どうして?」レイチェルはかすれ声で尋ねた。

ケルは彼女の胸をわざとゆっくり撫《な》でた。胸の頂が薄いコットン生地にこすられ、つんと立った。「ガウンのことかい?」

息を殺しながら話をするのは難しい。「ええ」

「あおられて、限界までのぼりつめてしまいそうだからさ」

あおられ、じらされているのはわたしのほうよ――レイチェルはそう思った。彼の指が触れた部分は甘くうずき、興奮した末端神経がもっと欲しいと求めている。ケルは指先で軽く撫でたり、手のひらで強すぎるくらいにこすったりした。そしてキスを浴びせた。唇に、耳に、顎や喉のラインに、鎖骨の上の繊細なくぼみにも……。やがて胸にも、濡れたあたたかな唇と探る舌の感触を味わわせた。彼がガウンを脱ぐことを許さなかったので、レイチェルの興奮はいっそう高まった。彼は胸の蕾《つぼみ》を口に含み、強く吸った。レイチェルは声をあげた。でも、まだ薄いコットンが彼の唇とのあいだにあった。じかに肌に触れてもらいたくて、彼女はガウンのボタンを上から二つはずそうとした。が、ケルにその手をつかまれた。彼は右手でレイチェルの両手を頭上の枕《まくら》に押さえつけた。

「ケル!」レイチェルは彼の手から逃れようとした。傷もまだ癒《い》えていないというのに、彼は信じられないほど力がある。「ひどい人ね！」

「そんなことはない」ケルは濡れた生地越しに胸の蕾にキスしながらつぶやいた。「きみに快感を味わってもらいたいだけだ。なかなかいいだろう？」

レイチェルは否定できなかった。体が興奮しているしるしは簡単に知られてしまう。

「ええ。でも、わたしもあなたに触れたい……お願いだから」

「まだだめだ。きみのせいでティーンエイジャーになった気分だよ。独立記念日の打ち上げ花火みたいに発射の準備はできているんだ。今回はきみにもいい気持になってもらいたい」

「この前だってよかったけど……」

ケルの左手が下りてきて腿のつけ根をそっと撫でると、レイチェルはうめき声をあげた。息をのみ、ヒップを上げて彼の手に押しつけた。

「性急に手荒くしすぎて、きみを傷つけた」

確かにそうだったが、その痛みは予想外のものではなく、すぐに喜びがやってきた。彼女はそのことを彼に伝えようとしたが、言葉にならなかった。ガウンの裾《すそ》はまくり上げられた。

ケルはレイチェルの敏感な箇所を探りあてた。彼女の体は喜びに震え、喉から低い声がもれた。

ケルの触れ方はすてきだった。レイチェルは頭をゆっくりと振り、背中をそらした。これはこの上なく甘美な拷問だ。体内で熱いねじが巻かれ、体じゅうに熱が広がる。そしてついにレイチェルはのぼりつめた。胸が張りつめて痛い。ケルは彼女がどこまでいくと耐えられなくなるか知りつくしていた。身をかがめて唇を覆い、彼女の喉から柔らかで奔放な声を絞り出した。

ケルの手はナイトガウンの下の、腿に置かれている。肌と肌を重ねた感触に深い安堵《あんど》感を覚え、レイチェルはまた身もだえした。

「力を抜いて」ケルはささやき、彼女を撫でつづけた。

「ねえ、待って」レイチェルは恐れと期待から、歯を食いしばって訴えた。

ケルは声をあげて笑った。荒々しくて男らしい、勝ち誇ったような声だった。ケルの笑い声を聞くのは初めてだ、とレイチェルは思った。彼の体も熱く、汗に濡れていた。自制心を失いかけた情熱に目は輝き、頬は興奮の色に染まっていた。

「もういいかい?」ケルは確かめるように彼女に触れた。

レイチェルは、か細く甲高い声をあげ、エクスタシーを感じて身震いした。

「まだだ」とケルはささやいた。「きみ一人だけではだめだ。ぼくと一緒でなければ……」

荒々しい言葉は、レイチェルが震えながらよじった体に浴びせられた。レイチェルは、両手を振りほどこうとした。すると今度はすんなり放してもらえた。

「さあ」彼はナイトガウンを引き上げた。

レイチェルも体を起こし、邪魔だったガウンを頭から脱いで、部屋の隅に投げた。彼女の裸体を、紅潮して輝く肌を見下ろすと、ケルはいちだんと緊張した表情になった。

下半身にずしりと重みを感じ、自制心を脅かされたケルは、一瞬目を閉じて歯を食いしばった。そして肩をかばいながら慎重にあおむけになり、彼女を上にのせた。

「ゆっくりと静かに……」彼の目は、黒い炎のように輝いている。

「愛してる」レイチェルは目を閉じてささやいた。両手でカールした胸毛をつかみながら、体を彼に預けた。

ケルは喉の奥から声をもらし、彼女の下で体をのけぞらせた。

「愛してる」レイチェルはもう一度言った。

また彼が動物的な低い声をもらした。

「レイチェル……」ケルは震えながらつぶやいた。

レイチェルは彼の上で体を縦横無尽に動かした。原始的な情熱の踊りは、二人が引き返せないところまで達するたびに、動きが緩められた。レイチェルは彼に満たされ、強い満足感を覚えた。ケル以外のことはすべて忘れ、かつてできるとは思ってもいなかった形で、自分を彼に捧《ささ》げた。

レイチェルが打ち寄せる波間から助け上げたあの瞬間に、ケルは取り消しようもなく彼女のものになっていた。おそらくそれと同じ力によって、レイチェルも取り消しようもなく彼のものになったのだ。

レイチェルはまた泣いていた。今度は頬を伝う涙を気にはしなかった。「愛してる」そう言って声を詰まらせたとたん、絶頂が訪れ、震える下半身が爆発した。

まもなく情熱のひとときは鎮まり、固く結ばれた二人だけが残された。それからレイチェルは彼の腕の中で眠りに落ちた。しかしケルは眠れずに、夜の闇《やみ》を見つめていた。相変わらず無表情だったが、その目には絶望の色がにじんでいた。

「町に行こう」翌朝、朝食のあとでケルが言った。

レイチェルは大きなため息をついて一瞬手を止め、それから最後の皿を洗いはじめた。それをケルが受け取って拭《ふ》いた。胸に不安が込み上げ、レイチェルは喉が詰まった。「何しに行くの？」

「電話がしたい。ここからかけたくないんだ」

喉が締めつけられた。「頼りになりそうな人に電話するのね？」

「信頼できる相手だ。間違いない」ケルはそっけなく言った。「ぼくの命がかかってるんだから」それ以上にレイチェルの命がかかっている。ケルはグラント・サリバンを心から信頼していた。

「傷が癒えるまで待つんじゃなかったの？」

レイチェルの目は悲しげにかげっている。ケルはまたもや胸にナイフをねじ込まれたような気がした。

「そのつもりだった。エリスがまた現れるまではね。ぼくの代わりにグラント・サリバンが状況を調べて、準備するのに数日かかる。それ以上は先延ばしにしたくないんだ」

「サリバン？　その人に電話するの？」

「ああ」

「でも昨日抜糸したばかりなのに」レイチェルは腕を組んだ。「まだ体が衰弱してると思うわ」彼女は唇を噛《か》み、それ以上の言葉をのみ込んだ。何を言っても彼の決心は変わらないだろう。だいたいひと晩に二回も愛し合い、今朝もまた体を押しつけてきてわたしを起こした彼を、どうして衰弱してるなどと言えるだろう？　おかげで今日は体じゅうが痛い。ケルの体は絶好調だとは言えないが、それでも並の男には負けないだろう。レイチェルは目を閉じて、最初から無理とわかっていたのに彼を引きとめようとした自分の弱さを呪《のろ》った。「ごめんなさい、余計なことを言って。あなたが行きたいなら、すぐに出かけましょう」

ケルはレイチェルを無言で見つめた。女が強さを見せる瞬間があるとしたら、まさに今がそうだ。そのことがかえって彼を立ち去りがたい気持にさせた。グラントに電話などしたくない。今の生活を早く終わらせたくなどない。できるだけ時間を引き延ばして、彼女と浜辺でのんびり夏の日を過ごしたい。レイチェルのさまざまな面に触れ、抱き合いたくなったら抱き合う。そして夜は……シーツの上でもつれ合って過ごす。そう、それがケルの求めているものだった。ただ、グラント・サリバンに電話をしようという気になったのは、レイチェルの身に危険が迫っていると確信したからだ。もうあまり時間がない――ケルはそう直感していた。

ケルがずっと黙っているので、レイチェルは目を開けた。真剣な目が向けられている。

「もう一度きみが欲しい」

彼のまなざしとその言葉だけで、レイチェルはたちまち体がこわばり、熱く溶けた。けれども、彼を快く受け入れられる状態ではなかった。レイチェルは悲しげな目で彼を見た。

「まだ無理よ」

ケルはレイチェルの頬に触れた。ざらざらの指が、信じられないほど優しく彼女の顔の輪郭を撫でた。「ごめん。気がつかなくて」

レイチェルは笑おうとしたが、うまくいかなかった。「着替えて、髪をとかしていい？」

レイチェルはいつも鏡の前に長居しない。そのため、数分後には出発していた。ケルは田舎町の隅々にまで目を光らせ、すれ違う車に目を配った。レイチェルも気がつくと、つけられていないかバックミラーを確かめていた。

「本道からはずれた電話ボックスがいいね。大勢の買い物客に見られちゃまずいだろ？」

ケルは車の流れに目を配りながら、澄ました顔で言った。

レイチェルは彼の希望に合った、町はずれのガソリンスタンドの脇《わき》にある電話ボックスを見つけた。

ケルはドアを開けたが、降りずにまたドアを閉めた。そしておかしそうに笑いながらレイチェルを振り返った。「金を持ってなかった」

彼の笑いがレイチェルの緊張をほぐした。彼女も笑いながら財布に手を伸ばした。「クレジットカードの番号を教えましょうか？」

「だめだ。もし誰かに調べられたら、グラントのことがわかってしまう」

ケルは片手いっぱいの小銭を受け取り、電話ボックスに行くとドアを閉めた。レイチェルはケルが硬貨を投入口に入れるのを見ていたが、ほかに彼を見ている者がいないか周囲を見渡した。

ガソリンスタンドの店員がオフィスの椅子に座っているだけだ。彼は椅子の前脚を持ち上げて、壁に寄りかかりながら新聞を読んでいた。

ケルは数分で戻ってきた。彼がドアを閉めると、レイチェルはエンジンをかけた。「早かったのね」

「グラントは無駄口をたたくやつじゃないから」

「来てくれるの？」

「ああ」ケルはまた突然ほほ笑んだ。めったに見られない本物の笑みだ。「最大の問題は、奥さんにつけられないようにして家を出ることらしい」

思いがけない冗談だった。「夫の仕事を理解してないの？」

ケルは大声で笑った。「彼は農夫なんだよ。彼が一人で出かけると、ジェーンはすごく怒るらしい」

「農夫ですって！」

「彼は二年前に仕事を辞めたんだ」

「彼の奥さんも諜報員《ちょうほう》だったの？」

「いいや。幸いにもね」ケルは本心からそう思っていた。

「あなたは彼女のことが好きじゃないの？」

「彼女を好きにならないでいるなんて不可能だよ。グラントがあの農場で彼女と仲良くやってくれて、ぼくは嬉《うれ》しいんだ」

レイチェルはいぶかしげにケルを見た。「彼は優秀なの？　年齢は？」

「ぼくと同い年だ。彼は辞職したんだよ。政府はあと二十年とどまってもらいたがったけどね」

「それで、彼は優秀なの？」

ケルの黒い眉が上がった。「彼は最高の諜報員だよ。ベトナムで一緒に訓練を受けたんだ」

それを聞いてレイチェルは安心した。ケルがいなくなるのも不安だったが、彼がこの先立ち向かわなければならない危険のほうがもっと恐ろしかった。新聞にのることはないだろうが、都会では小さな戦争が常に起きているのだ。ケルは社会が浄化されるまで、命に代えても活動を続けるだろう。そう考えると胸が張り裂けそうだった。もし彼が一緒に連れていってくれるなら、彼を守るために、自分にできることはなんでもやりたいと思った。

「ドラッグストアの前で止めてくれ」ケルはそう言うと、後ろを確かめた。

「何を買うの？」レイチェルがきくと、ケルはかすかにおもしろがるような目で彼女を見た。

「避妊具さ。その可能性があるとは思わなかったかい？」

「思ってたけど」彼女は低い声で認めた。

「それで、何もしないつもりだったのか？」

レイチェルは関節が白くなるまでハンドルを握りしめた。「ええ」

その言葉を聞いてケルは顔を上げた。レイチェルは熱い視線を感じた。

「きみを妊娠させるわけにはいかない。ぼくはここにいられないんだから」

レイチェルは赤信号でブレーキを踏み、振り向いてケルと視線を合わせた。「あなたの赤ちゃんを産めるなら、それでもいいわ」

ケルは小声で悪態をついた。なんてことだ。また下半身が固くなってきた。レイチェルを妊娠させると想像しただけで――彼女が胸にぼくの子を抱いてあやす様子を想像しただけで。できることならレイチェルを一緒に連れていって、毎晩、彼女の待つ家に帰りたい。しかし仕事や国家に背は向けられない。今、国家の安全が危機に瀕《ひん》しているのだ。やらなくてはならないことがある。レイチェルを危険にさらすことは、どうしてもできない。

彼女のグレーの目は、愛と悲しみにかげっていた。「簡単にわたしを置いていかせないわ」レイチェルはささやいた。「気持を押し隠して、笑顔で送り出すつもりはないわよ」

ケルは前に向き直り、行く手を見つめた。その横顔は厳しかった。レイチェルは信号が青になると車を出し、最寄りのドラッグストアの前に止めた。そして無言で財布から二十ドル札を出し、彼に渡した。

ケルはそれを握りしめた。「買うか、禁欲に徹するか」

レイチェルは深いため息をついた。「買いに行ったほうがいいんじゃない？」

確かにレイチェルから簡単には離れられない。ケルは身を引き裂かれる思いがした。なんてことだ。もし状況が違っていたら、毎年だって赤ん坊を作ってやるのに。

ケルはドラッグストアで買い物をしながら、大胆な想像をした。でももしかしたら、レイチェルはすでに妊娠しているかもしれない……。

ケルが会計をすませてドアに向かいかけたとき、レイチェルが店に入ってきた。緊張した面持ちで目を見開いている。緊迫感が伝わってきた。ケルはためらうことなくまわれ右をして、清涼飲料水がたくさん並んだケースの前へ移動し、品定めしているふりをした。レイチェルはその後ろを通って化粧品売り場に向かった。まもなくドアがまた開き、砂色の髪がちらりと見えた。彼は頭を下げ、無意識のうちに背中に手をやって銃を取ろうとした。だが銃は車の中だった。ケルは目を細くして、落ち着いて相手の顔を見た。それから音もなくトッド・エリスのあとをつけはじめた。

レイチェルは通りをやってくる青のフォードを見て、すぐにエリスの車だとわかった。店から出てくる姿をエリスに見られないよう、ケルに警告したい一心だった。もしエリスがあとをつけてきていたなら手遅れだが、そんなことはないという確信に近いものがあった。レイチェルはエリスに気づいていないふりをして車を降り、着いたばかりのような顔をして店に入った。後ろで車のドアが閉まる音がした。エリスもすぐにやってくるだろう。ケルは彼女の顔をひと目見ただけで、出入口を離れた。たとえケルを置いて帰ることになっても、エリスをここから離さなければ。

「やっぱりきみだと思った。呼んだのに聞こえなかった?」レイチェルが口紅を見ていると、エリスが後ろから声をかけてきた。

彼女は振り返り、胸に手を当てて驚いたふりをした。「トッド! びっくりさせないでよ！」

「ごめん。気がついてるとばかり思ってたから」

レイチェルはにっこりと笑いかけた。「考えごとをしながら歩いていたの。旅行の準備の最中なんだけど、買い物リストを家に忘れてきてしまって。思い出そうとしてたら、もう頭がパニック」

エリスは陳列棚を見て、屈託のない笑い声をあげた。「口紅は必需品だろうね」

「いるのはリップクリームよ」

親切めかした口をきくのはやめてくれないかしら！　もしすぐに帰ってと言ったら、エリスはどんな顔をするだろう。エゴのかたまりのような人に手をやくのは、冷たく突き放すと今度は復讐《ふくしゅう》しようと思い込むことだ。でも口調がつい辛辣《しんらつ》になってしまった。すると彼は驚いてレイチェルを見た。

「どうかしたのかい？」

「頭痛がひどいの」そうつぶやいたとき、レイチェルはエリスのすぐ後ろにいるケルに気づいた。緊張した顔に、冷静な目が光っている。まるで獲物に忍び寄る豹《ひょう》だ。いったい何をしているの？　わたしがエリスを追い出すまで、隠れていなければならないのに。レイチェルの顔から血の気が引いた。

「確かに顔色が悪いよ」とエリスは言った。

「昨日の夜、ワインを飲みすぎたせいかしら」レイチェルはくるりときびすを返して、ケルから離れるように通路を歩き出した。防虫剤の売り場で足を止め、ひとつ手に取って裏の説明を読み、顔をしかめた。

エリスはまだすぐ後ろにいる。「今夜、誘ってもいいかな?」

レイチェルはいらだちのあまり歯ぎしりした。なんて無神経なのかしら。なんとか深呼吸をしてから、静かに答えた。「いいえ、トッド。でも誘ってくれてありがとう。ただ本当に気分がよくないの」

「そうか、わかった。明日にでもまた電話するよ」

レイチェルは自制心を探し出して弱々しくほほ笑んだ。「ええ、そうして。そのころにはよくなってると思うから。何かのウイルスに感染してないかぎりね」

うつる病気の話をすると、たいていの人がそうするように、エリスも心持ちあとずさった。「きみの買い物の邪魔をするのはよそう。早いとこ家に帰って、やすんだほうがいいよ」

「忠告をありがとう。そうしてみるつもり」

しかし、エリスがだらだらとしゃべるのをやめないので、レイチェルは猿ぐつわをはめてやりたくなった。エリスのあとをつけているケルのほうをまたそっと見る。彼は獲物から目を離さない。レイチェルは気分が悪くなり、胃を押さえた。「吐きそうだわ」

これは効果てきめんだった。エリスは彼女の様子を注意深くうかがいながら遠ざかった。

「家に帰ったほうがいい。あとで電話するよ」ドアを出ながら言った。

レイチェルはエリスがフォードに乗り、走り去るまで待ってから、ケルのほうを振り返った。

「ここにいて」彼女はそっけなく言った。「本当に帰ったかどうか、ちょっと車で見てくるから」

ケルに有無を言わせず、レイチェルはその場から離れた。彼女は興奮していた。少し車を走らせれば気持も落ち着くだろう。体調が万全ではないのに危険を冒そうとしたケルに、猛烈に腹が立った。レイチェルは車に乗り、しばらくハンドルに頭をのせて震えていた。もしエリスが店に入るケルを目撃し、上司に報告するために店に確認に来たのだったらどうしよう？　エリスはそこまで狡猾《こうかつ》そうには見えないが、そう考えただけでぞっとした。

震える手で車のエンジンをかけ、店の周囲をまわった。青いフォードを探して、通りという通りを見てまわった。エリスだけでなくローウェルも気がかりだったが、彼の車は知らない。今、ほかに何人がこの地域を捜索しているのだろうか？

ドラッグストアに戻って入口のそばに車をつけた。ケルが店から出てきて助手席に乗り込んだ。「誰かいたか？」

「いいえ。でもほかの人の車は知らないから」レイチェルは通りに出て、エリスの車とは反対方向に走り出した。行きたい方向は逆だったが。

「あいつはぼくに気づかなかったね」ケルは彼女の緊張を少しでも和らげようと、静かに言った。

「そうかしら？　人の多い店内で騒ぎを起こすより、先に報告をして味方の援護を待ってから、あなたをつかまえようと思ったのかもしれないわ」

「あいつはそれほど利口じゃない。自分でつかまえようとするに決まってる」

「だったら、どうして彼を雇ったの？」

「ぼくが雇ったんじゃないよ」

レイチェルは彼を見つめた。「あなたの居場所を知っている二人のうちの一人が雇ったのね？」

「そうだ」

「これでどちらかに絞れるんじゃない？」

「そう思いたいところだけど、まだどちらも容疑者だ」

確かに彼の言うとおりだ。どうせ過ちを犯さなければならないなら、用心したほうがいい。彼にはひとつのミスも許されないのだ。

「なぜさっきは彼のあとをつけていたの？　どうしてわたしが彼を店から追い出すまで、隠れていなかったの？」

「もしぼくがすでに見られていたなら、きみをつかまえて囮《おとり》にして、ぼくをおびき出す作戦かもしれないと思ったんだ。そんなことはさせられないからね」

彼の冷静な口調を聞いて、辺りの温度が急激に下がったかのようにレイチェルは身震いした。

「でも、あなたには大立ちまわりは無理よ。脚も肩も思いどおりに動かないんだから。もし傷口が開いたらどうするつもり？」

「そうはならなかったと思う。いずれにしろ闘うつもりはなかったよ。一発で決めてやろうと思っていた」

男の傲慢《ごうまん》さにレイチェルは悲鳴をあげたくなったが、歯ぎしりをして我慢した。「それで具合が悪くなるとは考えなかったの？」

「考えたさ。でも、もしあいつがきみに襲いかかったら、そんなことは言ってられない。だからそばについていたんだ」

ケルは不自由な体でも、やるべきことはやる覚悟だったのだ。彼はどれだけ犠牲が出るかわかっていても、なおかつやり遂げようとする希有《けう》な人間だ。

レイチェルはまだ青白い顔をしていた。ケルは手を伸ばして彼女の腿に滑らせた。「大丈夫だよ。何も起こらなかったんだから」

「たまたまね。で、あなたの肩は……」

「ぼくの肩や脚のことなんか忘れろよ。自分の限界はわかっている。勝ち目のないことはしないよ」

それからレイチェルは黙って家まで運転し、木陰に車を停《と》めた。「泳ぎに行くけど、一緒にどう？」

「いいね」

ジョーがいつものようにそばに寄ってきた。黒い目をじっとレイチェルに向けている。彼女がポーチの階段に向かうと、ジョーもその横について歩いた。ジョーだけが喜んでそばにいてくれる唯一の騎士だ。レイチェルはそう思ったが、すぐに忍び寄ってきた自己憐《れん》憫《びん》を押しのけた。ケルがいなくなっても、人生は続いていく。それを考えると胸が痛んだ。考えたくはなかった。彼と一緒に過ごした日々が、わたしの人生に取り消しようのない変化をもたらし、平穏な日々は寸断されてしまった。それでも一人で生きていくことになるのだろう。

レイチェルは光沢のある黒い水着に着替え、ケルはデニムのショートパンツにはき替えた。二人はタオルを持って、松林を抜け、浜辺に下りていった。ジョーもそのあとを追ってきて、アメリカ浜きびの茂みのわずかな日陰に身を横たえた。レイチェルは砂浜にタオルを置き、波が打ち寄せ、海中の岩に当たり、砕け散っている箇所を示した。

「波が砕けている辺りがわかる？　あそこには岩が並んでいるの。あの夜、あなたはあの岩のどこかに頭をぶつけたのね。潮が満ちはじめたばかりでまだ水位が低かったから、あなたをここまで引きずってこられたのよ」

ケルは浜辺を見て、それから振り返って斜面を見た。まっすぐな松が立ち並び、歩哨《ほしょう》のようだ。この斜面を引きずって家まで運んだとは、レイチェルの細身の体からは想像もできない離れ業だ。

「ものすごく大変だっただろう?」

レイチェルはあの晩の肉体労働を思い出したくなかった。すでに記憶の一部は遮断されている。苦痛を感じたのは覚えているが、どんな苦痛だったか覚えていない。おそらくアドレナリンが瞬発力と、部分的な記憶喪失をもたらしたのだろう。

レイチェルはしばらく彼を見つめていたが、やがて向き直って海に入っていった。ケルはウエストから銃を出して慎重にタオルの上に置き、砂がかからないようにもう一枚のタオルをかぶせた。それからショートパンツを脱ぎ捨て、レイチェルを追って海に入っていった。

レイチェルはこの湾で人生の大半を過ごしてきただけに、泳ぎが達者だった。肩の負傷にもかかわらず、ケルは彼女と並んで泳いだ。最初、レイチェルは傷口が濡れないようにと言いかけて、その言葉をのみ込んだ。彼は負傷しながらも泳いできた人だ。運動はかえっていい治療になるだろう。二人は湾の中で三十分ほど泳いだ。ケルと一緒に浜辺へ戻り、水深が腰の高さになったとき、レイチェルは初めて彼が裸だと気づいた。その姿を見て、また心がざわめいた。ケルの体は引きしまっていて、たくましくて文句のつけようがない。よく日焼けしていて、臀部《でんぶ》にも筋肉がついている。レイチェルは彼が銃をどけてタオルの上に横になり、濡れて光る体を陽光にさらすのを見つめた。

「水着なんか脱げよ」ケルがそっと言った。

レイチェルは海を見渡したが、船は見当たらない。それから、裸体のブロンズ像のように横たわる彼を見た。そして、自分もゆっくりと肩のストラップをはずした。熱い太陽が濡れた胸元にキスをした。ふいに潮風が吹いて、胸の頂を撫でた。レイチェルは水着を脱いだ。

ケルが大きく息をつき、彼女に手を差し出した。「ここにおいでよ」レイチェルは水着を脱いだ。ケルは体を起こして彼女の手を取り、隣に引き寄せた。黒い瞳が楽しそうに輝いている。「あっ、忘れ物をした」

レイチェルは笑い声をあげた。二人だけの世界に響く、深みのある澄んだ笑い声だった。

ケルが手を滑らせると、彼女の胸はうずき出した。

「代わりに……こうするしかないね」

11

レイチェルは時間のことは考えないようにした。一緒にいられるのはあと数日だ。サリバンが準備をしてからケルに会いに来るまで、どんなにかかってもそれぐらいだろう。レイチェルは現在を十二分に生き、彼と一緒の行動はなんでも大いに楽しんだ。ケルは菜園で野菜の収穫を手伝うようになった。ジョーとも触れ合い、信頼をいちだんと得て、ジョーがいかに高度な訓練を受けた犬であるかをレイチェルに示した。最初の泳ぎのあと、湾で過ごす時間も長くなった。午前中と、午後の酷暑がおさまった時間に、二人は泳いだ。これは絶好のリハビリとなり、ケルは日ごとに体力を回復した。彼はほかの運動にも取り組み、体を元の状態に戻そうとしていた。レイチェルは驚いて、ただ見守るばかりだった。彼女自身も運動は得意で、体力もあったが、忍耐力の点では彼に遠く及ばなかった。ケルはしばしば痛みに襲われているようだったが、口には出さなかった。レイチェルに助けられてから十日後、彼は腿にしっかりテーピングをして、家の周りをゆっくりジョギングできるまでになった。レイチェルは一度は腹を立てたが思い直し、万が一のために一緒に走った。彼を止めても無駄だ。ここを出たとき、あらゆる状況に対応できるようになることが、彼にとっては重要なのだ。

そして何をするにも、二人は話し合った。ケルは生来の性格的なものと訓練の成果で、自分に関しては口が重かった。しかし各国政府の政治、経済事情には詳しく、さまざまな話を聞かせてくれた。彼はおそらく軍事力についても詳しいのだろうが、それには触れなかった。レイチェルはケルが話してくれた話題からも、省略した話題からも、同じように彼のことを知ることができた。

庭の草むしり、ジョギング、食事の用意、政治について議論しているときも、二人のあいだには見えない電流のように欲望が流れていた。レイチェルの五感には彼が満ちあふれていた。彼女はケルの味も、においも、感触も、深みのある声が表すニュアンスも知っていた。ケルがあまりにも無表情なので、レイチェルは眉や口元の小さな動きをつぶさに観察していた。彼は彼女と一緒にいると心が安らいで、よくほほ笑み、ときには彼女をからかったりもしたが、声をあげて笑うことはまれだった。それだけに大きな声で笑ったときは、彼女の心にしっかりと刻みつけられた。二人の欲望はいくら愛し合っても消えることがなかった。肉体的な欲求以上のものがあったからだ。レイチェルは一緒にいられるのは今しかないとわかっていたので、ケルに夢中だった。

B・Bとの結婚当初でさえも、これほどのめり込まなかった。ケルの性欲は強く、愛し方は洗練と粗野が入りまじっている。二人は爆発するほど緊張感が高まるまで互いの感覚を味わった。

サリバンに電話をしてから三日目、ケルは自制心のないような激しさで彼女を抱いた。おそらくこれが最後になると思ったのだろう。彼が汗びっしょりの体でずっしりのしかかってきたとき、レイチェルは彼の首に腕をまわしてしがみついた。喉が詰まり、時間の流れを止めたくて目をぎゅっとつぶった。

「わたしも連れてって」レイチェルはそのまま彼が行ってしまうのに耐えられず、かすれた声で訴えた。

ケルは体を硬直させた。レイチェルから体を離して隣にあおむけになり、目元を腕で覆った。天井のファンがまわり、涼しい風がほてった肌を冷やしてくれる。ケルの体がなくなると、レイチェルには少し涼しすぎるくらいだった。彼女は目を開いてケルを見つめた。その目は必死に訴えていた。

「だめだ」ケルのそのひと言には、彼女の胸を引き裂くような最後通牒《つうちょう》の響きがあった。

「なんとかうまくいくかもしれない。最悪でも、ときどき会えるわ。わたしは身軽で、どこでも働けるから」

「レイチェル」ケルは彼女をさえぎった。「だめだ。そんな考えは捨てろ」彼は目元を覆っていた腕をどけて、彼女を見つめた。表情にほとんど変化はなかったが、レイチェルのしつこさにうんざりしているようだった。

レイチェルは思いをどうしても抑えられなかった。「そんなことができると思う？　あなたを愛しているのに！　わたしは本気なのよ！」

「いいかげんにしろ。こっちだって本気だ！」ケルはいきなりベッドから起き上がり、彼女の腕をつかんで揺さぶった。ついに我慢の限界を超えた彼は、歯ぎしりしながら言った。「ぼくのせいで殺されるかもしれないんだぞ！　きみは、夫が死んだとき、何も学ばなかったのか？」

レイチェルは青ざめ、ケルを見つめた。「町に車で出かけて、交通事故で死ぬことだってあるわ。そのほうが死ぬ確率が低い？　そのほうが悲しみが少ない？」彼女は口をつぐみ、腕を振りほどいて、彼の指が食い込んでいた箇所をさすった。血のけの失《う》せた顔に、目が黒々と燃えている。そしてとうとう軽口をたたくように彼女は言った。「そもそも悲しんでくれる？　わたし、そうとう厚かましい女ですものね。ここでかかわったのがわたしだけなら、わたしの言ったことなんか全部忘れて」

沈黙が流れ、二人はベッドの上で見つめ合った。レイチェルの顔はこわばっていた。彼の顔つきも厳しかった。ケルは何も言おうとしなかった。レイチェルは胸が苦しくなり、思いきり息を吸い込んだ。自業自得だ。彼に無理に迫り、決心を翻させようとして……すべてを失った。ケルは決して口にしなかったが、わたしを愛してくれていると思っていた。

彼が愛してると言わなかったのは、無口のせいだと思っていた。でも、残酷な正直さだったという真実に直面しなければならなかった。彼はわたしを好きだ。性欲が旺盛《おうせい》な彼にとっては、とても魅力的で便利だからだ。彼が優しくしてくれた理由は明らかだった。わたしはとんでもない勘違いをしていた。

最悪にも、その不愉快でつらい現実を知っても、彼を愛することをやめられなかった。

「ごめんなさい」彼女はベッドから這《は》い出た。急に裸でいることが恥ずかしくなり、服に手を伸ばした。

ケルは引きしまった彼女の体を見つめた。急に目の輝きを失った彼女を見て、胸が痛んだ。体を隠そうとぎこちない手つきで服を探っている。性的に利用されただけだと思われたほうが、彼女の立ち直りは早いかもしれない。でも、とても彼女のあんな顔を見ていられない！　たいしたことはしてやれないだろうが、性的に利用しただけだと思われたまま出ていくことはできない。

レイチェルは、ケルが呼び止めないうちに部屋を出ていった。続いてスクリーンドアの閉まる音がした。戸口に行くと、彼女がいつものようにジョーを連れて松林の中へ消えていくのが見えた。今はぼくの話に耳を貸そうとしないかもしれない。でも、押さえつけてでも聞いてもらわなければならない。

レイチェルは浜辺に着いてもまだ歩きつづけていた。家に戻り、何ごともなかったように振る舞う勇気を持つにはどうしたらいいのだろうか。心の中が悲しみでしぼみきっているのを隠すには。でも残された日はたぶんあと一日。それならなんとかやれる。二十四時間だけだったら。そのあとで唇が腫《は》れようがどうなろうが、涙がかれるまで泣いたらいい。けれども、もう二度とケルに会えないと思うと、彼にどう思われていようが、心の別の部分が声にならない悲鳴をあげていた。

淡い桜色の貝殻が海草のかたまりに半分隠れていた。レイチェルは足で海草をどけ、気分を明るくしてくれる美しい貝殻が出てくるのを期待した。けれども貝殻は割れて、ほんの一部が残っているだけだった。彼女は歩きつづけた。ジョーは彼女のそばを離れ、独自の探検をしようと浜辺を駆け出した。

ジョーもまたケルが来て変わった。初めて男の人に体を触らせ、レイチェル以外の人間を受け入れた。レイチェルはジョーを眺めながら思った。ケルがいなくなったら彼も悲しむかしら。

肩に手のぬくもりを感じ、レイチェルは立ち止まった。振り返らなくても、ケルだとわかった。彼の触れ方を、ざらざらの指先の感触を知っていた。背中に彼を感じた。長身で情熱的な彼が近づいてくると、決まって肌がうずく。振り返って肩のくぼみに頭を寄せるだけで、彼の腕が体を包み込んでくれるだろう。でもケルは彼の人生に包み込んでくれようとはしない。レイチェルは泣いたり、ヒステリックになったりしたくなかった。振り返るとそうなってしまいそうだったので、彼に背を向けたままでいた。

「ぼくにとってもつらいんだ」とケルはぶっきらぼうに言った。

「ごめんなさい」レイチェルはその話題を早く終わらせたくて、さえぎるように言った。

「わがままを言って、あなたを困らせるつもりはなかったのに」

肩にあった彼の手に力がこもり、レイチェルを振り向かせた。彼はもう片方の手を彼女の髪に差し入れ、顔を上向きにさせて瞳を見つめた。「ぼくたちはうまくいかない。仕事は辞められないんだ」

「仕事を辞めてほしいなんて頼んでいないわ」

「ぼくが気がかりなのは仕事じゃない！　きみだ！　きみの身にもし何かあったら、とても耐えられない！　きみを愛してるんだ」ケルは大きく息をついて、今度は静かに先を続けた。「初めてだよ、こんなことを人に言ったのは。言ってもどうにもならないから、今言うべきではないのかもしれないけど」

底なしに澄んだグレーの瞳でケルを見つめるレイチェルの髪が、風で顔に吹きつけられた。髪に入れられた彼の手がゆっくりと首筋に移動し、親指が脈打つ首のつけ根を撫《な》でた。レイチェルは息をのんだ。「少しだけ試してみたら？」そうささやく彼女に、彼はかぶりを振った。

「きみの身を案じていては、思うように任務が果たせない。ミスは許されないんだ。ミスを犯せば、善良な人たちが死ぬ。万が一きみが誘拐でもされたら……」ケルは残忍とも言える顔つきになった。「きみを救うために、ぼくは魂を売り渡してしまうだろう」

レイチェルは胸が張り裂けそうになった。「だめよ。取り引きに応じては」

「きみを愛してるんだ」ケルは激しい口調でさえぎった。「今まで人を愛したことは一度もなかった。両親も、親戚《しんせき》も、妻でさえも。ぼくは人とは違っていて、いつも孤独だった。唯一の友人がサリバンだ。彼もぼくと同じ一匹狼《おおかみ》だからね。きみは本気で、ぼくがきみを犠牲にできると思うのか？　きみとの出会いは、生涯でたった一度のめぐりあいになるだろう」彼は彼女を見つめながら、顎の筋肉を引きつらせた。「それでも、ぼくは諦《あきら》めようと思う」

レイチェルは彼を理解したが、理解などしたくなかった。彼はわたしを愛しているのだ。彼はかつてわたしが愛した男たち、今後愛するであろう男たちとは違う。よそよそしくて、ぞっとするほど孤独だ。その彼がいかなる理由があったのか、いかなる化学反応と状況が作用したのか、わたしを愛したのだ。ケルと一緒に住めば、どちらも標的にされやすくなる。だからケルのような男にとって、愛はすばらしいものであり、恐ろしいものなのだ。

ケルはレイチェルの手を取り、無言で家に戻った。そろそろ昼食の時間だ。レイチェルはキッチンで料理に専念しようと思った。ケルは戸棚に寄りかかり、彼女の身を焦がすような黒い瞳でじっと見つめた。

ふいに彼は手を伸ばしてレイチェルの手から鍋《なべ》をもぎとり、調理台に置いた。「さあ」かすれ声で言うと、彼女を寝室に引っぱっていった。

ケルは時間を惜しむように、彼女のショートパンツだけを脱がし、自分もズボンは脱がず、ジッパーを開けて下ろしただけにした。レイチェルを床に押し倒し、無我夢中で彼女の中に入り、二人のあいだの距離をなくそうとする。それでも二人は満たされないだろうとわかっていながら……。

その日の夕方、レイチェルは菜園に出て、新鮮なとうがらしを収穫して、スパゲッティのソースに加えようと思った。ケルはシャワーを浴びていた。なぜかジョーの姿が見えない。きっと暑さを避けて、夾竹桃《きょうちくとう》の下で昼寝でもしているのだろう。気温は三十八度近くになっている。湿度も高く、雷雨になる条件が揃《そろ》っていた。片手いっぱいにとうがらしを持って、小さな裏庭を横切り家へ向かった。あとで考えても、男がどこから来たのかレイチェルにはわからなかった。人影はなく、隠れるような場所もなかった。だが、裏階段を上っていると、突然背後に現れ、彼女の口元を手でふさぎ、頭を後ろに引き寄せた。もう片方の手はレイチェルの体を押さえている。ケルに襲われたときに似ていたが、この男が手に握っていたのは、ナイフではなく、拳銃《けんじゅう》だった。陽光を浴びて、銃は鈍く光った。

「声を出すな。おとなしくしていれば手は出さない」男はレイチェルの耳元でささやく。

「男を探してる。この家にいるはずなんだ」

レイチェルは彼の手を引っかいて、大声で警告しようとした。ケルがシャワーを浴びていたら、声は聞こえないかもしれないが。でも、ケルに聞こえたらどうなる？　わたしを助けようとして撃たれるかもしれない。想像しただけで体が動かなくなった。彼女は必死に心を落ち着け、自分にできることはないか考えた。

「しいっ！　そう、それでいい」男の声は低く優しく、思わず寒けがした。「ドアを開けて、おとなしく中に入るんだ」

レイチェルはスクリーンドアを開けるしかなかった。もし男が殺す気であれば、もうとっくにそうしていただろう。それに、男はわたしを殴って難なく気絶させることもできるのだ。どちらも結果的には同じだ。たとえチャンスがあっても、ケルを助けられない。男は大きな体で彼女をしっかりと押さえながら、裏の階段を上らせた。レイチェルは彼の拳銃を見つめた。もしケルを撃とうとしたら、腕につかみかかって、狙《ねら》いをそらすことはできるだろう。シャワーの音に耳を澄ましたが、耳の中で脈打つ音が響いていたので何も聞こえなかった。不審者が近づいてきたらジョーが知らせてくれると信じていたのに。そう考えた瞬間、胸が締めつけられた。ジョーは殺されたのだろうか？　庭に出ても姿が見えなかったのは、そのせいだろうか？

そのときケルが寝室から出てきた。ジーンズをはき、手にシャツを持っている。男を見た瞬間、彼は足を止めた。顔色ひとつ変えない。それから口をふさいだ手の上からのぞくレイチェルの怯《おび》えた目に視線を移した。「おまえは彼女を死ぬほど怯えさせているぞ」ケルは冷静沈着に言った。

男の手が緩められたが、まだ彼女を放したわけではない。「おまえの女か?」

「そうだ」

すると男は彼女を放し、そっと遠ざけた。「女のことは何も聞いてなかったから」男はケルに言った。

レイチェルにもこの男の正体がわかった。落ち着きを取り戻そうと、ゆっくりと深呼吸をし、声が震えなくなるまで待った。「あなたがグラント・サリバンね」握りしめていた両手をだんだんに緩めながら、レイチェルは見事な落ち着きを見せた。

「ああ」

レイチェルは自分でも何を期待していたのかわからなかったが、これは予想外だった。サリバンとケルはあまりにも似ていて、彼女を戸惑わせた。容貌《ようぼう》は異なるが、二人とももの静かで、同じような力強いオーラを放っている。筋状に日焼けしたぼさぼさの髪。鷲《わし》のように鋭い目。昔の闘いの証《あかし》として残る、左の頬骨の傷跡。引きしまったたくましい体に危険な雰囲気を漂わせた戦士だ――ケルと同様に。

一方、サリバンも、レイチェルが落ち着きを取り戻そうとするのをじっと観察していた。彼の唇の片端が上がり、微笑したように見えた。「怖がらせてすまなかった。あなたの自制心には感服しましたよ。ジェーンだったら、向こうずねを蹴《け》ってる」

「だろうね」ケルの口調にはからかうような響きがあった。

サリバンは金色の目の上の眉を下げた。「いや、実際に蹴られたのはそこじゃなかったな」

おもしろい話が聞けそうだったが、ケルはその先を追及しなかった。「こちらはレイチェル・ジョーンズだ。ぼくを海から引き上げてくれたんだ」

「会えて嬉《うれ》しいですよ」サリバンのゆっくりした話し方には優しさが感じられた。

「わたしもお会いできて嬉しい……です、サリバンさん」

ケルは慰めるように彼女に軽く触れてから、シャツを着はじめた。肩が痛くて動かせないので、ひと苦労だった。

サリバンは新しい傷口を見た。「どの程度の怪我《けが》なんだ?」

「腫れが引けばもう少し動くようになるだろう」

「ほかに撃たれたところは?」

「左の腿」

「脚は上がるのか?」

「でないと困る。ジョギングで筋肉をほぐしてる」

レイチェルはサリバンが彼女の前では話がしにくそうなのに気がついた。ケルと共通の深く染み込んだ警戒心だ。「おなかはすいてない、サリバンさん？　スパゲッティを作るんだけど」

「ええ、ごちそうになります」ゆっくりとした話し方と礼儀正しさが、眼光の鋭さと対照的で、レイチェルを戸惑わせた。

「話をしていてね。そのあいだに作るから。さっき襲われたとき、とうがらしを落としてしまったわ」レイチェルはドアに向かいかけて振り返った。「サリバンさん？」

男二人は居間へ向かいかけていたが、サリバンは足を止めて振り返った。「はい？」

「わたしの犬は……？」レイチェルの声がかすかに震えた。「いつも外にいるのに、さっきはなぜ……」

野性的な金色の目に理解の色が浮かんだ。「彼なら大丈夫だよ。あの松の茂みにつないであるから。ずいぶん手を焼いたよ。あれはいい犬だ」

レイチェルはほっとした。「じゃ、ジョーを放してくるわ。あの子は……怪我をしてないわよね？」

「大丈夫。あの小道を百メートルほど行った先の、左手にいる」

レイチェルはどきどきしながら小道を走った。ジョーはサリバンが言ったとおりの場所にいた。高い松の木にしっかりとくくりつけられたジョーは、すっかりおかんむりで、レイチェルにも歯をむき出して唸《うな》った。彼女は優しく話しかけながらゆっくりと一定の速度で近づいていった。そして横にひざまずいて、首のまわりのロープを解いてやった。なおも話しかけながら、体を軽く叩《たた》いた。するとジョーはようやく唸るのをやめてレイチェルの抱擁を受け入れ、彼女をなめた。思わずレイチェルの胸は熱くなった。「おいで、家に帰りましょう」

裏の階段で落としたとうがらしを拾い集め、レイチェルはジョーを残して家に入った。手を洗い、ソース作りにかかった。居間からひそひそ声が聞こえてくる。サリバンに会ってみて、ケルが信頼するわけがわかった。レイチェルは二人が一緒にいる姿を見て、自分が愛した男の力量をあらためて認識した。その衝撃で頭がくらくらした。

一時間近くたってから、レイチェルは二人を食卓に呼んだ。真っ赤に燃える太陽が水平線の向こうに沈もうとしている。それを見ると、ケルと一緒に過ごした時間がもう本当に終わろうとしているのだと思った。あるいは、もう終わってしまったのだろうか？　二人はこのまますぐに出発するのだろうか？

そんな不安を締め出すように、彼女は会話を続けた。二人とも無口なので困ったが、ついに格好の話題を思いついた。「サリバンさん、ケルがあなたは結婚していると言ってましたけど」

彼の表情が珍しく明るくなり、いかつい雰囲気が少し和らいだ。「ジェーンがぼくの妻だ」彼はまるで誰もがジェーンを知っているかのように言った。

「お子さんは？」

厳しい顔に、いとも誇らしげな表情が浮かんだ。「双子の息子たちがいる。六カ月なんだ」

ケルがまたなぜかおもしろがるような顔をした。「きみのところが双子の家系だとは知らなかった」

「うちは違うよ」サリバンがうめいた。「ジェーンのところも違うんだ。医者にもわからないってさ。彼女はみんなを驚かせたよ」

「珍しいことじゃないだろう」ケルはそう言って、顔を見合わせながらにやりとした。

「参ったのは、ジェーンは吹雪のさなかに、一週間も早く産気づいたんだ。道路はどこも閉鎖されていて、病院へ連れていけなくてね。ぼくが双子を取りあげなくてはならなかった」サリバンの額にかすかに汗が噴き出した。「双子だぞ」彼は小さくつぶやいた。「参ったよ。もう二度とごめんだと言ってやった。でもジェーンのことだからな」

ケルは大声で笑った。めったに聞けない深みのある笑い声を聞いて、レイチェルは嬉しくなった。「次は三つ子じゃないのか？」

サリバンはケルをにらんだ。「よしてくれよ」

レイチェルはフォークでスパゲッティを口へ運んだ。「双子だったのは、ジェーンのせいじゃないわ。雪が降ったのもね」

「理屈はそうだ」とサリバンは認めた。「でもジェーンがドアを開けて入ってくると、理屈なんか窓からふっ飛んでしまうんだ」

「どんなふうにして彼女と出会ったの？」

「誘拐したんだ」サリバンはレイチェルをぎょっとさせ、それきりなんの説明もしなかった。

「どうやって彼女を置いて出てきた？」とケルは尋ねた。

「大変だった。でも、彼女も子供たちを置いては出てこられないからな」サリバンは椅子の背にもたれた。その目がいたずらっぽく光る。「ぼくと一緒に戻って、おまえから説明してもらわないとね」

ケルは驚いた顔をしたが、しまいにはにやりと笑った。「双子の赤ん坊といるおまえを見てみるか」

「もう這いまわってるから、歩くときは足元に気をつけろよ」誇らしげな父親はにやりと笑い返した。「デインとダニエルというんだが、さっぱり見分けがつかないんだ。ジェーンは、もう少し大きくなったら、あいつらにどっちにするか決めさせようと言ってる」

三人は顔を見合わせた。レイチェルは思わずむせ、ケルは喉を詰まらせた。三人はいっせいにフォークをテーブルに置き、腹を抱えて笑い転げた。

シャルルは、急いで集めたレイチェルに関する極秘報告書に目を通し、指で額をこすりながら顔をしかめた。ローウェルとエリスの両名によると、レイチェル・ジョーンズは美人だという以外はごく普通の女だという。だが、報告書にある彼女は少しも普通ではない。彼女は高学歴で、各地を旅している才能に恵まれた女だ。そして、並はずれた知能と神経と忍耐力をあわせもった取材記者で、かなりの成功をおさめた経歴を持っている。ある大物政治家がかかわる麻薬密売ルートを探りはじめた矢先、夫が彼女の身代わりとなり、車の爆発事件で死亡していた。たいていの人間はそこで手を引くものだが、このレイチェル・ジョーンズはその政治家を追いつづけ、彼が麻薬密売取り引きに関与していただけでなく、夫の殺害にも関与していたことを証明した。その政治家は終身刑を宣告され、現在、服役中だった。

これはローウェルとエリスの報告してきた平凡な女性像とは違う。気にかかるのは、なぜ彼女がそういう女を演じているかだった。きっと何か理由があるはずだ。なぜこっちの目を欺こうとしたのだろう？　からかったのか、それとももっと重大な動機があるからなのか？

シャルルは彼女が嘘《うそ》をついていたとしても驚かなかった。経験からいって、ほとんどの人間は嘘をつく。この仕事では嘘をつく必要もあった。だがその理由を知らずにいるのは気にくわない。なぜならその理由こそが問題の核心になっているからだ。

ケル・サビンは姿を消した。死亡した可能性もある。だがシャルルは納得できなかった。彼の痕跡《こんせき》が何も発見されていないのだ——部下にも、トロール船の漁師にも、プレジャーボートの乗船者にも、法の執行にかかわるあらゆる機関にも。ボートが爆発しても、身元が確認できるものが何かしら見つかるはずだ。それが見つからないということは、彼は船から逃れて、岸に向かって泳いだということだ。撃たれた体で、実際に岸までたどりつけたとは考えにくいが、相手はあのサビンだ。岸にたどりついたとすれば、いったいどこに? なぜ彼はいまだに姿を現さないのか? 警察にも不審な銃創を負った人物の届け出はなかった。あの地区のどの病院にも姿を見せていない。彼は忽然《こつぜん》と姿を消した。

唯一考えられるのは、何者かが彼をかくまっているという可能性だ。このレイチェル・ジョーンズはサビン同様、普通の人間とは違う。彼女の家は、サビンが泳ぎつく可能性が高い重点捜索地域内にある。ローウェルもエリスも彼女は何も隠しごとをしていないと思っているが、彼らは彼女のすべてを知っているわけではない。彼女は気楽に振る舞い、諜報員《ちょうほう》たちに怪しまれないよう偽りの印象を与えた。なぜそんなことをしたのか? 何か隠すことでもないかぎり。もっとはっきり言えば、かくまう人間でもいないかぎり、そんなことはしないだろう。

「ノエル」シャルルは静かに呼んだ。「ローウェルとエリスに話がしたい。至急、探してくれ」

一時間後、二人はシャルルと向かい合わせで座っていた。シャルルは腕組みをして、笑いともつかない笑みを浮かべた。

「今日はレイチェル・ジョーンズの話がしたい。彼女のことで覚えていることがあったら、全部聞かせてほしい」

エリスとローウェルは顔を見合わせた。

エリスは肩をすくめた。「彼女は美人で――」

「彼女の容姿に興味はない。彼女の言動を知りたいんだ。あの捜索では、彼女の家に入ったのか？」

「いいえ」ローウェルが答えた。

「彼女は男嫌いの大型の番犬を飼っていて、庭にも入れてもらえませんでした」とエリスは説明した。

「食事に誘ったときもか？」

エリスは犬に脅かされたと認めたくなくて、困惑の表情を見せた。「迎えに行くと外に出てきました。送ったときは、犬が待ちかまえていて、家に近づこうものなら脚を食いちぎらんばかりのけんまくでしたから」

「では二人とも家の中に入っていないんだな」

「ええ」二人は認めた。

「サビンだってあの家には近づけません」エリスがいらだち気味に言うと、ローウェルもうなずいた。

シャルルは両手の指先を合わせた。「彼女がサビンを発見して、家に連れて帰ったらどうだ？　浜でサビンを見つけたあと、犬をつないでから、また彼のところへ戻ったとしたら？」

「考えられなくはない」ローウェルは顔をしかめた。「しかしサビンが岸にたどりついた形跡は何もありません。足跡すらも。ただ彼女が浜辺から貝殻を運んだという防水シートの引きずりあとが」彼は口をつぐんで、シャルルと目を合わせた。

「ばかもの！」シャルルが怒鳴った。「浜辺から何が引きずられたか、確認しなかったのか？」

二人は居心地悪そうにした。

「彼女が貝殻だと言ったものだから」とエリスがつぶやいた。

「行動に不審な点もありませんでした」ローウェルが取り繕おうとして口をはさんだ。

「翌日、買い物をしている彼女に会いましたが」

「彼女は何を買った？　カートをのぞいたのか？」

「ええ、女性用の下着とかで、会計のときに、ジョギングシューズが見えました。どうして気がついたかというと」突然、ローウェルは顔面蒼白《そうはく》になった。

「どうしてだ？」シャルルは容赦なく尋ねた。

「彼女には大きすぎる気がしたからです」

シャルルは二人を冷ややかな鋭い目でにらみつけた。「彼女は浜辺から何かを引きずって運んだが、おまえたちはそれを調べなかった。おまえたちは家の中に入らなかった。彼女は男物かもしれない大きな靴を買っていた。サビンがすぐ目と鼻の先にいたのにつかまえ損なっていたりしたら、おまえたち、ただじゃすまないぞ！　ノエル！」

ノエルはすぐに戸口に現れた。

「みんなを呼べ。サビンが見つかるかもしれん」

ローウェルとエリスは青ざめ、今度ばかりはサビンが見つからないようにと願った。

「勘違いだったら？」とエリスが尋ねた。

「女は怯えて動揺するかもしれないが、それだけのことだ。サビンに手を貸していなかったら、彼女に危害を及ぼす理由はないからな」

しかし、シャルルは冷酷な目で笑った。エリスにはシャルルの言葉が信じられなかった。

夕日が沈むと、夕闇《ゆうやみ》の中で蛙《かえる》とこおろぎの大合唱が始まった。あひるのエバニーザーとその家来たちは、庭で夕方の昆虫採集に余念がなく、ジョーはポーチに寝そべっていた。ケルとサリバンはテーブルで作戦を話し合い、レイチェルは執筆に励もうとしながら集中できずにいた。ケルはもうすぐいなくなってしまう。惨めさに心がうずいた。

がちょうたちがけたたましく鳴きながら、突然四方八方へ散り散りになった。ジョーは一度だけ吠《ほ》えて、ポーチから慌てて逃げ出した。ケルとサリバンは同時にテーブルを離れ、音もたてずに窓辺に寄った。レイチェルは青い顔で自室から飛び出した。

家の前に白いセダンが止まり、女が降り立った。窓の外をのぞいたサリバンが青ざめ、壁に頭をつけて小声で悪態をついた。「ジェーンだ」

「まさか」とケルがつぶやく。

レイチェルはジョーをつかまえに行こうとしたが、ドアから出ないうちに、ジェーンが庭に来ていた。

「すてきなわんちゃんね」明るく言って、通りすがりにジョーの頭を軽く叩いた。

サリバンとケルもレイチェルのあとからポーチに出た。

ジェーンは腰に両手を当てて、夫をにらみつけた。「置いてきぼりにされたから、あなたのあとをつけてきちゃった!」

12

レイチェルはひと目でジェーン・サリバンが気に入った。ジョーを平然と撫《な》で、グラント・サリバンの怒りにまばたきひとつせずに対峙《たいじ》した彼女とは、ぜひ友だちになりたいと思った。

女二人が自己紹介をしているあいだ、グラントは胸元で腕組みをして立っていた。「どうやってここを見つけたんだ？　手がかりは残さなかったはずなのに」

ジェーンは鼻を鳴らした。「そうね。だから論理的に行動したの。あちこちあたって、やっと見つけたんだから」彼女はグラントに背を向け、ケルを抱きしめた。「あなたじゃないかと思った。彼を引っぱり出せるのはあなたしかいないもの。トラブルに巻き込まれてるの？」

「少しね」ケルの目がおもしろそうに光った。

「だと思ったわ。わたし、助けに来たのよ」

「最悪だ」グラントが鋭い口調で言った。

ジェーンは冷ややかにグラントを見た。「あなたにはね。わたしと双子たちを置いて、こっそり出てくるんですもの」

「あの子たちはどうした？」

「あなたのお母さんのところ。ここへ来るのに時間がかかったのはそのせいよ。そして、人に居場所を知られないようにするとき、あなたはどうするかを考えなければならなかった」

「膝蹴《ひざげ》りを食らわしてやるぞ」グラントは言った。彼はその考えがひどく気に入ったようだった。「今度は逃げられないからな」

「だめよ。また妊娠してるんだから」

茶色い瞳の美しい妻にグラントがやり込められているのを見て、レイチェルは楽しかった。しかし青ざめたグラントを見て、気の毒になった。

「嘘《うそ》だろう？」

「そうは思えないぞ」ことのなりゆきを楽しんでいたケルが、口をはさんだ。

「双子がやっと六カ月になったばかりなのに」

「そんなことぐらいわかってるわよ！」ジェーンは怒った顔で答えた。

「当分は作らないと決めたじゃないか」

「雷雨だわ」ジェーンが言った。

グラントは目を閉じた。顔が真っ青だ。

「中に入りましょう。涼しいしね」レイチェルはそう言ってスクリーンドアを開けた。レイチェルとケルは家の中に入ったが、グラントとジェーンは来なかった。レイチェルは外をのぞいた。ジェーンは夫のたくましい腕に抱かれ、グラントのブロンドの頭は妻の黒い頭のほうに傾けられていた。その光景はレイチェルの心の痛みに追い打ちをかけた。

「仲直りしたのね」とレイチェルはつぶやいた。ケルの腕が腰にまわされ、引き寄せられる。

「彼は彼女と出会う前に辞職してたんだ」

レイチェルはどうしてあなたも辞職できないのか、ときいてみたかったが、口にはしなかった。グラント・サリバンにとっていいことが、ケル・サビンにとってもいいとはかぎらない。

「いつ出発するの？」声が震えなかったのを誇りに思ってよかったのだが、このときは誇りなどどうでもよかった。仕事を辞めてくれるなら、土下座だってしただろう。

ケルはしばらくしてから言った。「明日の朝だ」

つまり、あとひと晩ある。彼がグラントと一緒に、計画の詳細を検討するのでないかぎり。

「今夜は早めに寝よう」ケルは彼女の髪に触れた。レイチェルは彼の腕の中で体をよじり、黒い瞳を見つめた。ケルはよそよそしい顔をしていたが、彼女を欲しがっていた。レイチェルはその触れ方で、顔をよぎった表情で、それを感じ取った。もう二度と会えないとわかっていながら、彼が立ち去るのをただ立って見守っていられるだろうか。

ジェーンとグラントが家の中に入ってきた。ジェーンの顔が輝いている。ケルの腕に抱かれているレイチェルを見て、彼女は嬉《うれ》しそうに目を見開いたが、二人の表情を見ると、それについては何も口にしなかった。

「グラントは状況を教えてくれないのよ」そう言って腕組みをした。「突きとめるまで、わたし、あとをついていくわよ」

ケルが黒い眉を上げた。「ぼくが話したら？」

ジェーンは思案顔になり、視線をグラントに移し、またケルに戻した。「取り引きしたいってこと？　わたしを家に帰らせたいのね」

「きみは家に帰るんだよ」グラントの口調は静かだったが、鉄の意志が感じられた。「サビンが話したいというなら止めはしない。おなかに赤ん坊がいるならなおのこと、きみは安全な農場にいてくれ」

ジェーンの目が光ったのを見て、レイチェルはグラントが手を出すのではないかと思った。しかし、ケルが先手を打った。「わかった。グラントを巻き込んだからには、きみにも状況を知る権利があると思う。座ってくれ。ぼくから話す」

「〝必知事項〟はすべて話してよ」ジェーンの指摘に、ケルはユーモアの感じられない笑みを浮かべた。

「わかった。細かい点は話せないこともあるが、できるだけ話すようにしよう」

全員がテーブルにつき、ケルが大ざっぱにことの経緯と、グラントの力を借りたい理由を説明した。ケルの話が終わると、ジェーンはしばらく二人の男たちを見つめていたが、やがてゆっくりとうなずいた。

「やるしかないわね」ジェーンはそう言ってテーブルに両手をつき、身を乗り出して、妥協を許さない顔つきでケルを見た。彼は真正面から見つめ返した。「でもいいこと、ケル・サビン。もしグラントの身に何かあったら、あなたを許さないわよ」

ケルは答えなかったが、レイチェルには彼の考えていることがわかった。もし何かあったら、彼もまた生きてはいないだろう。なぜ彼の心がわかるのだろう？　レイチェルの五感はケルに向けられ、彼のわずかな動きや声の調子の変化を、感度のいい地震計のように神経に刻みつけているからだ。

グラントが立ち上がり、ジェーンに手を貸した。「さて、明日の朝早くに出発するから、そろそろ寝るとしよう。きみは家に帰るんだぞ。いいね」

ジェーンは状況を聞くことができたので、反論はしなかった。「ええ。明日双子を迎えに行ったら家に戻るわ。あなたの帰りはいつごろ？」

グラントはケルを見た。「三日後か？」

ケルはうなずいた。

レイチェルは立ち上がった。結果がどう出ようと、三日で決着がつく。でも、わたしにとっては明日の朝が最後だ。そろそろサリバン夫妻の寝具を用意しなければならない。時間を埋めてくれる用事があることに感謝すら覚えた。

レイチェルは客用のベッドがないことをジェーンに謝った。

「わたしたちなら大丈夫。グラントとはテントや洞窟《どうくつ》や納屋で寝たこともあるんだから。すてきな居間の床に寝られるんだし、文句ないわよ」

レイチェルはジェーンに手伝ってもらい、間に合わせのベッドを作るために、クローゼットの上からキルトや枕《まくら》を出して運んだ。

ジェーンは抜け目のない目でレイチェルを見た。「ケルを愛してるんでしょう？」

「ええ」レイチェルは否定せずにきっぱりと答えた。

「彼は冷徹で、並外れて優秀よ。でも最高品質の鋼鉄はそれを保つのが大変。わたしが選んだ男がいい例よ」

二人は見つめ合い、理解し合った。よかれあしかれ、自分たちの愛した男は、ほかの男たちとは違う。大半の女性が当然に思っている身の安全が、自分たちには保証されていない。

「明日、彼が出ていけば終わりよ」言いながら、レイチェルは喉が締めつけられた。「彼は戻ってこないわ」

「彼は終わらせるべきだと思っているのよ」ジェーンの茶色の目がかげった。「戻ってこないなんて言わないで。グラントもわたしと結婚したがらなかったわ。住んでる世界が違うからうまくいかないと言って。聞き覚えがあるんじゃない？」

「ええ、そのとおりよ」レイチェルは暗い声で答えた。

「わたしも彼を引きとめられなかったけど、結局、彼はわたしを追いかけてきてくれたの」

「グラントはもう辞職してたんでしょう？　ケルには仕事を辞める気がないの」

「それは大きな問題ね。でも越えられないことはないわ。グラントやケルのような男には、人を愛することが、受け入れにくいのよ。ずっと孤独だったから……」

確かにケルは常に孤独で、それを貫こうと決めている。

レイチェルはジェーンとグラントを居間に残して寝室へ向かった。ケルも彼女のあとから入ってきて、ドアを閉めた。

「本当は今夜発《た》つ予定だった」彼は静かに言った。「でも、もうひと晩きみといたくなった」

レイチェルは泣くまいとした。明日、彼が出ていくまでは……。ケルは明かりを消して、彼女のそばにやってきた。ざらざらした手で肩を抱きしめ、引き寄せる。貪《むさぼ》るように彼女の唇を求め、痛いくらいだった。彼はキスをしたまま、両手を彼女の背中からヒップに這《は》わせ、熱い体に抱き寄せた。ようやくレイチェルの体から力が抜けた。

「レイチェル」ケルは彼女のシャツのボタンをはずして胸に触れ、手のひらで覆った。親指で胸の頂をこする。彼女の体は熱くなり、興奮と期待で緊張感が高まった。レイチェルの体は彼を受け入れる準備を始めた。ケルは彼女の肩からシャツを引き下げ、両腕を生地で固定させた。彼女は体を弓なりにそらして、彼のほうに胸を突き出した。ケルはゆっくりと胸の蕾《つぼみ》をくわえた。敏感になった肌は激しくうずいた。その感覚が胸から下腹部に広がり、彼女は喜びのあえぎをもらした。

レイチェルは頭がくらくらした。猛スピードで落下していくような気がして、ケルにしがみついた。彼がベッドに横たえてくれたのだと気がついたのは、ひんやりとした感触を背中に感じたあとだった。着ていたシャツは袖《そで》が肘と手首のあいだに引っかかってねじれ、腕を固定していた。彼の唇と舌が彼女の裸の上半身を味わいながら這《う》いまわった。ケルは苦痛と飢えをむき出しにした目で見下ろし、彼女の胸の谷間に顔を埋めた。すべすべの肌のにおいと感触に我を忘れたいと言わんばかりに、両手で胸をつかんで顔に押しつける。

レイチェルは腕を自由にしようと虚《むな》しく格闘した。「ケル」彼女はせっぱつまった声で訴えた。「腕をはずして」

ケルは頭を上げて、その様子を眺めた。「まだだめだ。きみはおとなしく横になって、準備ができるまで、ぼくに愛されていればいい」

レイチェルはいらだちの声をあげ、自由を取り戻したくて体を転がそうとした。しかしケルはたくましい両手で、彼女をしっかりとあおむけに戻した。「準備ならできてるのに」

それ以上の抵抗は、近づいてきた彼の唇にさえぎられた。

ケルがまた頭を上げたとき、張りつめた顔に高揚した満足感が刻まれていた。

「まだまだだよ」

彼はふたたび胸に顔を埋めた。

「そろそろ解放してやろう」彼女のショートパンツを引き下ろしながら、声にも緊張感をにじませた。

ジッパーの下がる音がして解放感が訪れた。開いたショートパンツに彼の手が入り込む。

「ああ」ケルは本当に彼女の準備ができているのを指で確かめ、満足した。「いいかい？」

「ええ……」レイチェルの答えは言葉にならなかった。

ケルはパンティとショートパンツを腿まで下ろした。けれども脚からはずさないで膝の上に残し、腕と同じように脚もうまく固定した。そして胸から平らな腹部へゆっくりと手を移動させ、あらわになった腰の辺りの感触をじっくりと味わった。

レイチェルは身をよじった。鼓動が速くなり、呼吸のリズムが乱れる。「もうじらすのはやめて」彼女はシーツを握りしめながら叫んだ。

ケルはしゃがれた低い声で笑った。「わかったよ。もうこれ以上待たせない。欲しいものをあげよう」ケルは手際よく彼女を裸にし、自分も服を脱いで体を重ねた。レイチェルは痛みと安堵《あんど》の入りまじったため息をついて、彼を受け入れた。

二人はまたたく間に絶頂にのぼりつめ、レイチェルは彼の腕の中で激しく身を震わせた。やがて彼はふたたびゆっくりと彼女を喜びに導いた。その夜、ケルは飽きることなく何度もレイチェルを抱いた。二人が愛でしっかり結ばれているうちは、時がゆっくり流れていくとでもいうように。

レイチェルは夜明け少し前に目を覚ました。ケルに背を向け、彼の胸と腿に体をすりつけながら横たわっていた。ケルが意識を回復してから、二人は毎晩こうして眠ってきた。彼にこうして抱かれて眠るのもこれが最後だ。

一方、ケルも目を覚ましていた。ゆっくりと彼女の胸を撫で、手を下ろしていった。

「最後にもう一度」ケルは彼女の髪につぶやいた。人生に幸せなときがあったとすれば、それはレイチェルと過ごした、このあまりにも短い数日間だろう。彼女の柔らかな体に、身を重ねるのもこれで最後になるだろう。レイチェルは彼の手の下で震え、あふれ出そうになる歓喜の声を唇を噛《か》んでこらえた。

部屋が明るくなってきた。日の出間近の空が真珠色に輝いている。ケルはベッドに座り、汗に濡《ぬ》れた彼女の体が空と同じ色に輝くのを眺めた。この最後の一回に過ちを犯したかもしれない。でも後悔はなかった。たとえわずかでも、二人の体を隔てる避妊具に我慢できなかったのだ。

レイチェルはぐったりと枕にもたれ、愛情あふれるまなざしで彼を見つめた。愛の行為の名残で体が脈打っている。が、それも次第に鎮まった。

「もう戻ってこないかもしれないのね」レイチェルはささやいた。「でもわたしはここであなたを待っているわ」

ケルは口の端をわずかに引きつらせ、かぶりを振った。「人生を無駄にしてはだめだ。誰かほかの男と結婚して、家にあふれるくらい子供を作れよ」

レイチェルは無理にほほ笑もうとした。「何を言ってるの。新しい相手が現れるみたいじゃない」

出発の準備が整った。レイチェルの心は硬直し、触れられたら粉々に砕けてしまいそうだった。別れのキスも、記憶に残る最後の言葉もなく、ケルは去っていくだろう。

彼は拳銃《けんじゅう》さえ持っていこうとしなかった。そうすれば、返しに来る口実ができるのに。拳銃はレイチェルの名前で登録されているので、もしも計画が失敗した場合に彼女とのつながりが残ってしまう、と彼は言った。

グラントは道のどこかにレンタカーを隠していた。ジェーンが二人をそこまで車で運び、それから農場へ帰ることになった。レイチェルはがらんとした家に一人きりで残される。だが、もうどうやって時間をつぶすか考えてあった。庭いじり、芝刈り、洗車……。泳ぎに行くのもいいだろう。それから外で食事をして、映画を観《み》て、できるだけ遅くに帰る。それで疲れきって眠れるかもしれない。可能性は低いが。それでもなんとかやっていくしかない。

「また連絡するわね」ジェーンはレイチェルを抱きしめながらささやいた。

レイチェルは目頭が熱くなった。「ありがとう」

グラントはドアを開けてポーチに出た。するとジョーが足元に飛んできて、辺りに響く声で唸《うな》った。グラントはジョーを見下ろした。「よしよし」

ジェーンは鼻を鳴らした。「その子を怖がらせたわね？　すごくいい子にしてるのに」

ケルもポーチに出てきて、ジョーに命じた。「ジョー、お座り」

そのとき、ライフル独特の甲高い音がして、ケルの頭から五センチも離れていない支柱に弾が当たり、木が砕け散った。ケルは身を翻してドアの内側に飛び込み、そこで彼のほうに飛び出そうとしたレイチェルとぶつかった。彼女は床に倒れた。二発目の銃声がした。それとほぼ同時に、グラントが文字どおりジェーンをドアの隙間《すきま》に放《ほう》り込み、身を挺《てい》して彼女を守った。

「大丈夫か？」ケルは足でドアを閉めながら、歯を食いしばり、心配そうにレイチェルを見た。

頭を床にぶつけたが、たいしたことはなかった。レイチェルは真っ青な顔で彼にしがみついた。「ええ。だ……大丈夫よ」

ケルは転がって窓の下へ行き、しゃがんだ。「きみとジェーンは玄関で伏せてろ」彼はきびきびと命じると、自分は寝室に拳銃を取りに行った。

グラントはジェーンを座らせ、髪を払いのけて軽くキスをしたあとレイチェルのほうへ押しやった。「そっちへ行ってろ」グラントはベルトから自分の拳銃を抜いた。

また銃声がして、グラントに近い窓が砕け、ガラスの破片が降りかかった。彼は悪態をついた。

レイチェルはケルたちを見ながら、落ち着こうとした。こちらは拳銃だが、正体不明の敵はライフルを持っている。ケルとグラントには不利な状況だ。遠距離から撃つ場合、ライフルのほうが狙《ねら》いが正確だ。襲撃者は拳銃の弾が届かない距離から撃ってきていた。彼女の二二口径のライフルはたいした威力はないが、拳銃よりは遠くを正確に狙える。レイチェルは寝室にライフルと弾丸を取りに行った。ケルに言われて弾を買っておいてよかった！

「これを使って」レイチェルは居間に戻り、ケルにライフルを押しやった。グラントは家の中を歩きまわり、敵が裏から来ないか確認していた。

「ありがとう」ケルはすばやく礼を言った。「玄関に戻ってろ」

ジェーンはしゃがんで夫を見た。チョコレート色の目が激しい怒りに燃えている。「あいつら、あなたを撃ったわ」

「ああ」グラントは認めた。

ジェーンは噴火寸前の火山のようにかっかしながら、持ってきたナイロン製の小型旅行鞄《かばん》を引きずってきた。ジッパーを開けて、中から衣類や化粧品を放り出した。

「許せない。彼を撃つなんて！」ジェーンは拳銃を出してレイチェルに渡した。それからまた鞄を探り、今度はバイオリンのケースほどの大きさのものを出し、グラントに放った。

「はいこれ！　わたしには組み立て方がわからないから！」

グラントはケースを開け、熟練した手際のよさでライフルを組み立てながらも、ジェーンをにらんだ。「こんなもの、どこで手に入れてきたんだ？」

「心配しないでよ！」ジェーンは弾倉を放り投げながら怒鳴った。グラントは片手でそれを受け止め、装塡《そうてん》した。

ケルは肩越しに見た。「C－4か手榴弾《しゅりゅうだん》も持ってきてるかい？」

「ないわ」ジェーンは残念そうに言った。「欲しいものを全部揃《そろ》える時間はなかったの」

レイチェルは窓辺に這っていき、そっと頭を上げて外の様子をうかがった。

ケルが怒鳴った。「頭を下げろ！　こっちには近づかないで玄関に戻って」

レイチェルは顔面蒼白《そうはく》だったが落ち着いていた。「あなたたちは二人なのに、家は四方に面している。わたしたちの協力も必要よ」

ジェーンはグラントが放り出した拳銃を握った。「彼女の言うとおり、わたしたちの協力は必要よ」

ケルの顔が険しくなった。これはいちばん避けたい事態だった。恐れていたことが現実になろうとしていた。自分のせいでレイチェルの命が危険にさらされている。ああ、なぜ昨夜のうちに出発しなかったのだろう？　常識より性的欲望を優先させた結果、彼女を危険にさらすことになってしまった。

「サビン！」松林から声がした。

ケルは答えずに、声の主を探そうと松林に目を凝らした。返事をすれば、自分の位置を相手に知らせることになる。そう簡単に見つかるものか。

「出てこい、サビン。あまり手こずらせるな！　もし降伏すれば、ほかの者には手出ししない！」

「誰だ、ふざけたことを言ってるやつは？」グラントが唸るように言った。

「シャルル・デュブワ、またの名をチャールズ・ロイド、クルト・シュミット。名前はまだほかにもある」とケルがつぶやいた。

グラントは眉を上げた。「ついに彼自らが腰をあげて、おまえを追いかけてきたか」そう言って辺りを見まわした。「形勢は不利だな。人数はそれほど多くないが家を包囲された。電話線も切られてる」

言われるまでもなく、ケルにも状況はわかっていた。もしシャルル・デュブワがボートを爆破したときのようにロケット弾を使ったら、全員死ぬかもしれない。しかし、彼はまだぼくを生けどりにしようとしている。ぼくをつかまえるためなら、金に糸目をつけない人間が大勢いるからだ。

ケルは頭を働かせようとした。が、この家から脱出する方法はないというのが厳しい現実だった。たとえ夕暮れまで待って抜け出そうとしても、茂みがあるだけで、身を隠すには不十分だ。しかも少し離れているから、家を出たら四方からしばらくは丸見えだ。気づかれずに逃げることは難しい。しかし、自分が降伏して出ていったところで、みんなを救うことにはならない。シャルル・デュブワが目撃者を生かしておくわけがない。ケルにもグラントにもそれがわかっていた。この状況がどれほど絶望的か、レイチェルとジェーンが気づかないでいてくれることを願うばかりだ。

レイチェルをひと目見て、その願いは消えた。彼女は知っている。そもそもそれが問題だったのだ。彼女はあまりにも知りすぎている。ケルは彼女を腕に抱き、肩で頭を抱きとめてやりたかった。大丈夫だと言ってやりたい。しかし、何ごとにも動じない澄んだグレーの瞳に見つめられると、一瞬の慰めのための嘘はつけなかった。彼女に嘘はつきたくない。

寝室から銃声が聞こえた。グラントが血の気を失った。しかし彼が動かないうちに、ジェーンの声がした。「グラント！　狙うのは膝のお皿だったわよね？」

グラントはさらに青ざめ、悪態をついた。

「まあ、いいわよね」ジェーンは超然として言った。「とにかくはずれたわ。でも、もし勘定に入れてもらえるなら銃には当たったわよ」

「サビン！」男がまた大声で呼んだ。「おまえはわたしの忍耐力を試しているのか！　もう待てんぞ。女が痛い目にあうのは気の毒だな」

〝女たち〟ではなく〝女〟だった。彼らはジェーンをレイチェルと勘違いしたのだ。シャルル・デュブワは武装した人間の数を少なく見積もっている。これが有利に働くかもしれない。

「サビン！」

「今、考えてる！」ケルは姿を見せずに叫んだ。

「貴重な時間を無駄にするのはやめろ。おまえに勝ち目はない。さっさと手を打て。女は自由にしてやる。約束する！」

シャルル・デュブワの約束などあてにならない。ここはなんとしても時間を稼がなければ。一秒でも引き延ばせば、チャンスが生まれる。

「もう一人の友人はどうなる?」ケルは叫んだ。

「もちろん自由にする」デュブワはすらすらと嘘をついた。「そいつと喧嘩《けんか》はしてないからな」

グラントは唇をゆがめて残忍な笑みを浮かべた。「ぼくに気づかないとは、あんまりだな」

ケル・サビンとタイガーと呼ばれた男を一度につかまえられたら、デュブワにはこのうえない収穫だろう。タイガーは小麦色の肌と野性的な金色の目を持った戦士で、ケル・サビンとともにジャングルを動きまわり、のちに諜報《ちょうほう》員として活躍した。二人はそれぞれ伝説的な人物だったが、一緒に活動をすると信じられないほど息が合い、まさに一心同体だった。グラントは数年前、シャルル・デュブワの部下と対決し、彼をこけにした。それをデュブワが許すとは思えなかった。

ケルは突然、松林の中の動きに気づいた。「あいつが前言を翻すかどうか試してみるか?」ケルはグラントに言った。そして二二口径の銃身を割れた窓の外に数センチだけ出し、林の一点をじっと見据えた。

「おい、デュブワ」グラントは叫んだ。「おれがわからないのか?」

辺りを沈黙が支配すると、引き金にかけたケルの指にわずかに力がこもった。シャルル・デュブワはこちらが彼の正体を知っていたことに驚いているのだろうか。確かに彼は自らは危険を冒さず、常に裏で糸を引いていた。だが、ケルはデュブワがテロリストとして活動を始めたときから、何年も彼を追いつづけてきたのだ。

「おまえなのか、タイガー？」

またかすかに動きがあった。ケルは狙いをつけて、静かに引き金を引き絞った。ライフルの銃声が小さな家じゅうに響きわたり、悲鳴までかき消した。しかし、ケルは命中したと確信していた。もっとも撃った相手がデュブワかどうかはわからなかったが。

銃弾があられのように家に降り注ぎ、窓という窓を割り、壁や窓枠をぐるりとえぐりとった。しかし、鋼鉄で補強されたドアは残っていた。

「どうやら嫌われたらしい」ケルはつぶやいた。

床に突っ伏していたグラントが頭を上げた。「こっちだって、あの呼び名が嫌いだ」そう言うとグラントは自動式ライフルを構え、続けざまに三発撃った。よく訓練された兵士らしく銃の力を十分に生かし、弾を無駄にはしなかった。寝室とレイチェルの書斎から、拳銃も発射された。ふたたび激しい銃撃戦が始まった。家がずたずたになり、激しい恐怖がケルを襲った。

「レイチェル！」ケルは叫んだ。「大丈夫か？」

「わたしなら大丈夫」とレイチェルは答えた。

「ジェーン！」グラントも叫んだ。返事がない。「ジェーン」彼は血の気の失《う》せた顔で寝室に向かった。

「今、手が放せないんだってば！」

グラントは今にも爆発しそうな顔になった。こんな状況なのに、ケルはいつのまにかにやにやしていた。だが、ジェーンとレイチェルに何かあったらと考えただけで、耐えがたい気持になった。

また静けさが戻ってきた。グラントは空の弾倉を出し、また新しく装填した。

「サビン、わたしの忍耐も限界だ」シャルル・デュブワが叫んだ。ケルは顔をしかめた。さっき撃ったのは、デュブワではなかったのか！

「まだ納得のいく提案をしてもらってないぞ」ケルは叫び返した。時間稼ぎだ。

ジェーンが寝室から這い出してきた。「騎兵隊がこっちに向かってきてるみたい」

レイチェルは近くの窓へ寄った。「何が来た、ですって？」

「馬に乗った人たちよ」ジェーンは寝室のほうを示しながら言った。「あっちから来るのが見えたの」

レイチェルは、泣きたいような笑いたいような気持になった。「隣のラファティーよ。きっと銃声を聞いたんだわ」

グラントが低い態勢で裏口へ確かめに走った。「何人来る？」ケルが尋ねた。

「二十人ぐらいだ」グラントは答えた。「おい、銃撃の中に乗り込んでくるぞ。彼らも銃を撃ちはじめて、デュブワの攻撃を引きつけてる！」

そのとおりだった。レイチェルは窓辺に這い寄り、重い拳銃を突き出して、弾がなくなるまで撃った。震える手でまた弾を装填し、撃ちつくした。ケルは二二口径のライフルを賢明に使いこなし、ジェーンも見事な射撃の腕を披露していた。ラファティーがデュブワたちの後ろにまわれるだけの時間稼ぎができただろうか？　このまま撃っていたら、救援隊を撃ってしまう。

「待て」ケルが命じた。四人は壁が銃弾で崩れ落ちるあいだ、頭を覆いながら床に伏せていた。照明器具が床に落ちて砕け、ガラスが飛び散った。グラントは悪態をついた。三人が彼を見ると、頬から血が滴っていた。ジェーンはか細い悲鳴をあげた。

「大丈夫、少し切っただけだ」グラントが叫んだ。

「床に伏せてろ」ケルはジェーンに命じたが、すぐに手を離した。グラントのそばに行かせてやらないと、山猫のように飛びかかってきそうな勢いだった。

突然、辺りが静まり返った。レイチェルは床に這いつくばっていた。焦げた火薬の刺激臭が、鼻だけでなく口にも充満し、息もできないくらいだ。ケルは彼女の腕に手を置き、青白い顔を見つめた。

「おーい！」太い声がした。「レイチェル、そこにいるのか？」

レイチェルの唇が震えた。涙で目が曇る。「ラファティーよ」彼女はそうささやくと、顔を上げて叫び返した。「ジョン！　そっちは大丈夫？」

「どうかな。こっちの連中はそうは思ってないだろう」

ケルはゆっくりと立ち上がり、レイチェルを引き寄せた。「彼はぼくたちと同類みたいだな」

レイチェルはケルに支えられながらポーチに出た。まるで難破船の生存者の気分だった。グラントとジェーンがあとに続いた。ジェーンはグラントに文句を言いながら涙ぐみ、彼の頬の傷を押さえていた。

レイチェルは庭にがちょうが三羽倒れているのを見て、小さな悲鳴をあげた。しかし、ジョーがポーチの隅に倒れているのを見たときは声も出なかった。

ジョン・ラファティーは猟銃を持ち、同じく武装をした十五人のカウボーイのあとからやってきた。そして、白髪混じりの細身の男を小突いた。「銃声が聞こえたんで、様子を見に来たんだ。近所でつまらない撃ち合いはごめんだからね」

シャルル・デュブワは怒りに青ざめ、ケルをにらみつけていた。その横にはノエルがいる。

「これで終わったと思うなよ、サビン」デュブワが言った。

ケルはレイチェルをグラントに預けた。保安官に事情を説明して、事件を内密に処理してもらわなければならない。きっと手こずるだろうが。

「おまえに関することは終わったよ」ケルはそっけなく言った。

シャルル・デュブワの横でノエルが眠たげに笑ったかと思うと、いきなり身をよじり、カウボーイの手から逃れた。後ろで見張っていたカウボーイが女だと思って油断していたのだ。どういうわけか、彼女は小型のリボルバーを持っていた。

レイチェルはそれに気づいた。すべての動きがスローモーションで見えた。悲鳴をあげながら、グラントの腕を逃れ、ケルを守ろうと身を投げ出した。男がノエルの腕をつかんだ。次の瞬間、拳銃が火を噴いた。レイチェルは脇腹《わきばら》に焼けるような痛みを感じて、悲鳴をあげた。辺りが暗闇《くらやみ》に包まれていった。

13

ケルは病院の待合室の壁にもたれていた。消毒薬のにおいが鼻をつく。心では悲鳴をあげていたが、彼の浅黒い顔は冷静で超然として見えた。後ろで、ジェーンとグラントも待っている。ジェーンは身を縮め、青白い顔に悲壮感を漂わせている。グラントは大きな猫のように部屋を歩きまわっていた。

血まみれで地面に倒れているレイチェルの姿が、ケルの頭から離れなかった。小さくはかなげで、まぶたを閉じた顔は紙のように白く、捨てられた人形のような格好で倒れていた――華奢《きやしや》な手のひらを上向きにして。ケルは彼女の傍らにひざまずいた。背後ではとっくみあいと銃撃が始まっていたが、眼中になかった。胸の奥からしゃがれ声がわき出た。彼女の名が頭に何度もこだましたが、言葉にならなかった。

すると信じられないことに、レイチェルの目が開いた。頭がぼんやりして痛みもあるだろうに、澄みきった目をケルにひたと据えていた。震える唇が動いて彼の名を呼んだ。そのとき初めてケルは彼女が生きていることに気がついた。彼女が自分の身代わりになって銃弾を受けたのを目の当たりにし、ケルは悪夢が現実になったと思い込んでいた。

それでも彼は、レイチェルの脇腹《わきばら》の醜悪な傷口部分の衣服を破り、応急処置を施した。ジェーンが彼の傍らに膝をついて、それを手伝った。グラントはそれ以外のやるべきことを引き受け、この事件が絶対に外部にもれないように念を入れた。

シャルル・デュブワは死んだ。ノエルも重傷を負い、助かる見込みはなかった。皮肉なことに、彼らを撃ったのはトッド・エリスだった。エリスは乱闘の最中に拘束を逃れ、ライフルを奪ったのだ。動機ははっきりしなかった。おそらくデュブワを抹殺して、自分がどこまで関与していたか隠そうとしたのだろう。結局、自分のしてきたことに耐えられなくなったのかもしれない。レイチェルのために復讐《ふくしゆう》したとも考えられる。最後の理由にはケルも共感を覚えた。

ハニー・メイフィールドがジョーの手当てに呼ばれた。ジョーは助かるだろうと診断された。家のほうは、かなりの被害を受けていて、修復には数週間かかると思われた。レイチェルはペットを撃たれ、生活を破壊され、自身も怪我《けが》をした。すべて、彼女が愛した男のせいだ。冷たく刺すような痛みでケルは胸がいっぱいだった。自分のせいでレイチェルはあやうく命を落とすところだった。危険を承知していながら、レイチェルのもとを離れられずに決心を覆し、あやうく彼女を死なせてしまうところだった。神よ、過ちは二度と繰り返しません。

ここにいるのはレイチェルの手術がすんで、彼女の無事をこの目で確かめるまでだ。それがすんだら、グラントと出発しなければならない。状況は切迫している。事件のことがもれる前に、また売国奴たちが痕跡《こんせき》を消す前に、ワシントンへ行く必要がある。「ジェーン」ケルは振り返らずにそっと呼んだ。「きみは残るのかい？」

「もちろんよ」ジェーンはためらわずに答えた。

ケルにできたのは、地元警察に協力を求めることだけだった。もしレイチェルの知り合いのフェルプスという名の保安官補がいなかったら、すべてぶち壊しになっていたかもしれない。フェルプスはやり方を心得ていた。長々と激しい議論を重ねた結果、この事件に蓋《ふた》をした。ラファティーはカウボーイたちの口封じを請け合った。ラファティーに楯《たて》突こうとする者はまずいないだろう。

外科医が待合室にやってきた。しわの刻まれた彼の顔は疲労の色が濃かった。「ジョーンズさん」

ケルはレイチェルの夫を名乗り、諸手続きのスピードアップをはかっていた。法律遵守がなんだ。刻一刻と彼女が失血しているときに。ケルは壁から離れて、全身を緊張させた。

「はい」

「奥さんはがんばりましたよ。今は快方に向かっています。弾は右の腎臓をかすめていて、かなりの出血がありました。少し輸血を行い、状態は安定しています。腎臓の機能に不安は残りますが、損傷は予想より少なくてすみました。合併症を起こさなければ、一週間ほどで退院できるでしょう」

安堵《あんど》で声がしゃがれた。「いつ会えますか？」

「一時間以内には会えますよ。今夜は念のために、集中治療室に入っていただきます。腎臓の出血はもうないと思いますが、万が一に備えてです。移動の準備ができたら、看護婦からお知らせしましょう」

ケルはうなずき、医師と握手をした。そのまま硬直して立っていると、ジェーンがそばに来て、彼の手に自分の手を重ね、慰めるように握った。「あまり自分を責めないで」

「でもぼくの責任だ」

「まあ、あなたはいつから世界の責任者になったの？　わたし、新聞の見出しを見落としたかしら」

ケルはうんざりしたようにため息をついた。「今は冗談はよしてくれ」

「どうして？　早くこの事件から立ち直らないと、やるべきことに手がつかなくなるわよ」

確かにジェーンの言うとおりだ。彼女は世間の人たちとは少々違っているけれど、結局のところ的を射ている。

ようやくレイチェルに面会が許され、ケルは心の準備をした。これまで多くの負傷者に面会に行っているので、病院の装置が患者の容態を悪く見せることは知っていた。だから彼女がつけているであろう生存兆候をモニターする装置や、たくさんの管も予想できた。しかし病室に入ったときの衝撃、レイチェルが目を開いて彼を見たときの衝撃には、心の準備のしようがなかった。

弱々しいほほ笑みが血のけのない唇に広がり、彼女は手を差し出そうとした。が、点滴の針が澄んだ液体を血管に送り込むあいだ、彼女の手はテープでベッドに留められていた。一瞬、ケルは身動きできなくなった。熱いものが込み上げ、まぶたを閉じた。

そしてベッドをぐるりとまわり、彼女のもう片方の手を取って自分の頬に当てるのがやっとだった。

「たいしたことは……ないって」レイチェルは消え入りそうな声で言った。「先生が……言ってたわ」

レイチェルはぼくを安心させようとしている！　ケルは胸がいっぱいになり、こめかみに彼女の手をこすりつけた。

「愛してる」ケルはしゃがれ声でつぶやいた。

「ええ……」レイチェルはそうささやいて、眠りに落ちた。

ケルはしばらくベッドに身を乗り出して、彼女の顔を隅々まで記憶にとどめようとした。

そしてついに背筋を伸ばし、いつもの冷徹で無表情な仮面をかぶった。きびきびした足取りで、病室からグラントとジェーンの待つ廊下に出た。「さあ、行こうか」

浜辺の散歩は、レイチェルの午後の日課になっていた。ジョーは彼女の前を歩き、ときおり様子をうかがいに戻ってくるが、また自分の探索に戻っていった。ハニーのところから戻ってきて数週間は、ジョーはレイチェルの姿が見えないと神経質なくらい怯《おび》えていた。だが、それもずいぶん前の話だ。ジョーは、夏の事件を微塵《みじん》も感じさせなくなっていた。

今は十二月の初めで、ゲインズビルのカレッジの秋学期はすでに終わり、あとは最終試験を残すのみだった。七月から数カ月間、レイチェルは猛烈に働き、予定前に小説を完成させ、すぐにまた次の作品に取りかかっていた。授業もこなした。暑い夏が終わると観光客が増え、二軒の土産物店も連日盛況となり、週に二日か三日は店に顔を出さなければならなかった。

右脇腹の傷跡だけが七月のできごとを思い出させた。家の修理は終わっていた。損傷がひどかったので、新しい建築用石膏《せっこう》ボードを張った上にペンキを塗った。窓枠を取り替え、居間の照明器具と家具、さらに絨毯《じゅうたん》も新しくした。家は何ごともなかったように見える。修理に何週間もかかった事件が起きたのが嘘《うそ》のようだ。

レイチェルは順調に回復した。一カ月もしないうちに通常の生活が送れるようになり、伸び放題になっていた庭の野菜の手入れをした。傷が痛むと、ケルがやっていた脚と肩のリハビリを思い出したが、自分にはとてもできそうになかった。

　ケルからはまったく音沙汰《おとさた》なしだった。退院まで付き添ってくれたジェーンが、ワシントンでは万事首尾よくいったことを知らせてくれた。ジェーンのおなかも大きくなったことだろう。

　レイチェル自身も、ケルと最後に愛し合ったときに妊娠したのではないかとしばらく思っていたが、結局杞憂《きゆう》に終わった。大きな衝撃を受けて、体の機能が変調を来しただけだった。

　結局、わたしには思い出以外は何も残らなかった。そして、その思い出は決して消えることがない。

　レイチェルは生き残った。だが、それだけだった。何も喜びを見いだせない日々が過ぎていく。

　まるで自分の体の一部が引き裂かれたみたいだ。B・Bを亡くしたときもつらかったが、今回はそれ以上だった。前は若かったし、今ほど深く人を愛せなかったからかもしれない。悲しみがレイチェルを成熟させ、ケルを愛する感情に深みを加えていた。彼がいないのを寂しく思わない日は一日もない。ジェーンからも連絡はなかった。ケル・サビンは灰色の闇《やみ》の世界に戻って、存在さえしなかったようにのみ込まれてしまった。彼の身に何か起きたとしても、知る由はない。

夢を見ていたのだろうか、と思うこともあった。病院で気づいたとき、ケルは初めて目にする心のこもったまなざしでのぞき込み、愛しているとささやいてくれた。また目を覚ましたら彼に会える、と思っていた。けれども彼は、黙って立ち去った。

レイチェルは彼に憎しみに近いものを感じることもあった。ケルの考えもわからないではないが、それだけでは納得がいかなかった。彼は傲慢《ごうまん》すぎる。自分が最善を知っていると過信しているのだ。

傷は癒《い》えたが、ケルを失った事実からは立ち直れていなかった。それが昼も夜もレイチェルをさいなみ、生きる喜びを奪い、目の輝きを奪った。

だが、外見的にやつれてはいなかった。誇りがそれを許さなかった。けれども目的も希望もなく、ただ天国と地獄の中間に生きているだけだった。浜辺を散歩して打ち寄せる波を眺めながら、何か行動を起こさなければ、という事実と向かい合った。選択肢は二つだ。ケルに連絡を取ってみるか、何もしないでいるか……。何もしないでただ諦《あきら》めるのは、性分に合わなかった。ケルには、決心を翻して戻ってくる気があれば、その時間もあった。だから彼にはその気がなかったということだ。向こうから来る気がないなら、こちらから行くまでだ。

そう決めただけで、ここ数カ月で最高の気分になった。生きている感じがした。レイチェルはジョーを呼び、きびきびと歩いて家に戻った。

どうしたらケルに連絡を取れるだろうか。まず番号案内に電話をかけて、バージニア州の諜報《ちょうほう》機関の番号を調べてもらった。その番号にかけてみると、オペレーターに、そういう名の人物はいないと言われた。レイチェルは強引に伝言を頼んだ。彼女から電話があったと聞けば、ケルは電話をしてくれるかもしれない。好奇心に駆られて、伝言を無視できないかもしれない。

しかし、何日たっても彼からの電話はなかった。レイチェルはもう一度電話してみたが、結果は同じだった――ケル・サビンという名は登録されていません、と。次に記者時代に一緒に仕事をしていた知り合いに片っ端から連絡を取り、極秘情報ネットワークに保護された人物と連絡を取る方法を尋ねた。そして五人を通じて伝言を送ったが、実際にケルと連絡が取れたかどうかはわからなかった。レイチェルは自分でもあらゆる方面に電話をかけつづけた。

一カ月間それを試した。クリスマスと新年が過ぎていった。けれども彼女の頭には、ケルと連絡を取ることだけしかなかった。伝言は伝わっていないのか。伝言を受け取っても電話をしてこなかったのか。それを認めるのにさらに一カ月かかった。

これほど粘ったのに、また諦めなければならないなんて……。レイチェルの心の傷は耐えがたいものになっていた。

これまであまり泣いたりしなかった。そんなことをしても無意味に思えたからだ。立ち直って生きていこうとがんばってきた。しかしついに、数カ月間ずっと泣かずにいたレイチェルが泣いた。ケルと一緒に寝たベッドに横たわり、孤独に胸を痛めながら。すべてをケルに捧《ささ》げた。それなのに彼は去っていった。長い夜がのろのろと過ぎていく。レイチェルはベッドに横たわり、見開いた目を熱くしながら、闇を見据えていた。

翌朝、電話が鳴ったとき、彼女は生気のない声で電話に出た。

「レイチェル？」ジェーンがためらいがちに尋ねた。

レイチェルはなんとか自分を奮いたたせた。「ええ。もしもしジェーン、順調なの？」

「おなか、大きくなったわよ」ジェーンは言った。「うちへ遊びに来ない？　実は魂胆があるのよ。わたしは足を休めてのんびり座っているから、あなた、双子を追いかけてくれない？」

ジェーンとグラントが子供たちに囲まれて幸せそうにしてるのを、わたしは正視できるだろうか。でも断るのも情けない気がした。「もちろん、喜んで」

ジェーンは、レイチェルが一瞬躊躇《ちゅうちょ》したのに気づいた。ジェーンには隠しごとが通用しない。それを思い出したときは手遅れだった。ジェーンらしく、いきなり核心をついてきた。「ケルのせいね？」

レイチェルは受話器を握りしめた。彼の名を聞いただけで胸が痛む。まぶたを閉じ、答えようとすると声がとぎれて、突然また泣き出してしまった。

「彼に連絡しようとして……探したの」レイチェルはとぎれとぎれに言った。「でも連絡が取れなくて。誰も彼の存在を認めてくれないの。わたしの伝言が伝わっていたとしても、彼は電話をくれなかった」

「彼はもうとっくに連絡したと思ってたのに」ジェーンはそう言って考え込んだ。

レイチェルはそのあいだに落ち着きを取り戻し、取り乱したことを謝った。唇を噛《か》みしめながら、もう二度と醜態は見せまいと誓った。

「何か力になれるかもしれない」ジェーンは言った。「グラントにきいて、あとで連絡するわね」

レイチェルは電話を切った。だが、ジェーンの言葉に期待するのはよそうと思った。今度希望をつぶされたら、もう立ち直れそうになかった。

ジェーンはグラントを探しに行き、納屋でトラクターの修理をしている彼を見つけた。この寒いのに、シャツの袖《そで》を肘までまくって作業している。その足元で、ホワイトブロンドの髪と琥珀《こはく》色の目をした、まるまると太った男の子が二人、寒さにも負けず楽しそうに遊んでいた。ジェーンのおなかが大きくなると、グラントは二人をよく連れ出してくれた。

グラントはジェーンに気づくと、レンチを持ったまま体を起こした。

「どうしたらケルに連絡が取れる？」ジェーンは単刀直入に尋ねた。

グラントは慎重な顔つきになった。「どうしてケルに連絡を取りたいんだ？」

「レイチェルのためよ」

グラントは何か考え込むように妻を見た。ジェーンに変えたばかりのケルの電話番号を教えるのは危険だ。彼女はトラブルを引き寄せる天才なのだから。

「レイチェルはどうしてた？」

「今電話したら、泣いてたわ。彼女がめったに泣かないのは、あなたも知ってるでしょう？」

グラントは無言で妻を見つめた。行動の仕方は違うが、レイチェルもジェーンも、強い女だという点では共通している。

グラントは干し草で楽しそうに遊んでいる我が子を見下ろした。厳しい顔が思わずほころぶ。ケルはいいやつだ。この幸せをつかむのにふさわしい男だ。

「わかった」彼はレンチを置いて双子たちを抱き上げた。「さあ、家に戻ろう。おれが電話する。番号を教えるわけにはいかないからね」

ジェーンは舌を突き出したが、満面に笑みを浮かべながら、グラントのあとについて家に入った。

グラントはジェーンを隣の部屋で待たせ、呼び出し音が鳴り出してから彼女を呼んだ。

ジェーンは走っていき、グラントから受話器を奪い取った。さらに三回鳴ってケルが出た。

「サビンだ」

「ケル」ジェーンは明るく言った。「ジェーンよ」

しばらく沈黙が流れた。

ジェーンのほうから切り出した。「レイチェルのことなんだけど」

「レイチェル？」ケルは警戒するような声になった。

「レイチェル・ジョーンズよ。忘れた？」

「よせよ。忘れたりするもんか。どうかしたのか？」

「あなたは彼女に会う必要があるわ」

ケルはため息をついた。「ジェーン、きみの言いたいことはわかる。でも、その件は話しても無駄だ」

「彼女に会いに行く必要があるんだってば」

突然、彼が鋭い声で言った。「何かあったのか？」

「彼女はずっとあなたに連絡を取ろうとしてたのよ」ジェーンはあいまいに答えた。

「知ってる。伝言を受け取った」

「それなら、なぜ電話しなかったの？」

「ぼくなりに考えてのことだ」

ケルのように頑固で態度があいまいな男は知らない、とジェーンは思った。もちろん、グラント・サリバンを除いてだが。二人は似たもの同士だ。でも、石でさえ水滴ですり減るのだから……ジェーンは諦めなかった。

「彼女に電話すべきよ」

「そのつもりはない」ケルは鋭い口調で言った。

「強情な人ね」ジェーンも鋭い口調で言い返した。「でも、少なくともグラントは、わたしが妊娠したとわかったら結婚してくれたわよ！」そう言うなり受話器を叩《たた》きつけた。

ジェーンの顔に笑みが広がった。

ケルは黒髪を手でかき上げながら、オフィスを歩きまわった。レイチェルがぼくの子供を身ごもった。ケルはあれから何カ月になるか数えた。六カ月だ。なぜ今ごろ連絡を取ろうとしてきたのだろう？　病気か？　流産しかけている？　赤ん坊に何かあったのか？

不安が彼の心をさいなんだ。病院に彼女を置き去りにして以来、毎日感じていた不安よりもひどい。欲望や欲求は、薄れるどころか、むしろ強くなっていた。だがレイチェルに電話したいという誘惑が彼の良識を鈍らせるたびに、血まみれで庭に倒れている彼女の姿が思い出された。もしまた自分のせいで彼女が危険にさらされたら、もう生きてはいけないだろう。彼女を愛している。人間がこれほど深く人を愛せるとは想像もしなかった。片時も彼女を忘れることができない。眠りに落ちたときは、彼女を腕に抱いたときの思い出に浸る。しかし眠れないことのほうが多くて、体は彼女の柔らかな肌を求め、硬直してうずいた。

ケルは眠れず、食欲もなく、平静を失っていた。ほかの女性とのセックスなど考えられなかった。夜、目を閉じると、レイチェルが現れた。ストレートの黒っぽい髪、湖水のように澄んだグレーの瞳。そして彼女の率直さ、誠実さ……。

レイチェルがぼくの赤ん坊を産もうとしている。

伝言を受け取り、ケルは気も狂わんばかりになって何度も電話に手を伸ばした。伝言はどれも同じで、簡潔だった――〝電話をください。レイチェル〟

ああ、どれほどそうしたかったか。せめてもう一度声を聞くだけでもいいと思った。けれども今、あの伝言は重大な意味を持っているのがわかった。

ぼくが父親になることを知らせたいだけなのか？　それよりもっと差し迫った用事なのか？　何か困ったことが起きたのか？

ケルは電話をかけたものの、呼び出し音が鳴り出さないうちに受話器を叩きつけた。額に汗が噴き出した。レイチェルに会いたい。何もかも順調か確かめたい。一度でいいから彼女に会いたい、赤ん坊を宿しておなかが大きくなった彼女に。

次の日は雨だった。ケルは浜辺とレイチェルの家に通じる細い私道に車を走らせていた。空は灰色で雲が低くたれこめ、雨が陰鬱《いんうつ》に降りしきっていた。気温は十度を下まわっていたが、零下五度前後のバージニア州から来た彼には、あたたかくさえ感じられた。ラジオの天気予報によれば、明日は晴れるという。

ケルはまずジャクソンビル行きの便に乗り、ゲインズビル行きのローカル便に乗り換え、さらにレンタカーを借りてきた。あんなふうにオフィスを飛び出してきたのは初めてだが、夏の事件があってからは、彼を問いただす者はいなかった。ケルは決意すると、すぐに実行に移した。

レイチェルの家の前に車を止めて、背をかがめて雨の中に飛び出した。階段の前にいたジョーが唸《うな》り声をあげた。以前と少しも変わっていない。ケルの口元がほころんだ。「ジョー、来い」

ケルが命じると、ジョーは耳を立て、小さく吠《ほ》えてから尻尾《しっぽ》を振り、ケルのほうへ駆けてきた。

「大変な歓迎ぶりだな」ケルはジョーの頭を撫《な》でた。「レイチェルもこんなふうに喜んでくれるといいけど」

伝言をすべて無視していたから、目の前で戸を閉められてしまうかもしれない。寒いのにケルは汗ばんでいた。心臓がどきどきして肋骨《ろっこつ》に響く。レイチェルがすぐそばにいる。

あのドアの向こうに。期待で体が震え、下半身が固くなった。ケルは庭を走り抜け、ポーチに上がった。そしてスクリーンドアの枠をノックした。待ちきれず、強めに再度ノックする。

「今、行きます」

レイチェルの声を聞いてケルは目を閉じた。足音がしたので目を開けた。一秒でも彼女の姿を見逃したくない。レイチェルはドアを開け、二人はスクリーンドア越しに無言で見つめ合った。レイチェルの唇が動いたが、声にならない。ケルは彼女の顔を見ようとした。けれど居間も外も薄暗くて、青白い卵形の輪郭が見えるだけだった。

「入っていいかな?」ケルはついに静かに尋ねた。

レイチェルは黙ってスクリーンドアを開け、彼を招き入れた。ケルは中に入ってドアを閉め、明かりをつけた。部屋に光があふれた。ケルの前に立ったレイチェルは、小さくて、華奢で、壊れてしまいそうだった。ぴったりしたジーンズにだぶだぶの黒いスエットシャツを着ている。緊張した面持ちだ。

「妊娠してなかったのか」ケルは固い声で言った。

レイチェルは息をのみ、それからかぶりを振った。「ええ。それを願っていたんだけど」

ケルは拳《こぶし》を握りしめた。「ジェーンから、きみが妊娠したと聞いて」そのとたん、笑いが込み上げてきた。「いや、違う。ジェーンは〝少なくともグラントは、わたしが妊娠したとわかったら結婚してくれたわよ〟と言ったんだ」ケルはジェーンを真似《まね》て言った。「そして、がちゃんと電話を切った。今まで、はめられたのに気がつかなかったよ」

レイチェルはまばたきもせずにケルを見つめていた。彼はいちだんと体が引きしまって、たくましくなっている。黒い炎のような目の輝きも増して……。

「ここへ来たのは、わたしが妊娠してると思ったから？」

「そうだ」

「なぜ今ごろ気にかけるの？」レイチェルは声が震えないように唇を噛んだ。

もっともだ。ケルはまたレイチェルを見た。痩《や》せて、目に生気がない。彼は愕然《がくぜん》とした。元気で幸せそうな女性にはとても見えない。

「元気にしてるのか？」

レイチェルは肩をすくめた。「だと思うけど」

「脇腹の傷はもう痛まないのか？」

「ええ、ちっとも」レイチェルはキッチンへ向かった。「ホットチョコレートでも飲まない？」

ケルはコートを脱いで椅子にかけ、レイチェルのあとに続いた。戸棚に寄りかかり、彼女がホットチョコレートをカップに注《つ》ぐのを見ていると、突然既視感に襲われた。

すると彼女は急に冷蔵庫のドアに頭をつけた。「あなたなしでは、つらくてたまらない」

レイチェルは言った。「がんばってはみたの。でも、もうだめ。あなたと一緒にいる一日のほうが、あなたのいない一生よりもわたしにとっては大事なのよ」

ケルはまた拳を握りしめた。さびついたファイルのように声がきしんだ。「何があったか忘れたのか？」

「何が起こりうるか、百も承知よ！」レイチェルはそう叫んで、彼のほうに向き直った。「でも、わたしは大人なのよ、ケル！　自分でそうするべきだと思えば、危険だって冒すわ！　車で町に行くたびにそうしてるもの。テロリストや暗殺者に殺されるより、はるかに大勢の人が交通事故で死んでいる。どうして運転するなとは言わないの？」

ケルは目頭が熱くなったが、何も言わなかった。そのよそよそしい沈黙が彼女の神経にさわったようだ。

「わたしは、あなたの仕事に伴う危険を背負ってでも生きていけるわ。だって、あなたが選んだ道だもの。わたしにそれを許す気がないなら、なぜここに来たの？」

それでもケルは顔をしかめてレイチェルを見つめていた。彼女に対する渇望が強迫観念のように彼の中にわき上がった。彼女が欲しい。次の呼吸よりも。彼女がいようがいまいが、生きてはいける。しかし、彼女のいない人生がどんなに惨めなものか、この半年間が物語っていた。彼女がいない人生など生きていく価値がない。

それを認めてしまうと、ケルの考え方は前向きになった。レイチェルが無事に暮らせるように方策を考えなければならない。頭を切り替えて、自分が今までやってこなかったことに適応しなければならないだろう。どうしても彼女が必要だと認めただけで、これほど簡単に考え方を切り替えられるのが不思議だ。ここへ来る口実を与えてくれたジェーンに感謝しよう。レイチェルに再会すれば離れられなくなることを、彼女は見通していたのだ。

 ケルはレイチェルと向かい合った。「本当にぼくが背負う危険に耐えられるのかい？　居場所も、いつ帰ってくるかもわからずに、ぼくが家をあけていても？」

「もう経験ずみよ」レイチェルは顎を突き出して言った。「わたしが知りたいのは、帰れるようになったら、わたしのところへ帰ってくるかどうかよ」

ケルは目を細め、射るようなまなざしでなおも彼女を見つめた。「それなら結婚したほうがいいかもしれない。きみから離れたぼくは、本当に廃人みたいだったから」

レイチェルは驚いた顔をして、それから目をしばたたいた。「それ、プロポーズなの？」

「いいや。基本的には命令だ」

レイチェルのグレーの目に涙があふれ、ダイヤモンドのように輝いた。そして笑顔が広がった。

「いいわ」

ケルはレイチェルを抱きしめた。両手で優美な体を味わいながら、唇を貪《むさぼ》った。それから無言でレイチェルを抱き上げると、寝室に運び、初めて愛し合ったときのように彼女をベッドに放《ほう》り出した。そしてすばやくレイチェルのジーンズを引き下ろし、スエットシャツを脱がせ、丸みのある胸元をあらわにした。

「のんびりなんかしてられない」

レイチェルもケルが欲しくて腕を広げた。ケルはレイチェルの脚を開き、体を重ねた。彼女を傷つけないようにと自分を抑えながら。レイチェルは低い歓喜の声をあげ、そんな彼を受け入れた。

その日の残りはベッドの中で愛し合ったり、話をしたりして過ごした。

「ワシントンに戻ってから何があったの？」レイチェルは尋ねた。

ケルはたくましい片腕を頭の上に投げ出して、あおむけに横たわっていた。愛し合ったあとでうとうとしていたが、その質問を耳にして目を開いた。「仕事の話はあまり詳しくできないんだ」

「わかったわ」

「トッド・エリスが自供してくれたから助かった。グラントとぼくで罠《わな》を仕掛けた。そうしたらぼくの上司の一人がそれに引っかかった。きみに話せるのはそんなところだな」

「あなたの部署の中にも、かかわっていた人はいたの？」

「二人いた」

「彼らはもう少しであなたをだまし討ちにするところだったのね」レイチェルは思わず身

震いした。

「もしきみがいてくれなかったら、そうなっていただろうな」ケルは首をめぐらして、レイチェルを見つめた。

レイチェルの目に輝きが戻っている。ケルだけが生み出せる輝きだ。ケルは彼女の頬に触れながら言った。

「きみが妊娠していなくて残念だったよ」

エピローグ

ケルとグラントはサリバン夫妻の住んでいる大きなファームハウスのポーチに座り、晩夏の日光浴を楽しんでいた。ケルは椅子にもたれ、ブーツをはいた足を手すりにのせている。グラントもすっかりくつろいだ様子で、手足を投げ出していた。二人とも、たっぷりの食事をとったばかりで眠たそうだ。それでも警戒を怠らない目が、庭で遊んでいる子供たちに向けられていた。家の中にいたレイチェルとジェーンも、夫たちのいるポーチに出てきて、大きな揺り椅子に腰を下ろした。

ケルが突然立ち上がった。まだよちよち歩きのジャミーが庭で転んだのだ。けれども彼が口を開かないうちに、四人の男の子たちが彼女の周りに集まった。デイン――それともダニエル?――がジャミーを助け起こし、まるまると太った彼女の足の泥を払い落とした。

五人の子供たちはみんなそれぞれに特徴があった。サリバンの三人の息子たちは、白に近いブロンドの髪に白い肌をしている。一方、ブライアンとジャミーは浅黒く、黒い髪に黒い目をしていた。その五人の中で、大きな目とえくぼがかわいいジャミーは女王様気取りで、みんなを思いどおりに動かしていた。ジャミーは小柄だが、ブライアンは父親譲りの立派な体格をしていた。

子供たちは甲高い笑い声をあげながら、納屋に走っていった。デインとダニエルはそれぞれジャミーと手をつなぎ、ブライアンとグレイグがそのあとをついていく。親たちは子供たちが走っていくのを眺めていた。

ケルが感慨深げに言った。「我々が四十代になっていて、子供が五人もいるなんて、信じられるかい？」

「それはあなたたち二人が、でしょう」レイチェルは言った。「ジェーンとわたしはまだ若いもの」

ケルはジェーンを見てにやりとした。彼もグラントも、まだ髪に白いものは混じっていない。二人ともたくましく引きしまった体をしている。そして以前よりも今の暮らしに満足していた。

何もかもが順風満帆だった。レイチェルと結婚してすぐに、ケルは彼女に本当に子供ができたことを知った。ケルは昇進を承諾して、もう一番の標的にされることもなくなった。まだ知識と経験が生かせる部署にいるが、身に危険が及ぶことは大幅に減った。取り引きをして妥協したわけだが、それに見合う価値は十分にあった。ケルはレイチェルを眺めた。確かにそれだけの価値はあった。

「あなたは一度もわたしを責めないのね」ジェーンはこの世に心配ごとなど何ひとつないかのように、のんびり揺り椅子を揺らしながらケルに言った。「レイチェルが妊娠してるなんて嘘《うそ》をついたのに。わたしを許してくれてる？」

ケルは伸びをして、目を閉じた。「嘘はついてなかった」そして穏やかに続けた。「ところで、どうやってぼくの電話番号を知ったんだ？」

「ぼくがかけたんだよ」グラントもブーツをはいた足を手すりにのせながら白状した。「おまえに必要なのは、いい暮らしをすることだと思ったから」

レイチェルはケルと見つめ合い、ほほ笑んだ。こんな良き友人に恵まれて幸せだった。

訳者あとがき

本書は、リンダ・ハワード著『炎のコスタリカ』の続編で、米国では一九八七年に発表された作品の全訳です。日本語版では一九九九年に初刊行されました。リンダ・ハワードは日本でも大変人気があり、書店に平積みされた本があっという間に売り切れてしまう作家の一人です。

さて今回は、前作で笑わない男としてちらりと顔を見せた諜報《ちょうほう》員サビンと、わずか二十五歳にして未亡人となったレイチェルの物語です。舞台はフロリダ州中部にあるというダイヤモンド湾《ベイ》。レイチェルはフロリダ半島北部よりのゲインズビルにジャーナリズム論を教えに行き、南部よりのターポンスプリングスに土産物店を持っています。さらに海岸線が入り組んでいるというのですから、ダイヤモンド・ベイとはゲインズビルとタンパの間に位置するメキシコ湾に面した海なのでしょう。

そんな美しい海でのんびりと休暇をとっていたサビンが命を狙《ねら》われ、湾上での銃撃戦へ発展するというスリリングな場面でこの物語の幕は開きます。ボートを爆破され、やむなく海に飛び込んだサビンですが、肩と脚を撃たれた体で夜の海を何キロも泳ぐのですから、さすがはわれらがヒーロー。しかも泳ぎながら着ていたものを脱ぎ、傷口の応急処置をするのですから。

リンダ・ハワードの作品には、サビンのようにたくましくて強いヒーローがこれまで数多く登場しましたが、今回、それに負けていないのが、ヒロインのレイチェルです。彼の正体をもちろん知る由もないレイチェルは、浜辺で銃創のある意識不明の彼を発見します。並の女性であれば――いえ、並の人間であれば、迷わず救急車と警察を呼ぶところでしょう。しかし、元ジャーナリストの第六感がそれを躊躇《ちゅうちょ》させます。麻薬密売人か、テロリストかもしれないと承知の上で、別の可能性もあると考えるのです。闇《やみ》の世界の犠牲者かもしれない……だとしたら、所在を公にすればこの人の命はない。この人の命はわたしの手に委《ゆだ》ねられている、と。単に頭がいいだけでなく、過去につらい思いをしているレイチエルならではの考えです。

こんな勇気ある決断ができる女性が、この世の中に果たして何人いるでしょうか?

〝レイチェルは見かけ以上にエネルギッシュだ。はたからは急いでいるように見えないのに、せっせと大量の仕事をやり遂げてしまう〟というくだりを訳しながら、わたしは本当に羨《うらや》ましく思いました。はたからは焦っているように見えるのに、なかなか仕事がはかどらないわたしとはなんという違いでしょう。

さて、翻訳する者としては、続編というのは少しばかり緊張するものです。というのは、さまざまな事情で、前作を先に読む機会がないままに訳すことがあるからです。その場合、ヒーローやヒロインの解釈が前作とずれていたらどうしよう、と不安になるのです。

本作品では、海辺での日々が過ぎ、悪夢の脱出作戦がくりひろげられますが、ここで前作のヒーロー、ヒロインのグラントとジェーンが登場します。グラントはある程度説明されていましたが、ジェーンはわずかな言動だけで性格を見抜かなければなりませんでした。でも、さすがはリンダ・ハワード。そのわずかな言動だけで、ジェーンが天真爛漫《てんしんらんまん》で勇気のある行動的な女性であることを描いていました。今回、あとがきを書くにあたって、前作の『炎のコスタリカ』を読んだとき、想像通りだったジェーンを抱きしめたくなったほどです。そして、食料が次々に出てきたナップサックと、銃が次々に出てきた旅行鞄《かばん》を重ね合わせ、笑ってしまいました。続編ならではの楽しみもしっかり押さえてありますね。

本作のラストにカウボーイ軍団を引き連れて登場したジョンの物語、『瞳に輝く星』もＭＩＲＡ ＢＯＯＫＳより刊行されるそうですから、そちらもどうぞお楽しみに。

二〇〇二年十二月

落合どみ

訳者　落合どみ

上智大学文学部英文学科卒。商社勤務、セミナー講師を経て翻訳の世界へ。ハーレクイン社のシリーズロマンスを多数手がけている。

●本書は、1999年9月に小社より刊行された作品を
文庫化したものです。

ダイヤモンドの海

2003年3月15日発行　第1刷

著　　者／リンダ・ハワード
訳　　者／落合どみ（おちあい　どみ）
発 行 人／浅井伸宏
発 行 所／株式会社ハーレクイン
東京都千代田区内神田1-14-6
電話／03-3292-8091（営業）
03-3292-8457（読者サービス係）
印刷・製本／大日本印刷株式会社
装 幀 者／千田奈津子
表紙写真／田中光幸（AFLO FOTO AGENCY）

ISBN4-596-91061-8

MIRA文庫

アン・メイジャー
細郷妙子 訳

二つの顔、二人の女

奇跡のような美貌をもつ、同じ顔の聖女と妖婦。天才外科医が運命を操り、女たちを愛憎の罠へといざなう。女性セブン連載漫画『ゴールド』の原作。

ペニー・ジョーダン
小林町子 訳

シルバー

純愛をふみにじられ父を殺された伯爵令嬢シルバーは、復讐を誓い魔性の女に変身する！　P・ジョーダンが描く会心のサスペンス・ロマンス。

シャーロット・ヴェイル・アレン
細郷妙子 訳

クローディアの憂鬱

妹の突然の自殺。なぜ？　真相を解きほぐす糸は、封じ込めていた過去の記憶に繋がっていた。愛を見失った家族の、闇と苦悩をえぐる問題作。

メグ・オブライエン
皆川孝子 訳

誰にも言えない

生々しく甦る虐待の記憶、聖なる手が蹂躙した幼い魂。神はなぜあの男を許しておくのか？　サイコ・サスペンスの新星、衝撃のデビュー！

テイラー・スミス
安野 玲 訳

沈黙の罪

マライアの家族を襲った悲惨な事故。犯人捜しを始めた彼女に、暗殺者の影が忍び寄る。元情報分析官の著者が放つノンストップ・サスペンス。

テイラー・スミス
安野 玲 訳

忘却の罪

父の遺稿の秘密を探るうち、巨大な国際陰謀に巻き込まれるCIA分析官マライア。封印された真実とは？　傑作サスペンス『沈黙の罪』続編！